ES
Ch. Panowsky

Doyle · Sherlock Holmes
Das Tal der Furcht

Conan Doyle

Sherlock Holmes
Das Tal der Furcht

für die Jugend neu erzählt
von Werner Meier

Zeichnungen von
Charlotte Panowsky

Loewe

CIP-Titelaufnahme der Deutschen Bibliothek

Doyle, Arthur Conan:
Sherlock Holmes, das Tal der Furcht / Conan Doyle. -
2. Aufl. - Bindlach: Loewe, 1992
ISBN 3-7855-2233-9

ISBN 3-7855-2233-9 – 2. Auflage 1992

Umschlagzeichnung: Charlotte Panowsky
Umschlagkonzeption: Ulrich Kolb, Leutenbach
Satz: Fotosatz Glücker, Würzburg
Gesamtherstellung: Slovart AG, Bratislava
Printed in ČSFR

Inhalt

Ein denkwürdiger Tag …

… für den weiteren Verlauf meines Lebens war in jeder Hinsicht der 4. März 1881. Von diesem Tag an verlief mein Dasein in ganz anderen Bahnen, als ich es ursprünglich geplant hatte. Doch der Reihe nach!

Mein Name ist Dr. John H. Watson, ich bin Arzt, habe in Indien gedient, nahm als Militärarzt am zweiten afghanischen Krieg teil, in dem ich eine schwere Schulterverletzung erlitt, und wurde vorzeitig aus dem Dienst für Vaterland und Krone entlassen.

Nach meiner Genesung wollte ich in London eine Praxis eröffnen und machte mich deswegen auf Wohnungssuche. Es war zu jener Zeit nicht ganz einfach für einen Junggesellen, eine einigermaßen erschwingliche Bleibe zu finden. Aber da kam mir an jenem 4. März der Zufall zu Hilfe in Gestalt von Dr. Stamford, der mit mir Assistenzarzt am Bartholomäusspital gewesen war! Als ich ihm von meiner bisher ergebnislosen Wohnungssuche berichtete, erzählte er mir von einem Bekannten, der vor dem gleichen Problem stand. So lernte ich Sherlock Holmes kennen!

Er war der Typ des eigenbrötlerischen Wissenschaftlers und Gelehrten, nicht unsympathisch, aber auch nicht gerade von alltäglicher Erscheinung – einen Meter achtzig gut und gerne groß, dazu klapperdürr, mit hellen, alles durchdringenden Augen, einer kantigen Hakennase und einem scharfen Kinn. Er spielte hervorragend Geige, war ein ausgezeichneter Boxer und Florettfechter, kannte sich im britischen Strafrecht besser aus als so mancher Anwalt, befaßte sich viel mit chemikalischen, physikalischen und anatomischen Studien, glänzte in jeder Unterhaltung durch fundiertes Wissen auf wirklich allen Gebieten und bezeichnete sich in beruflicher Hinsicht als „Detektivberater“: Er beriet Detektive und manchmal auch die Polizei in Fällen, in denen diese mit ihrem Latein am Ende waren.

Sherlock Holmes hatte in der Baker Street 221 B eine nette Wohnung gefunden im Haus einer gewissen Mrs. Hudson, die auch besagte Wohnung – ein großes, gemütliches Wohnzimmer, kleine Küche, Bad und zwei Schlafzimmer – als Haushälterin zu betreuen gedachte. Nur einen Haken hatte diese Wohnung für Holmes: Für ihn allein war sie zu groß!

Das traf sich gut. Wir beschlossen zusammenzuziehen und haben diesen Entschluß eigentlich nie bereut! Wenn er auch nach jenem 4. März 1881 – wie gesagt – mein Leben ziemlich veränderte:

Mit der Zeit immer faszinierter von den kriminalistisch-kombinatorischen Gaben meines Wohnungsgefährten, machte ich es mir zur Gewohnheit, genau Buch zu führen über alles, was passierte, wenn Sherlock Holmes seine spektakulären Fälle löste. Und mit den Jahren wurde ich zum Chronisten und Biographen meines Freundes, des besten Detektivs aller Zeiten! Meine Aufzeichnungen wurden zu detaillierten Protokollen, aus den Protokollen wurden Geschichten, aus den Geschichten Tatsachenromane, aus den Romanen . . . doch lest selbst!

Das Tal der Furcht

Birlstone in der Grafschaft Sussex ist zwar ein recht verschlafenes, aber auch sehr malerisches Dorf mit vielen alten Fachwerkhäusern. Entschuldigung, korrekterweise muß ich sagen, Birlstone *war* ein verschlafenes Dorf, denn ein unheimliches Geschehen schreckte kürzlich die Bewohner aus ihrer Ruhe auf und machte Birlstone bis in den entlegensten Winkel Englands auf grausige Art berühmt.

An einem Januarmorgen, es war noch vor dem Frühstück, wurde der unbestreitbar scharfsinnigste Detektiv der Welt in die geheimnisvollen Vorgänge um Birlstone verwickelt. Der Hinweis auf sie war mit der Morgenpost gekommen und vorerst ebenso rätselhaft wie die eigentlichen schrecklichen Ereignisse selbst.

534 Sp2 13 127 36 31 4 17 21 41
Douglas 109 293 5 37 Birlstone
26 Birlstone 9 127 171

Über Holmes' Gesicht flog ein Schatten. „Zweifellos die Handschrift von Porlock", murmelte er dann düster und erregt zugleich. „Ganz eindeutig eine verschlüsselte Nachricht von ihm. Watson, ich ahne Schlimmes."

Mir sagte der Name Porlock nichts. Aber die Art, wie Holmes auf diesen Brief reagierte, hatte ich schon öfter beobachtet. Und zwar jedesmal, wenn er geglaubt hatte, es mit dem seiner Meinung nach genialsten und skrupellosesten Verbrecher unserer Zeit zu tun zu haben: mit Professor Moriarty, der in der Öffentlichkeit als untadeliger Gelehrter von Weltruf galt. Bei Holmes war dann deutlich eine starke innere Erregung spürbar gewesen. Wer ihn nicht kannte, würde in solchen Momenten vielleicht meinen, er hätte Angst vor diesem Mann, der für die abscheulichsten Greueltaten verantwortlich war. Aber das täuschte.

Allerdings schien Holmes sich einer Sache seit langem sicher zu sein: Es mußte einmal unausweichlich zum Endkampf zwischen ihm und Moriarty kommen, in dem einer von beiden den anderen zugrunde richten würde. Kein Wunder, daß es mir auch jetzt kalte Schauer über den Rücken jagte, als Holmes mich über Porlock aufklärte.

„Porlock ist ein Deckname eines auch mir unbekannten Menschen, der mich immerhin des öfteren mit Informationen versorgt. Und wie ich an deinem besorgten Gesichtsausdruck erkenne, Watson, vermutest du bereits richtig. Ja, Porlock steht in direkter Verbindung zu Moriartys Verbrechersyndikat. Aber jetzt laß uns versuchen, aus Porlocks Mitteilung schlau zu werden. Zweifellos müssen wir in einem Buch nach den Wörtern suchen, und zwar auf Seite 534 in Spalte zwei. Doch in welchem Buch?"

Sosehr mich Holmes' Scharfsinn wieder einmal beeindruckte, ich hielt die Mitteilung für reichlich sinnlos.

„Was soll ein verschlüsselter Text, wenn der Absender nicht den Schlüssel dazu liefert?" murrte ich.

Holmes lächelte in dieser leicht mitleidigen Art, die mich immer wieder neu verdroß, weil er mir damit seine Überlegenheit nur allzu deutlich demonstrierte. „Mein lieber Watson. Schlicht gesagt, würde es Porlocks Ende bedeuten, wenn er den Schlüssel in denselben Umschlag steckte und dieser in falsche Hände geriete. Ich bin sicher, wir werden in Kürze eine zweite Nachricht von Porlock mit des Rätsels Lösung erhalten."

Doch diesmal erwies sich Holmes' Voraussage nur zur Hälfte als richtig. Zwar kam tatsächlich später ein weiterer Brief von dem geheimnisvollen Porlock, aber sein Inhalt ließ Holmes unwillig die Stirn runzeln.

„Oh, das ist hart", entfuhr es ihm. „Er bittet mich, die Sache nicht weiterzuverfolgen. Hör zu, was Porlock schreibt, Watson." Holmes las vor.

Sehr geehrter Mr. Holmes!
Bitte verbrennen Sie meinen Brief. Ich habe Todesangst. Er hat mich dabei überrascht, als ich gerade den Umschlag mit dem Schlüssel für meine chiffrierte Nachricht an Sie adressierte. Ich konnte ihn gerade noch zudecken. Trotzdem ist er jetzt mißtrauisch. Verfolgen Sie die Sache nicht weiter, ich bitte Sie.
Porlock

„Das war es dann wohl", stellte ich fast erleichtert fest. Aber ich hätte Holmes wirklich besser kennen müssen.

„Watson, Watson, was ist nur mit Ihnen los? Wir haben es hier zwar mit einem der genialsten Gehirne Europas zu tun, aber schließlich sind wir beide auch befähigt, unsere grauen Zellen einzusetzen. Porlocks Mitteilung beginnt mit der Seitenzahl 534. Was sagt uns das?"

„Ein recht dickes Buch." Diesmal konnte ich folgen.

Holmes' Augen funkelten halb anerkennend, halb spöttisch. „Ausgezeichnet, Watson. Sie kommen langsam auf Touren. Das nächste Zeichen bedeutet wohl, daß wir in Spalte zwei zu suchen haben, wie schon erwähnt. Und diese Spalte muß ziemlich lang sein, da eines der gesuchten Wörter erst an 293. Stelle steht."

„Womit wir dann mit unserem Latein am Ende wären", ergänzte ich, etwas ärgerlich über Holmes' herablassende Art.

„Keineswegs, lieber Watson, keineswegs", berichtigte er mich natürlich sofort. Seine Augen blitzten, und mit seiner scharf hervorstechenden Hakennase und der angespannten Haltung seines Kopfes ähnelte er einem Falken kurz vor dem Schlagen der Beute.

„Erstens kann es sich nicht um ein seltenes Buch handeln, sonst hätte Porlock es mir wohl zugesandt. Er ging also davon aus, daß ich es besitze. Damit suchen wir ein dickes, zweispaltig gedrucktes, weitverbreitetes Buch."

„Die Bibel", schoß es mir durch den Kopf.

„Nicht schlecht, Watson", lobte Holmes. „Doch die Bibel hat einen Haken. Sie wurde in so vielen verschiedenen Ausgaben gedruckt, daß es schon ein Riesenzufall wäre, hätte ich dasselbe Exemplar wie Porlock. Kaum anzunehmen, daß die Seiten 534 da wörtlich übereinstimmen. Also, was bleibt uns sonst?"

„Ein Lexikon vielleicht", fiel mir noch ein.

„Brillant, Watson", erkannte Holmes nun ehrlich an. „Damit haben Sie, vermute ich, ins Schwarze getroffen. Am weitesten verbreitet ist Whitakers Almanach, der auch sonst alle Voraussetzungen für unsere Nachricht erfüllt."

Er nahm den Band zur Hand und schlug besagte Seite 534 auf. Ich notierte die Wörter, die er mir heraussuchte: *Mahatma, Regierung, Schweinsborsten*... Ich konnte beim besten Willen keinen logischen Zusammenhang finden. Holmes auch nicht, wie ich zufrieden bemerkte. Seine Augenbrauen zuckten, bei ihm ein Zeichen von Enttäuschung.

„Offensichtlich sind wir auf dem Holzweg, Watson“, sagte er gereizt. Wir schwiegen eine Weile, dann unterbrach ein Ausruf von Holmes die Stille. „Ha, Watson! Manchmal bin auch ich ein rechter Dummkopf. Unser Almanach ist nur zu aktuell, was ich sofort hätte berücksichtigen müssen. Wir haben den siebten Januar, und sicher hat Porlock seine Mitteilung noch nach dem Whitaker vom vorigen Jahr gebastelt.“

Sekunden später fuhr Holmes mit seinen nervigen Fingern ungeduldig im alten Almanach über die Seite 534 und nannte mir Wörter, die er fand, mit fieberhafter Spannung: *es – besteht – Gefahr – sehr – bald – Douglas – reich – Land – jetzt – in – House – Birlstone – Überzeugung – dringend.*

„Eine ziemlich unklare Art, sich auszudrücken“, fand ich und handelte mir wieder prompt einen leisen Tadel von Holmes ein.

„Porlock mußte sich schon auf eine gewisse Intelligenz des Empfängers verlassen können, Watson. Was er meint, ist doch sonnenklar. Gegen einen Douglas, der auf dem Lande in Birlstone lebt, ist ein Verbrechen geplant, und Porlock ist davon überzeugt, daß unser Eingreifen dringend nötig ist.“ Dumpf fügte er hinzu: „Wenn es nicht schon zu spät ist.“

Holmes' düstere Ahnung sollte sich gleich darauf bestätigen, denn in dem Moment kam Besuch: Inspektor MacDonald von Scotland Yard, der einen ziemlich abgehetzten Eindruck machte.

MacDonald war noch jung und hatte doch sein kriminalistisches Können schon einige Male unter Beweis gestellt. Er war groß und drahtig, wobei man ihm seine enormen Körperkräfte nicht auf den ersten Blick ansehen konnte. Und er besaß die Sturheit und Wortkargheit der Schotten. Auch hatte er deren harten Akzent beibehalten.

MacDonald setzte sich, nachdem wir uns begrüßt hatten, noch immer außer Atem, und sein Blick fiel auf meinen Notizzettel. Der Inspektor bekam große Augen. „Wie, in drei Teufels Namen, kommen Sie auf Douglas und Birlstone, Mr. Holmes?“ stammelte er verblüfft, ja fast erschrocken.

MacDonalds Reaktion hatte Holmes' Angespanntheit sofort noch verstärkt. „Warum? Ist etwas geschehen, was damit in Zusammenhang steht?“ drängte er.

Der Inspektor schluckte aufgeregt. „Das kann man wohl sagen, Mr. Holmes. Heute nacht wurde Mr. Douglas vom Gutshaus in Birlstone auf furchtbare Weise ermordet.“

Holmes' Miene zeigte nach dieser entsetzlichen Mitteilung keine Spur von Überraschung. Wie immer hatte er sich völlig in der Gewalt. Sein Kommentar kam daher auch gänzlich ruhig. „Ich hatte ähnliches fast befürchtet. Ich erhielt nämlich eine Mitteilung, daß dieser Douglas in Gefahr sei.“ Holmes setzte dem Inspektor die Einzelheiten der geheimnisvollen Postsendungen vom Morgen auseinander. Dazu erklärte er ihm, daß er Porlocks Nachrichten stets postlagernd mit einigen Pfundnoten zu bezahlen pflege. Aber, wie abgemacht, habe er nie den Versuch unternommen herauszufinden, wer das Geld abhole.

Nicht zuletzt der Ruf, daß er immer Wort hielt, hatte Holmes zu einem respektablen Informationsdienst in der Unterwelt verholfen. Doch die Tatsache, daß er sich auch bei Porlock an das Versprechen gehalten hatte, ihm nicht nachzuspüren, ließ MacDonald merklich enttäuscht und auch leicht ärgerlich dreinschauen. Als dann

Holmes seine Ausführungen mit der bitteren Anmerkung schloß, daß Moriarty wieder mal keine Zeit verloren habe, entlockte er dem Inspektor ein mildes Lächeln.

„Verzeihung, Mr. Holmes, Ihre Verdienste in allen Ehren, aber jeder im Yard, einschließlich meiner Person, hält den Verbrecher Moriarty für eine fixe Idee von Ihnen. Ich selbst jedenfalls schätze Moriarty als höchst ehrenwerten Gelehrten. Ich habe ihn einmal persönlich aufgesucht, da er mir ein Buch über Eklipsen geliehen hat, wobei ich sagen muß, daß mir der Inhalt zu hoch war. Und ich habe den Professor als freundlichen, gütigen, ja beinahe väterlichen Herrn kennengelernt, der wohl auch ein ausgezeichneter Priester geworden wäre."

Holmes grinste. „Ich bin richtig gerührt. – Die Begegnung fand doch wohl im Arbeitszimmer des Professors statt, Inspektor?" MacDonald nickte. „Dann ist Ihnen sicher das Gemälde an der Wand hinter Moriarty nicht entgangen, nehme ich an?" Holmes empfand sichtlich Freude, als MacDonald wieder bestätigte. „Die junge Frau, die den Kopf auf die Hände gelegt hat, wurde von Jean Baptiste Greuze gemalt", erläuterte Holmes.

Ich verfolgte den Gang dieser Unterhaltung ebenso verständnislos wie der Inspektor.

Doch dann schoß Holmes seinen Pfeil ab. „Genau dieses Gemälde wurde vor wenigen Jahren bei einer Versteigerung für viertausend Pfund verkauft und ist nun im Besitz eines Mannes, der ein Gehalt von siebenhundert Pfund im Jahr hat. So, Inspektor, was sagen Sie jetzt?"

MacDonald war beeindruckt. „Sie meinen, seine Einkünfte kommen auch aus dunklen Kanälen?"

„Davon können Sie wahrlich ausgehen." Holmes wurde sehr ernst. „Übrigens hatte Greuze seine größte

Zeit um 1750, als auch Jonathan Wilde lebte, und der wiederum war damals der ungekrönte König der Verbrecher. Moriarty hat eben Sinn für Humor. Mit diesem Gemälde macht er sich auf seine Art über alle braven Detektive lustig, die er an der Nase herumführt. Ich will Ihnen aber nicht zu nahe treten, Mr. MacDonald. Moriarty sitzt in Wahrheit wie eine Spinne im Netz des Verbrechens. Mit seinem Organisationsgenie und seinem messerscharfen Verstand steht er für die Planung oder Ausführung von Straftaten aller Art zur Verfügung, gegen einen angemessenen Anteil natürlich. Ich hatte mal die Möglichkeit, einige von Moriartys Schecks zu überprüfen. Sie stammten von sechs verschiedenen Banken. Außerdem zahlt er sechstausend Pfund im Jahr an einen gewissen Oberst Moran, seinen Stabschef in Sachen Verbrechen, der nach außen hin ein ebenso honoriger Mann ist wie Moriarty selbst."

Nach diesen Erklärungen hielt es MacDonald immerhin nicht mehr für ausgeschlossen, daß Moriarty mit dem Verbrechen in Birlstone zu tun hatte. Und mein Freund nannte ihm jetzt auch noch mögliche Motive.

„Entweder, dieser Douglas gehörte zur Organisation des Professors und hat gegen irgendwelche Befehle oder Prinzipien desselben verstoßen. Dafür kennt Moriarty nur eine Strafe, den Tod. Oder Moriarty wurde beauftragt, den Mann umzubringen, das heißt umbringen zu lassen, und kassiert dafür ein sicher nicht geringes Honorar. Denkbar ist auch ein Raubmord, den Moriarty im Auftrag für einen Anteil aus der Beute begehen ließ."

Die letzte Möglichkeit konnte MacDonald mit weitgehender Sicherheit ausschließen. Es waren bislang keinerlei Hinweise auf einen Raub gefunden worden.

„Auf nach Birlstone", schlug Holmes uns voller Tatendrang vor. „In London hat unser Professor bestimmt keine Spuren seiner neuesten Greueltat hinterlassen. Wenn überhaupt, dann nur am Tatort selbst. Auf dem Weg dorthin können Sie uns dann über alles informieren, was Sie wissen, MacDonald."

Viel war das nicht. In den Morgenstunden hatte er durch ein Schreiben des höchsten Kriminalbeamten von Sussex, White Mason, von dem Mord erfahren. Jack Douglas war, laut Bericht, mit einem Gewehrschuß ins Gesicht aus nächster Nähe getötet worden. Kurz vor Mitternacht war die örtliche Polizei alarmiert worden, hatte jedoch keinerlei Hinweis auf den Täter finden können. Mason hatte ansonsten nur noch angedeutet, daß es bei dem Fall einige ganz merkwürdige und rätselhafte Details gebe, mit denen er nichts anzufangen wisse. Mehr nicht. Das Schreiben endete dann mit der Annahme: *Diese verfluchte Geschichte ist sicher nach dem Geschmack Ihres Freundes Holmes.*

Holmes nickte, und während die Kutsche sich dem Victoria-Bahnhof näherte, murmelte er: „Damit hätten wir bis jetzt ein geniales Verbrechergehirn in London und eine Leiche in Sussex. Was die beiden miteinander zu tun haben, müssen wir nun eben herausfinden."

Wie ich meinen Freund kannte, würde er das auch zuwege bringen. Allerdings konnte ich seine Sicherheit, daß dieser Moriarty mit dem Verbrechen im Birlstone Manor House in Verbindung stand, nicht teilen. Jedenfalls gab sich Holmes während der Zugfahrt nach Sussex gelöst, ja regelrecht heiter. Er blühte immer förmlich auf, wenn er einen Fall witterte, der seinen kriminalistischen Scharfsinn besonders forderte. Diesmal sollte er voll auf seine Kosten kommen.

Zum besseren Verständnis der folgenden Ereignisse muß ich wohl einiges über das Herrenhaus von Birlstone und seine Bewohner vorab erzählen.

Das Haus wurde im frühen 17. Jahrhundert errichtet auf den abgebrannten Trümmern eines Schlosses aus der Zeit des ersten Kreuzzuges. Noch heute liegt es hinter einem zehn Meter breiten Wassergraben, der aber kaum einen Meter tief ist. Man gelangt nur über eine Zugbrücke in das Haus, so daß es wie auf einer Insel daliegt, wenn sie hochgezogen ist. Das sollte noch von Bedeutung werden. Während Jack Douglas dort wohnte, wurde die Zugbrücke jeden Morgen heruntergelassen und am Abend wieder hochgezogen.

Jack Douglas hatte das Gutshaus vor fünf Jahren bezogen, zusammen mit seiner Frau, einer Engländerin Anfang Dreißig. Sie war eine große, dunkelhaarige Schönheit. Douglas war Witwer gewesen, als sie heirateten. Trotz seiner fünfzig Jahre hatte er eine jugendliche, muskulöse Figur. Mit seinen auffallend scharfen grauen Augen in dem kantigen Gesicht und dem ergrauten Schnurrbart war er eine interessante Erscheinung. Ihn umgab ein geheimnisvolles Flair. In dem Dorf hieß es, Douglas sei lange in Amerika gewesen und habe dort durch Goldschürfen beträchtlichen Reichtum erlangt. Obwohl er mit seiner Frau sehr zurückgezogen lebte, genoß er hohes Ansehen, denn bei einem Brand im Pfarrhaus hatte er sein Leben eingesetzt, um zu retten, was noch zu retten war. Douglas' Furchtlosigkeit war in Birlstone sprichwörtlich geworden. Zudem spendete er regelmäßig viel Geld für wohltätige Zwecke.

Klatsch hinter vorgehaltener Hand gab es über Jack Douglas auf jeden Fall weniger als über seine Frau, der man eine gewisse Unruhe nachsagte, sobald er sich auf einer größeren Reise befand. Vor allem, seit sich ein gewisser Cecil James Barker oft längere Zeit bei dem Ehepaar Douglas aufhielt, kursierten Gerüchte. Offensichtlich war er ein enger Freund von Jack aus dessen Zeit in Amerika, ungefähr fünf Jahre jünger als er. Er war groß und breitschultrig, und seine schwarzen Augen und die dichten Brauen gaben ihm ein etwas düsteres Aussehen. Die Dorfbewohner dachten sich ihren Teil, wenn Barker in der Abwesenheit des Hausherrn mit dessen Frau Ausflüge in die Umgebung unternahm. Es wurde auch gemunkelt, daß Jack Douglas in der letzten Zeit des öfteren aufbrauste.

Und dann wurde Jack Douglas ermordet. Und ausgerechnet Cecil Barker benachrichtigte die Polizei.

Was dann geschah, erfuhren wir erst später, doch um in der Reihenfolge der Ereignisse zu bleiben, nehme ich es hier vorweg.

Eine Viertelstunde vor Mitternacht informierte Cecil Barker Sergeant Wilson von der örtlichen Polizei über Jack Douglas' Tod. Kurz nach zwölf traf Wilson zusammen mit dem Dorfarzt Dr. Wood am Tatort ein, wo sie das gesamte Dienstpersonal in heller Aufregung vorfanden.

Cecil Barker, dessen äußere Ruhe merkwürdig auffallend war, wies die beiden Männer in den Raum neben der Eingangshalle. Das Mordzimmer. Der Butler Ames folgte ihnen unaufgefordert und schloß dann die Tür, um den anderen Dienstboten den grauenhaften Anblick zu ersparen. Er war schreckensbleich.

Jack Douglas lag lang ausgestreckt auf dem Rücken, mitten im Raum, bekleidet nur mit Nachthemd und Schlafrock und Pantoffeln an den bloßen Füßen. Auf seiner Brust lag eine Schrotflinte mit zwei kurz abgesägten Läufen. Um die Abzüge war ein Draht gebunden, so konnten beide Ladungen gleichzeitig abgefeuert werden. Von seinem Gesicht war nichts mehr zu erkennen.

„Es ist nichts berührt worden, Sergeant", wandte sich Cecil Barker an Wilson, „Sie haben alles so vorgefunden wie ich selbst."

„Wann war das nun genau?" fragte ihn Wilson, während er mit zitternden Fingern sein Notizbuch hervorholte.

Barker mußte keinen Augenblick überlegen. Auch alle weiteren Angaben von ihm kamen schnell und präzise. „Es war ziemlich genau halb zwölf. Ich saß angezogen vor dem Kamin in meinem Schlafzimmer, als ich einen gedämpften Knall hörte. Etwa dreißig Sekunden später war ich bereits hier in diesem Raum."

„Stand die Tür offen?" unterbrach ihn Wilson, der kaum mit seinen Aufzeichnungen nachkam.

Auch jetzt antwortete Barker sofort. „Ja, und Douglas lag genauso hier wie jetzt. Auf dem Tisch brannte lediglich eine Kerze. Die Lampe habe ich selbst dann kurz darauf angezündet."

„Aber Sie haben niemanden bemerkt?"

Barker verneinte entschieden. „Ich hörte nur, wie Mrs. Douglas die Treppe herunterkam, und lief hinaus, um sie zurückzuhalten. In diesem Moment sah ich schon, daß Mrs. Allen, die Haushälterin, sie wegführte. Dann erschien Ames, und mit ihm ging ich in dieses Zimmer zurück."

Wilson war nicht zufrieden und wandte mißtrauisch ein: „Meines Wissens ist die Zugbrücke nachts hochgezogen. Also, wie kam der Mörder herein, wie kam er vor allen Dingen wieder hinaus, ohne daß Sie ihn sahen, wo Sie doch schon dreißig Sekunden nach dem Knall hier unten waren?"

Barker nickte, ohne aus der Fassung zu geraten, so als hätte er diese Frage längst erwartet. „Mein erster Gedanke war auch, daß Jack Selbstmord verübt hatte, denn die Zugbrücke war tatsächlich hochgezogen. Ich mußte sie herunterlassen, um Sie zu benachrichtigen. Aber ich habe etwas entdeckt, was die ganze Sache in ein anderes Licht stellt."

Barker schob den Vorhang zur Seite und lenkte Wilsons Aufmerksamkeit auf das geöffnete Fenster und die Fensterbank. Dort war ein Blutfleck zu sehen, der die Form einer Schuhsohle hatte.

Wilson folgerte: „Der Mörder ist also durch den Graben geflüchtet." Er musterte Barker, immer noch unbefriedigt.

Wieder schien Barker zu ahnen, was in Wilsons Kopf vorging, und erklärte: „Wenn ich sofort zum Fenster gerannt wäre, dann hätte ich den Mörder noch sehen müssen. Aber ich wurde von Jacks Frau abgelenkt, und ich wollte sie in jedem Fall daran hindern, diesen Raum zu betreten."

„Das beantwortet immer noch nicht die Frage, wie der Mörder ins Haus kam." Wilson ließ nicht locker. „Wann wurde die Zugbrücke denn hochgezogen?"

„Es war gegen sechs Uhr, einige Minuten vorher“, wußte Ames darauf zu sagen.

Wilson wurde mißtrauisch und hakte nach: „Ich habe gehört, daß die Brücke normalerweise bei Sonnenuntergang hochgezogen wird. Das wäre im Januar eher gegen halb fünf.“ Er kniff die Augen zusammen.

Ames gab gleich die Erklärung: „Mr. Douglas hatte Besuch zum Tee, der länger blieb. Ich habe die Brücke dann selbst hochgezogen.“

Statt sich nach dem Besuch zu erkundigen, verarbeitete Wilson erst einmal laut die Aussage des Butlers. „Das heißt also, daß der Täter vor sechs Uhr über die Brücke hereingekommen sein muß und sich dann versteckte, bis das Opfer in diesem Zimmer war.“ Während er so überlegte, fiel sein Blick auf eine Art Visitenkarte am Fußboden. Mit Tinte war *V. V.* darauf geschrieben, unter ihnen stand die Zahl *341*. Der Schluß lag für alle Anwesenden nahe, daß der Mörder diese Karte zurückgelassen hatte, freiwillig oder unfreiwillig, aber niemand konnte sich den Sinn der Zeichen erklären.

Dr. Wood hob jetzt einen stabilen Hammer auf, den er vor dem Kamin entdeckt hatte, und untersuchte ihn vorsorglich nach Blutspuren. Denn der Zustand der Leiche ließ ja nicht ausschließen, daß auch ein stumpfer Gegenstand bei der Tat eine Rolle gespielt hatte. Aber Barker zeigte dem Doktor eine Schachtel Nägel auf dem Kaminsims und erklärte, daß sein Freund Douglas am Tag vorher Bilder aufgehängt habe, daher auch das Werkzeug.

Sergeant Wilson wanderte grübelnd im Raum auf und ab. Er wußte nicht, wie er in dieser Sache weiterkommen sollte. Er ging zum Fenster, zog die Vorhänge beiseite – und stutzte. Dann leuchtete er aufgeregt mit der Tischlampe den Fußboden in der Ecke ab. Tatsächlich. Auch dort befanden sich schmutzige Schuhabdrücke.

„Hier hatte er sich also versteckt", murmelte Wilson mit einem nun weniger mißtrauischen Blick auf Barker.

Der nickte und meinte: „Möglicherweise ein Raubmord. Der Täter kam hier herein, weil es das erste Zimmer auf seinem Weg war, das er sah, und schlüpfte hinter den Vorhang, weil dort das einzig mögliche Versteck war."

Wilson führte den Gedanken aus. „Ganz genau. Er wollte da warten, bis alle im Haus schliefen, um dann in Ruhe Beute machen zu können. Da muß ihn Mr. Douglas überrascht haben." Er überlegte weiter. Jemand, der zufällig hier vorbeigekommen wäre, ein Landstreicher zum Beispiel, hätte wohl kaum solch eine seltsame Schrotflinte bei sich gehabt. Diese Möglichkeit dürfte ausscheiden. Allerdings sah es auch nicht nach einem geplanten Mord aus. Hätte sonst der Täter eine extrem laute Waffe eingesetzt?

Wilsons Gedanken drehten sich im Kreis. Da wurde er von einem leisen erstaunten Ausruf des Doktors unterbrochen, der sich die Leiche noch einmal genauer angesehen hatte.

Dr. Wood zeigte auf eine merkwürdige Tätowierung am rechten Unterarm des Toten, ein braunes Dreieck in einem Kreis. Das heißt, es war keine Tätowierung im üblichen Sinn, wie der Doktor nun bei näherer Betrachtung entsetzt feststellte. „Mein Gott, das Zeichen ist eingebrannt worden, so wie man Rinder brandmarkt."

Der Butler und Barker erklärten, daß sie dieses Zeichen bei Douglas schon immer gesehen hatten, aber nicht wußten, was es bedeutete. Doch Ames fiel jetzt etwas anderes auf, was ihn erschrocken rufen ließ: „Aber wo ist denn sein Ehering? Sein Ehering fehlt." Wilson verstand nicht gleich. Der Tote trug zwei Ringe am Finger, einen mit einem kleinen Goldstückchen und einen, der die Form einer geflochtenen Schlange hatte.

„Seinen Ehering trug er immer unter dem Ring mit dem Goldnugget“, erklärte Ames aufgeregt. „Und der ist jetzt weg.“

„Er trug ihn unter dem anderen Ring?“ wiederholte Wilson überrascht. „Das würde ja bedeuten, daß der Täter erst den einen Ring abgezogen, dann den Ehering genommen und den anderen dem Toten wieder angesteckt hat. Kann mir jemand sagen, was das für einen Sinn haben sollte?“

Die anderen schüttelten stumm die Köpfe.

Wilson sah sich mit dem Fall vollständig überfordert und beschloß, umgehend White Mason von der Kriminalpolizei der Grafschaft zu verständigen.

Soviel vorerst zu dem, was sich vor unserem Eintreffen auf dem Gutshof ereignete.

White Mason hatte seine Meldung mit dem Frühzug an Scotland Yard geschickt. Mittags um zwölf empfing er uns nun persönlich am Bahnhof in Birlstone.

Ihm war anzusehen, daß er das Landleben liebte. Er hatte eine gesunde Gesichtsfarbe, und auch mit seiner kräftigen, untersetzten Figur wirkte er eher wie ein Landwirt, denn als Kriminalpolizist.

In der Gaststube des Hotels, wo wir untergebracht waren, schilderte Mason uns dann voller Eifer die Ereignisse im Detail, soweit sie ihm bekannt waren. MacDonald machte sorgfältig Notizen, während Holmes nur schweigend zuhörte. Aber sein Gesichtsausdruck zeigte die freudige Erregung eines Wissenschaftlers, der vor einer bedeutenden Entdeckung steht.

„Höchst bemerkenswert“, lautete Holmes’ Kommentar, als Mason geendet hatte. „Ich könnte jetzt keinen meiner bisherigen Fälle nennen, der ähnliche Rätsel aufgab. Diese Geschichte ist äußerst reizvoll. Alle Achtung, Mr. Mason. Es ist ein wirklich respektables Verbrechen, das Sie da vorzuweisen haben.“

Dieses absonderliche Lob war typisch für Holmes, auf ihn wirkte ein spannender Kriminalfall eben genauso wie auf einen Briefmarkensammler eine blaue Mauritius.

Mein Freund erkundigte sich jetzt bei Mason genauer nach der Tatwaffe. Er erfuhr, daß das Gewehr mit grobem Schrot geladen war und eine Länge von insgesamt nur sechzig Zentimeter hatte. Zwischen den beiden Läufen war die Buchstabenfolge *PEN* eingestanzt.

„Pennsylvania Small Arm Company, eine bekannte amerikanische Waffenfirma", ergänzte Holmes so trokken wie selbstverständlich.

Auf Masons Bewunderung reagierte Holmes mit einer wegwerfenden Handbewegung. Aber ich kannte ihn. Innerlich erfüllte es ihn mit Genugtuung, wenn seine Fähigkeiten entsprechend gewürdigt wurden. Holmes litt nicht an falscher Bescheidenheit, auch wenn er sich nach außen hin manchmal so gab. Andererseits legte er wirklich keinen Wert darauf, sich öffentlich mit der Lösung eines Falles zu brüsten, und überließ die Lorbeeren gerne der Polizei. Da mochte natürlich auch das Bewußtsein eine Rolle spielen, daß ich als sein Chronist den tatsächlichen Ablauf der Ermittlungen ja später festhalten würde. In jedem Fall wäre es aber falsch gewesen, Holmes im üblichen Sinne als eitel zu bezeichnen.

In der Folge entwickelte sich eine heftige Diskussion zwischen MacDonald und Mason. Mason ging davon aus, daß der Mordschütze in jedem Fall von außen gekommen war, da niemand die Waffe jemals vorher im Haus gesehen hatte. MacDonald ließ dies nicht als stichhaltig gelten. Abgesägte Läufe seien zwar typisch für die amerikanische Unterwelt, meinte er, aber schließlich habe Douglas in Amerika gelebt, ebenso wie Barker, und ein Gewehr könne man schließlich auch versteckt halten und Spuren wie Fußabdrücke absichtlich legen. MacDonald wandte sich schließlich Beistand suchend an meinen Freund.

„Ich denke, Mr. Holmes, der Mann wollte nicht stehlen, sondern morden, wobei der fehlende Ring und die Karte auf irgendein ganz persönliches Motiv hindeuten. Aber warum wählte er eine derart laute Waffe? Er mußte doch damit rechnen, daß der Knall sofort die Leute im Haus alarmieren würde und sie ihn bei seiner Flucht durch den Graben sehen könnten. Welchen Sinn gäbe es, wenn der Mörder von außen eingedrungen wäre? Für mich keinen."

Holmes nickte nachdenklich und bestätigte: „Sie denken durchaus logisch, soweit ich das jetzt beurteile. Hat man denn eigentlich Spuren auf der anderen Seite des Wassergrabens gefunden?"

MacDonald verneinte kopfschüttelnd. „Das Ufer ist mit Steinen befestigt, und so gab es dort keine Schuhabdrücke; aber es gab eben auch keinerlei Schlammspuren, die der Täter meiner Meinung nach unweigerlich hätte hinterlassen müssen."

„Wir sollten zum Gutshaus gehen", schlug Holmes entschlossen vor. „Möglicherweise finden wir dort die eine oder andere Kleinigkeit, die uns weiterbringt. Mit Spekulationen am Biertisch ist uns jedenfalls nicht mehr gedient."

Rasen und gewaltige Eichen säumten die Anfahrt zu dem flachen, langgestreckten Haus, dessen Ziegelmauern einen finsteren Eindruck machten. Die hölzerne Zugbrücke lag wie ein Relikt aus längst vergangenen prunkvollen Ritterzeiten über dem Wassergraben. Die weit hochragenden Giebel spiegelten sich darin. Mich überlief ein leichtes Frösteln. Dieses Haus barg in seinen Mauern dreihundert Jahre alte Geheimnisse, die

kein Mensch mehr je erfahren würde. Und jetzt war hier ein Mord geschehen.

Würde das Gemäuer auch das Geheimnis um dieses schauerliche Verbrechen letztendlich bewahren? fragte ich mich unwillkürlich.

Mason deutete auf ein offenes Fenster direkt neben der Zugbrücke und erklärte uns: „So haben wir es letzte Nacht vorgefunden. Durch dieses Fenster muß der Mörder geflüchtet sein."

„Recht eng", bemerkte Holmes mit einem schnellen Blick. „Ein Flüchtling müßte da ziemlich schmal gebaut sein." Dann schritt er gebückt das steinerne Ufer gegenüber dem Fenster ab und den angrenzenden Rasen und untersuchte Zentimeter für Zentimeter nach Spuren. Unvermittelt wandte er sich an Mason: „Ist das Wasser hier immer so trübe?"

„Der Bach führt Lehm", bestätigte der Polizist.

„Wie tief ist der Graben?"

„Knapp einen Meter in der Mitte, außen etwa einen halben Meter." Mason erriet den Gedankengang meines Freundes und setzte hinzu: „Auf keinen Fall kann ein erwachsener Mensch darin ertrinken."

Ich wußte nicht, was in Holmes vorging. Für mich jedenfalls war das Ganze ein Buch mit sieben Siegeln. Wie sollte der Täter durch den Bach geflohen sein, ohne auch nur eine feuchte Spur zu hinterlassen? Ich hielt es für unmöglich. Doch auch über die Zugbrücke konnte der Täter nicht entkommen sein, wenn Ames die Wahrheit sagte. Und es sprach nichts dagegen. Er besaß einen untadeligen Leumund, wie wir von Mason erfahren hatten, und stand bei Douglas in Diensten, seit dieser vor fünf Jahren in das Haus gezogen war.

Als wir über die Zugbrücke gingen und Ames uns in Empfang nahm, war der gute Mann totenbleich und zitterte an seinem ganzen hageren Leib. Als erstes schickte Mason Sergeant Wilson nach Hause, der seit Mitternacht am Tatort ausgeharrt hatte.

Dann betraten wir das Mordzimmer, wo immer noch die Leiche lag. Holmes blieb stehen und blickte sich wortlos im Raum um. Einen Moment lang verharrten seine Augen auf der nur wenig heruntergebrannten Kerze. Dann kniete er neben dem Toten nieder.

White Mason bekräftigte noch einmal seine Ansicht, daß der Täter von außen gekommen sein müsse und sich in diesem Zimmer versteckt habe. Dort sei er dann von Douglas überrascht worden und habe ihn nach einem kurzen Wortwechsel erschossen. Einer Aussage von Mrs. Douglas zufolge, sei der Schuß gefallen, wenige Minuten, nachdem ihr Mann sie verlassen hätte, um seinen üblichen Rundgang durch das Haus zu machen.

„Die Kerze spricht deutlich dafür, daß die Frau in diesem Punkt die Wahrheit gesagt hat", murmelte Holmes.

„So ist es", stellte Mason erfreut fest. „Sie hat nur kurz gebrannt, bevor Mr. Barker sie löschte und die Lampe anzündete. Damit kann sich das Ganze nur folgendermaßen abgespielt haben: Mr. Douglas kam herein und stellte den Kerzenleuchter ab, als er den bewaffneten Eindringling bemerkte. Dieser verlangte von ihm den Ehering und ermordete ihn dann sofort. Er flüchtete und war in dem Moment schon im Wassergraben, als Mr. Barker hereinstürmte, der aber nicht aus dem Fenster schaute. Was meinen Sie dazu?"

„Nun ja", Holmes schüttelte leicht den Kopf, „es ist eine Version, die mich nicht ganz zufriedenstellt." Er wollte Mason wohl nicht vor den Kopf stoßen. Aber ich bemerkte das kurze unwillige Aufflackern in seinen Augen. Ihm wäre es nie in den Sinn gekommen, einen Fall in Einzelheiten vor anderen auszubreiten, bevor er ihn nicht tatsächlich gelöst hatte. Holmes wandte sich nun an den Butler: „Hat Mr. Douglas mal etwas über dieses außergewöhnliche eingebrannte Zeichen auf seinem Unterarm erzählt? Wissen Sie, was es bedeutet?“

„Nein, Sir“, antwortete Ames respektvoll.

Holmes fiel ein kleines Pflaster am Kinn des Toten auf, Ames erklärte, daß sein Herr sich am Tag zuvor beim Rasieren geschnitten habe. Weder Wilson noch Mason oder MacDonald hatten dem Pflaster bisher irgendeine Bedeutung beigemessen. Holmes aber hakte nach: „Schnitt er sich häufig beim Rasieren?“

Wieder verneinte Ames. „Wenn ich mich recht erinnere, erst in letzter Zeit.“

„Das kann heißen, daß er nervöser war als sonst“, überlegte Holmes, „und daß er mit einem Überfall gerechnet hatte. Ein kleines Detail in diesem Puzzle. Immerhin. Dann wollen wir uns einmal diese ominöse Karte näher betrachten.“ Er nahm sie vom Schreibtisch und drehte sie zwischen seinen sehnigen Fingern hin und her. „Aus grobem Karton ausgeschnitten. Wird hier im Haus solches Material gebraucht?“

„Ich glaube nicht, Sir“, erwiderte Ames.

Auf dem Schreibtisch standen zwei Tintenfässer, aus denen Holmes nun eine Probe nahm. Er kleckste zwei Flecke auf ein Löschpapier, legte die Karte daneben und kam nach eingehender Betrachtung zu dem Schluß: „Jedenfalls ist die Karte mit keiner dieser Tinten hier beschrieben worden und auch nicht mit den hier liegenden Federn. Sie sind alle zu dünn. Für die Schrift auf der Karte wurde eine dicke Feder verwendet. Kann sich jemand von Ihnen vorstellen, was die Zeichen bedeuten?“

„Es könnte mit einer Art Geheimbund zusammenhängen.“ Darin waren sich MacDonald und Mason einig.

„Gut, gehen wir vorerst mal von dieser Grundlage aus“, nickte Holmes. „Wenn ein Angehöriger dieses

Bundes Douglas erschossen hat, kann er damit rechnen, daß dieser Fall in den Zeitungen erwähnt wird. Damit würde den anderen Mitgliedern mitgeteilt, daß die Tat ausgeführt wurde. Aber warum wählte er ausgerechnet eine solch laute Waffe, was doch seine Fluchtchance erheblich mindern mußte. Außerdem haben wir noch keine Erklärung dafür, warum der Ehering fehlt. Und ich frage mich, warum bis jetzt noch keine Festnahme stattgefunden hat. Fremde laufen in dieser Gegend nicht in Rudeln herum. Und ich kann doch wohl davon ausgehen, daß jeder Polizist im Umkreis von hundert Kilometern mittlerweile die Augen nach einem Fremden offenhält?"

Die Frage war an Mason gerichtet, der eifrig bejahte.

Holmes widmete sich nun als nächstes der genauen Untersuchung des Fensterbretts, wozu er sein Vergrößerungsglas benützte.

„Der blutige Abdruck stammt eindeutig von einem Schuh", stellte er fest. „Er ist ungewöhnlich breit, wie man es bei Spreizfüßen findet." Er beugte sich über die Schmutzflecken auf dem Teppich in der Ecke. „Was mir seltsam erscheint, ist dagegen die Tatsache, daß diese Abdrücke hier von einem schmaleren Schuh stammen dürften. Allerdings sind sie nicht sehr deutlich. Doch ich glaube nicht, daß ich mich da irre." Bevor er sich wieder aufrichtete, fiel sein Blick unter das Serviertischchen. „Nanu", rief er spontan aus, „was haben wir denn da? Auch das ist seltsam."

„Es sind die Hanteln von Mr. Douglas, Sir", erklärte Ames zwar wieder respektvoll, aber sein Ton deutete an, daß er daran nichts seltsam finden konnte.

Holmes belehrte ihn leicht ironisch: „Nicht die Tatsache, daß er Hanteln besaß, finde ich merkwürdig, Ames, sondern die Tatsache, daß hier lediglich eine Hantel liegt. Oder trainierte er etwa nur mit einer einzigen?"

„Nein, Sir, ich glaube nicht, obwohl ich nicht sonderlich darauf geachtet habe." Der Butler errötete etwas. „Ich wollte mir nicht anmaßen, Ihre Äußerungen zu kritisieren, Sir."

Holmes schmunzelte, erwiderte aber nichts. Dann verfiel er in dieses Grübeln, das ihn Anwesende völlig vergessen ließ. Aber er wurde durch ein energisches Klopfen an der Tür gestört.

Cecil Barker kam herein.

„Tut mir leid, Sie zu unterbrechen. Aber Sie sollten gleich erfahren, daß Arbeiter des Gutes das Fahrrad von dem Burschen aus einem Efeugebüsch gezogen haben, nur hundert Meter von hier. Es ist ziemlich verdreckt, wie nach einer langen Fahrt, aber es gibt nichts, was auf den Besitzer hinweist."

„Wenn es dem Mörder gehört", sagte schließlich MacDonald nach einer kurzen Schweigepause, „dann soll mir, verdammt noch mal, jemand erklären, wieso er es zurückgelassen hat und wie er sich anschließend in Luft auflösen konnte. Entschuldigen Sie mein Aufbrausen, meine Herren. Aber dieser Fall erscheint mir zunehmend unlösbar."

„Nur keine voreiligen Schlüsse", murmelte Holmes. „Immerhin haben wir schon einiges erfahren, seitdem wir in dieses Haus gekommen sind."

„Das trifft auf mich nicht zu", brummte MacDonald. „Da müssen Sie wohl mal wieder schlauer sein als wir anderen, Mr. Holmes."

Holmes ließ weder durch seine Miene noch durch ein weiteres Wort erkennen, was in ihm vorging. Auch als wir anschließend das Haus verließen und das Fahrrad besichtigten, gab er sich recht schweigsam. Aber anschließend bestand er darauf, einige Mitglieder des Haushalts zu verhören. Die Befragung fand im Speisezimmer statt.

Ames, der als erster an die Reihe kam, wußte nicht viel Neues zu berichten. Lediglich, daß Douglas am Tag vor seinem Tod geschäftliche Angelegenheiten außerhalb erledigt hatte und danach nervös und reizbar gewesen war, was der Butler von ihm sonst nicht kannte. Den tödlichen Schuß habe er nicht gehört, versicherte Ames, weil er sich zu der Zeit im Geschirrzimmer beim Silberputzen aufgehalten habe. – Dieses Zimmer und die Küche befanden sich im hintersten Flügel des Hauses, so daß Ames' Aussage durchaus glaubhaft war.

Ebenso wie die Haushälterin war er erst durch das heftige Läuten der Glocke alarmiert worden und in die Halle gestürzt. „Wir sahen Mrs. Douglas die Treppe herunterkommen. Sie schien nicht besonders erregt", erinnerte sich Ames. „In dem Augenblick stürzte Mr. Barker aus dem vorderen Zimmer und hielt sie davon ab, hineinzugehen. Die Haushälterin, Mrs. Allen, brachte Mrs. Douglas wieder nach oben, während ich mit Barker das Zimmer betrat, in dem Mr. Douglas lag. Wir ließen alles, wie es war und wie es schließlich auch die Polizei vorfand. Wir schauten noch aus dem Fenster, bemerkten aber nichts Auffälliges, die Nacht war auch sehr finster. Dann habe ich die Zugbrücke heruntergelassen, und Mr. Barker ist losgelaufen, um die Polizei zu informieren."

Mrs. Allen, die Haushälterin, bestätigte die Aussage von Ames. Sie war etwas schwerhörig und hatte den Schuß möglicherweise deshalb nicht wahrgenommen, obwohl ihr Zimmer nicht weit von Douglas' Arbeitszimmer entfernt war. Sie habe gerade zu Bett gehen wollen, als die Glocke geläutet worden sei, berichtete sie. Dann fiel ihr noch ein, daß sie etwa eine halbe Stunde zuvor gehört hatte, wie eine Tür laut zugeknallt worden war. Sie hatte sich aber nicht weiter darum gekümmert. Nach dem Vorfall war sie fast die ganze Nacht bei Mrs. Douglas geblieben, die einen furchtbar gequälten und aufgelösten Eindruck gemacht hatte.

Die Befragung von Cecil Barker erwies sich als nicht einfach. Wir erfuhren nur von ihm, daß Douglas als Jugendlicher von Irland nach Amerika ausgewandert war. In Kalifornien hatten sich die beiden schließlich beim Goldschürfen kennengelernt. Sie waren Partner geworden und hatten es zu Reichtum gebracht. Aber plötzlich hatte Douglas alles verkauft und war nach England gezogen.

„Im nachhinein nehme ich an", meinte Barker nun, „daß sich mein Freund wohl damals schon bedroht gefühlt hat und daß ihm eine skrupellose Geheimbande auf den Fersen war. Einige seiner Bemerkungen, die aber nicht sehr konkret waren, haben mich darauf gebracht und dann der überstürzte Aufbruch von Kalifornien. Ja, es sah fast wie eine Flucht aus."

Barker war fünf Jahre lang mit Douglas in Kalifornien zusammengewesen. Sie hatten sich kennengelernt, kurz nachdem dessen erste Frau an Typhus gestorben war. Wo in Amerika sein Freund sich die ganze Zeit vorher aufgehalten hatte, wollte oder konnte Barker nicht sagen, nur, daß jenem die Gegend um Chicago offenbar vertraut gewesen war.

„Als er dann weg war", fiel Barker noch ein, „erkundigten sich bald mehrere Männer nach ihm. Sie waren sicherlich Amerikaner, aber keine Goldgräber, und sie sahen ziemlich brutal aus. Ich wunderte mich, denn Douglas war kein geselliger Mensch, er war zum Beispiel nie mit anderen etwas trinken gegangen."

„Wie lange ist das schon her?" fragte MacDonald gespannt.

„Etwa sieben Jahre."

MacDonald rechnete. „Und vorher hatten sie schon fünf Jahre mit Douglas zusammengelebt. Wenn diese

Männer etwas mit dem schrecklichen Ende von Mr. Douglas hier zu tun haben, dann müßte der Anfang der ganzen Geschichte wahrscheinlich mindestens zwölf Jahre zurückliegen."

„So ist es", bestätigte Barker. Er wirkte ruhig und gelassen. „Ich selbst bin einige Wochen vor seiner zweiten Hochzeit vor fünf Jahren hierhergekommen und war dann Trauzeuge."

„Wie gut kennen Sie Mrs. Douglas?" lautete MacDonalds nächste Frage. „Es gehen da einige Gerüchte um, daß Mr. Douglas den Kontakt zwischen Ihnen und seiner Frau nicht für rein kameradschaftlich hielt."

Barker reagierte heftig, mit seiner Gelassenheit war es vorbei. Das Blut schoß ihm ins Gesicht, und er rief erbost: „Auf solch beleidigende Fragen gebe ich keine Antwort."

MacDonald war der Meinung, daß er hier sei, um einen Mord aufzuklären, und nicht, um Höflichkeitsformen zu wahren, und sagte: „Das steht Ihnen frei. Aber Ihr Schweigen müßte ich dann auch als Antwort deuten."

Cecil Barker hatte sich erstaunlich schnell wieder in der Gewalt. Er lächelte sogar, als er nun erwiderte: „Ich war wohl zu unbeherrscht, einem Inspektor gegenüber, der nur seine Pflicht tut. Tatsache ist, daß mein Freund manchmal wirklich sehr eifersüchtig reagierte und schlimme Anschuldigungen vorbrachte. Ich kann Ihnen versichern, daß seine Ausbrüche jeder Grundlage entbehrten. Trotzdem weigerte ich mich deshalb des öfteren, sein Haus noch zu betreten. Aber jedesmal beschwor er mich dann in Briefen, wiederzukommen, was ich dann auch tat. Das ist alles zu diesem Thema, darauf gebe ich Ihnen mein Wort als Ehrenmann."

MacDonald nickte ernst, fuhr aber mit seiner Vernehmung fort. „Sie werden verstehen, daß der fehlende

Ehering den Verdacht nahelegt, daß zwischen Mr. Douglas' jähem Ende und seiner Ehe ein Zusammenhang bestehen könnte."

Ich sah Barker an, daß er sich nur mühsam beherrschte. Seine Fäuste ballten sich, aber seine Stimme blieb kühl: „Das ist Ihre Meinung. Aber Sie sind damit auf der falschen Fährte."

Jetzt schaltete sich Sherlock Holmes ein, der bisher nur zugehört, aber Barker unter halb geschlossenen Augenlidern scharf beobachtet hatte. „Lassen wir dieses Thema vorerst fallen, Mr. Barker. Und bitte korrigieren Sie mich, wenn ich im folgenden ihre Rolle bei dieser traurigen Geschichte nicht richtig beurteile. Sie hörten den Schuß und waren sofort hier zur Stelle. Auf dem Tisch brannte nur eine Kerze. Trotzdem erfaßten Sie gleich die Situation in ihrem ganzen schrecklichen Ausmaß und läuteten. Und innerhalb von höchstens einer Minute kamen andere Bewohner dieses Hauses dazu. Da war die Kerze schon aus, und die Lampe brannte. Richtig?"

„Fehlerlos", lächelte Barker.

„Das finde ich erstaunlich", lächelte Holmes ebenfalls. Aber in seinem Lächeln fand sich keine Spur von Humor. „Die Kerze gab doch nur ein sehr schlechtes Licht."

Jetzt wurde Barker eine Spur unsicher. Er überlegte eine Sekunde. „Ja, auch da haben Sie recht. Ich zündete die Lampe an und blies erst dann die Kerze aus." Er warf einen herausfordernden Blick in die Runde. „Wenn es keine weiteren Fragen mehr gibt, würde ich jetzt gerne gehen. Ich denke, ich habe alles gesagt, was ich weiß."

„Wenn Sie dann freundlicherweise Mrs. Douglas zu uns bitten würden." Damit entließ ihn MacDonald nach einem kurzen Blickwechsel mit Holmes.

Kurz darauf erschien eine große, schlanke Frau, tatsächlich eine Schönheit. Ihr Gesicht war bleich, um die Augen hatte sie dunkle Schattenringe, doch die Züge wirkten durchaus beherrscht. Ihre gepflegten Hände lagen ruhig im Schoß, als MacDonald mit seinen Fragen begann.

„Wie lange ist Ihr Mann schon in seinem Arbeitszimmer gewesen, als Sie den Schuß hörten? Können Sie sich daran erinnern, Mrs. Douglas? Ich würde verstehen, wenn Sie noch unter einem Schock . . .“

Sie unterbrach ihn beinahe barsch: „Sie müssen mich nicht mit Samthandschuhen anfassen, Inspektor. Um auf Ihre Frage zu antworten, so weiß ich nicht genau, wann er das Ankleidezimmer verließ. Aber er machte jeden Abend die Runde im Haus. Aus Sorge, daß ein Feuer ausbrechen könnte. Das war überhaupt das einzige, was er fürchtete.“

Ich dachte daran, daß Douglas unter Einsatz seines Lebens in das brennende Pfarrhaus gestürzt war, als dort schon keine Menschen mehr, sondern nur noch Gegenstände zu retten waren, und ich wunderte mich über diese Aussage.

MacDonald ging nicht auf diesen Punkt ein, sondern wollte wissen: „Hat Ihr Mann Ihnen gegenüber erwähnt, daß ihm von irgendeiner Seite Gefahr drohte?“

Es verging einige Zeit, bis Mrs. Douglas antwortete: „Er hat nur Andeutungen in dieser Hinsicht gemacht. Aus denen konnte ich schließen, daß er mächtige Feinde hatte. Er erzählte nie Genaueres davon, wohl um mich zu schonen. Aber ich machte mir Sorgen und konnte nicht schlafen, wenn er längere Zeit unterwegs war, was allerdings selten vorkam.“

Holmes hakte nach: „Bei diesen Andeutungen, wie hat er sich da genau ausgedrückt?“

Wieder überlegte sie, bevor sie erwiderte: „Er sprach

manchmal von einem Tal der Furcht, wo er gewesen sei und das ihn wohl nie loslassen würde. Ich bin sicher, daß er damit ein Tal meinte, das es wirklich gibt. Aber er sagte mir nie, wo es liegt."

„Hat er denn während der fünf Jahre, in denen Sie mit ihm verheiratet waren, nie Namen erwähnt?" Holmes beugte sich vor. „Das scheint mir kaum möglich zu sein, auch nicht bei dem verschwiegensten Ehemann."

Zu meiner Überraschung nickte sie ernst. „Sie haben recht, jetzt wo Sie das erwähnen, fällt mir etwas ein. Nach einem Jagdunfall vor Jahren phantasierte er einmal, wobei er mehrmals den Namen McGinty nannte. Die Art, wie er diesen Namen aussprach, ließ mich darauf schließen, daß ein Zusammenhang zwischen diesem McGinty und dem Tal der Furcht bestand."

Mehr zu dieser Sache war nicht aus ihr herauszubringen. MacDonald sprach sie nun auf den verschwundenen Ehering an. Ich glaubte, ein leichtes Lächeln über ihre Lippen huschen zu sehen.

„Darauf kann ich mir wirklich keinen Reim machen", erklärte sie fest. „Wenn Sie vielleicht meinen, mein Mann hatte einen Nebenbuhler, kann ich das eindeutig verneinen. Und als wir uns kennenlernten, war ich ganz ungebunden."

MacDonald verabschiedete sie mit dem Hinweis, daß er ihr eventuell später weitere Fragen stellen würde. Bevor sie hinausging, streifte sie uns alle mit einem prüfenden Blick. Sie versuchte wohl festzustellen, was wir über ihre Angaben dachten.

Holmes saß eine Weile, stumm in sich gekehrt, da. Wir wollten ihn nicht stören. Ich glaube, nicht nur ich erwartete, daß er jeden Moment aufsprang und uns die Lösung des Falles präsentierte. Statt dessen aber läutete er nach Ames und erkundigte sich, wo sich Mr. Barker im Augenblick aufhielt. Ames' Auskunft lautete, daß der in den Garten gegangen sei. Holmes' nächste Frage gab uns allen Rätsel auf. Er wollte wissen, was Barker an den Füßen getragen hatte, als er aus dem Arbeitszimmer gekommen war.

Der Butler mußte darüber nicht nachdenken. „Pantoffeln, Sir. Ich erinnere mich deshalb genau daran, weil ich ihm erst seine Straßenschuhe bringen mußte, als er die Polizei benachrichtigen wollte."

Holmes schickte Ames, die Pantoffeln zu holen. Als er sie brachte, sahen wir alle, daß auf ihren Sohlen getrocknetes Blut war.

Ames, der unsere Blicke bemerkte, erklärte schnell: „Ich sehe, daß Sie der Zustand der Pantoffeln erstaunt. Dazu muß ich sagen, daß auch meine Schuhe voll Blut waren. Ich hoffe, Sie nehmen es mir nicht übel, daß ich vergaß, dies bisher zu erwähnen." Er schaute uns ängstlich an. Der arme Mann tat mir leid.

Holmes beruhigte ihn. „Keine Sorge. So wie das Zimmer aussieht, ist es nicht ungewöhnlich, wenn an Ihren Schuhen Blut ist." Er nahm Ames die Pantoffeln ab und winkte uns ins Arbeitszimmer. Dort legte er sie auf die Blutspuren am Fensterbrett und lächelte uns an.

MacDonald begriff nach einem kurzen Blick und rief aufgeregt: „O Mr. Holmes, wie sind Sie nur darauf gekommen? Das paßt genau. Die Spuren hier stammen von Cecil Barkers Pantoffeln, oder ich will meinen Beruf wechseln. Aber warum nur, was steckt dahinter?"

„Das ist die Frage", murmelte Holmes, während Mason richtig vergnügt in sich hineinlachte: „Ich habe ja gleich gesagt, diese Geschichte ist eine harte Nuß."

Mir selbst war gar nicht nach Fröhlichkeit zumute. Im Gegenteil, meine Nerven waren sehr angespannt. Ich konnte mich nicht daran gewöhnen, ein derart brutales Verbrechen, dessen blutiges Opfer ich immer wieder vor Augen hatte, kühl wissenschaftlich zu analysieren.

Deshalb beschloß ich, alleine zu unserem Quartier zurückzugehen, und entschuldigte mich.

Langsam wanderte ich durch den alten Garten, atmete tief durch und fühlte, wie mir die kühle, klare Luft guttat. Da ließ mich leises Lachen am Ende der Hecke aufhorchen. Zweifellos eine Frauenstimme. Ich glaubte meinen Ohren nicht zu trauen: Dieses Lachen kam von Mrs. Douglas. Ich warf einen Blick über die Hecke. Tatsächlich saß da auf einer Bank die Witwe und war von gelöster Heiterkeit, was mich an sich schon erschütterte. Tiefe Abscheu aber stieg in mir hoch, als ich neben ihr Cecil Barker erkannte, der ebenfalls einen recht fröhlichen Eindruck machte.

In diesem Augenblick hob er den Kopf und bemerkte mich. Einen Moment lang schien er erschrocken. Dann stand er auf und kam mit ernster Miene auf mich zu. Mrs. Douglas folgte ihm. Doch auch ihr Gesicht wandelte sich im Nu und nahm wieder jenen gefaßten Ausdruck an, den ich von der Vernehmung her kannte. Welch eine Schauspielerin! dachte ich empört. Ich wollte mich wortlos davonmachen, als mich Barkers Stimme zurückhielt.

„Einen Moment, Dr. Watson. Ich fürchte, Sie nehmen einen gänzlich falschen Eindruck mit, wenn Sie uns keine Erklärung für unser Verhalten gestatten."

Ich wandte mich den beiden nun doch zu, allerdings so kühl und abwertend blickend, daß sie keinen Zweifel über meine Meinung haben konnten. „Meine Zeit ist sehr begrenzt", gab ich ihnen knapp zu verstehen.

Cecil Barker ignorierte meine Ablehnung. Ruhig sah er mich an und meinte: „Ich beschwöre Sie, Dr. Watson, ziehen Sie keine voreiligen Schlüsse, hören Sie uns an."

„Ja, bitte, Dr. Watson", drängte jetzt auch Mrs. Douglas. „Sie würden verstehen, wenn ich Ihnen mehr erzählen könnte. Aber da müßte ich sicher sein, daß ihr

Freund Mr. Holmes der Polizei gegenüber schweigen würde, falls wir uns ihm erklären."

Barker nickte heftig.

Ich erwiderte kalt: „Ich denke nicht, daß Mr. Holmes eine offensichtlich schmutzige Liebesaffäre decken würde, um dadurch einen abscheulichen Mord ungesühnt zu lassen. Jedoch können Sie ihn gerne selbst fragen. Guten Abend." Damit ließ ich sie nun wirklich stehen und ging schnell davon. Jetzt wollte ich nur noch weg von diesem Haus und seinen Bewohnern.

Ich war immer noch aufgewühlt, als Holmes am späten Nachmittag die Gaststube betrat und sich mit einem enormen Appetit an das Abendessen setzte. Er war bester Laune, was sich zu meinem Ärger auch nicht änderte, als ich ihm von meinem Erlebnis berichtete.

Sein einziger Kommentar dazu lautete: „Ich nehme keine vertraulichen Aussagen Verdächtiger entgegen. Da hast du völlig recht, mein lieber Watson. Womöglich ist man da schneller in einen Komplott verwickelt, als einem lieb sein kann."

„Aha, du glaubst also auch das gleiche wie ich." Ich war schon wieder etwas besänftigt.

Doch Holmes lachte vergnügt: „Das kann ich nicht beurteilen, mein Lieber. Hast du dir denn auch schon überlegt, daß eine Hantel der Schlüssel zu dieser Geschichte ist?"

Das hatte ich nicht, und mir stand jetzt vor Verblüffung der Mund offen, während Holmes genüßlich Toast in sich hineinstopfte.

„Mach den Mund ruhig wieder zu, Watson. Selbst unsere mit dem Fall betrauten verehrten Kriminalisten haben dies bis jetzt nicht begriffen." Endlich war er mit dem Essen fertig und zündete sich eine Pfeife an. Dann fuhr er fort: „Ganz offenbar ist noch keinem von euch aufgefallen, daß alles ein gewaltiges Lügengebäude ist.

Barker lügt, natürlich auch unsere schöne Mrs. Douglas, weil sie ja dasselbe Märchen erzählt wie Barker."

„Davon rede ich doch die ganze Zeit schon", bemerkte ich sauer.

Holmes lachte wieder. „Ja und nein, Watson. Und wenn du deine gekränkte Eitelkeit beiseite schiebst, können wir beide mal zusammen versuchen, dieses Lügengewebe zu durchschauen."

„Nur zu", forderte ich ihn auf. „Ich habe mich ja schon lange daran gewöhnt, daß ich am Schluß immer wie ein Dummkopf dastehe. Aber neugierig bin ich natürlich doch."

In der folgenden Stunde gingen wir die Fakten noch einmal durch, wobei mein Freund mich geschickt so lenkte, daß ich mich schließlich fragte, warum ich nicht selbst soweit gekommen war. Aber so war es jedesmal. Alles schien auf der Hand zu liegen, wenn Holmes Zusammenhänge erklärte, und doch hätte kaum ein anderer sie herstellen können.

Jetzt war auch für mich völlig klar: Es war unmöglich, daß der Mörder innerhalb einer Minute dem Toten den Ehering und den Ring darüber abziehen, diesen wieder anstecken, die Karte auf den Boden legen und aus dem Zimmer verschwinden konnte.

Und wiederum wäre es bei einem furchtlosen Mann wie Douglas auch höchst unwahrscheinlich gewesen, daß er seinen Ehering freiwillig hergegeben hätte.

Aber der Ehering war nun einmal verschwunden. Ein Fakt. Also mußte der Mörder eine ganze Zeit lang mit Douglas alleine gewesen sein. Aber wie, fragte ich mich verwirrt. Die nur ganz wenig heruntergebrannte Kerze bewies schließlich, daß sich Täter und Opfer vor dem Schuß nicht lange unterhalten hatten.

„Hast du schon mal in Betracht gezogen, lieber Watson", lächelte Holmes, „daß die Kerze ein absichtliches Täuschungsmanöver war ebenso wie die Blutspuren auf dem Fensterbrett? Ich behaupte, daß während des grausigen Geschehens die Lampe brannte, die Kerze später kurz angezündet wurde, und, jetzt kommt es, Watson, daß der Schuß eine gute halbe Stunde früher gefallen ist, als man uns weismachen wollte. Erst dann läutete Barker nach Ames, so daß eine halbe Stunde Zeit war, die falschen Spuren zu legen, was vollauf genügte."

„Welchen Beweis hast du dafür? Mir ist in dieser Hinsicht nichts aufgefallen."

„Reden wir nicht von einem Beweis, Watson", berichtigte mich Holmes, „eher von einem Indiz. Erinnerst du dich an die Aussage der schwerhörigen Haushälterin, Mrs. Allen?"

„Natürlich. Aber die hat doch nichts gehört." Ich schüttelte den Kopf, was Holmes zu derselben Reaktion veranlaßte.

„O Watson. Mrs. Allen hörte eine halbe Stunde vor der angeblichen Tatzeit einen Knall, den sie auf das Zuschlagen einer Tür zurückführte. Das heißt aber nicht, daß dies auch wirklich die Ursache war. Es war lediglich für die brave Mrs. Allen das Nächstliegende. Es gab ja schließlich keinen Grund für sie, an einen Schuß zu denken. Doch genau das dürfte es gewesen sein. Du kannst den Fall drehen, wie du willst, keine der bisherigen Theorien ist mit der angegebenen Tatzeit in Übereinstimmung zu bringen. Also ist es nur logisch, daß sie falsch sein muß."

„Aber da ist doch noch die Sache mit dem Fahrrad", wandte ich gerade ein, als MacDonald und Mason hereinkamen und sich zu uns setzten.

Beide sahen aus, als hätten sie einen Erfolg zu verbuchen, und MacDonald hielt auch keine Sekunde hinter dem Berg. Er rieb sich die Hände und triumphierte:

„Tja, Mr. Holmes, wir waren nicht untätig, kann ich wohl behaupten. Ich glaubte, wie ich zugeben muß, ja nicht so recht daran, daß unser Mörder von außen kam. Aber jetzt. Der Wirt vom ‚Adler' in Tunbridge Wells hat nämlich das Fahrrad identifiziert. Und er hat uns den Mann beschreiben können, der damit unterwegs war: Allerdings ist dieser seit gestern morgen verschwunden und hat das Zimmer, das er im ‚Adler' bewohnte, nicht mehr benützt. Aber jeder Polizist in England sucht diesen Mann nun, und Sie dürfen mir glauben, daß wir ihn bald haben werden. Was sagen Sie jetzt?"

„Sieh an, alle Achtung", schmunzelte Holmes. „Sie haben sicher richtige Schlüsse daraus gezogen, daß Mr. Douglas seit seinem geschäftlichen Ausflug in Tunbridge Wells nervöser war als sonst, und das Fahrrad dort daraufhin herumgezeigt. Ihrer Ansicht nach muß dann der Mörder nach dem Verbrechen zu Fuß geflüchtet sein, was zwar rätselhaft erscheint, aber immerhin hat er sich bisher seiner Verhaftung erfolgreich entzogen."

„Genau", mischte sich Mason eifrig ein. „Früher oder später hätte der Wirt vom Adler sowieso Vermißtenanzeige erstattet. Aber der Kerl hat wohl angenommen, daß er bis dahin schon über alle Berge sei."

„Was er wohl auch ist", betonte Holmes noch einmal trocken.

„Ja, aber das ist noch nicht alles." MacDonald ließ sich in in seiner Euphorie nicht bremsen. „Unser Mann hat einen kleinen Koffer im Hotel zurückgelassen, in den ohne weiteres das Gewehr gepaßt hätte. Als er mit dem Rad wegfuhr, trug er einen Mantel, worunter er die Waffe ebenfalls leicht verstecken konnte. In seinem Hotelzimmer fanden wir außerdem eine Karte von Sussex, und da aus seiner Kleidung alle Wäschezeichen herausgetrennt sind und keinerlei Papiere zu finden waren, ist ganz eindeutig, daß er seine Identität verbergen wollte. Doch der Wirt ist der Meinung, daß sein Akzent zweifellos auf einen Amerikaner schließen ließ. Das ist unser Mann, Mr. Holmes. Und mit seiner Ergreifung wird auch dieser Fall gelöst sein."

„Eben", bekräftigte Mason. „Nachdem ich den Fundort des Fahrrads gesehen hatte, ist mir klargeworden, daß er erst im Freien auf Douglas gelauert hatte, um ihn zu erschießen. Das erklärt auch diese laute Mordwaffe. In einer Gegend, wo viel gejagt wird, fällt ein Schuß im Freien niemandem auf. Aber Douglas kam nicht aus dem Haus, so daß sich der Mörder schließlich hineinschlich. Es muß ihm ganz schön heiß geworden sein in seinem Versteck, als er durch das Fenster sah, wie die Zugbrücke hochgezogen wurde und ihm als einziger Fluchtweg der Wassergraben blieb."

„Trotzdem ist sein Rückzug bestens gelungen", warf Holmes ein. Die anderen beiden waren so mit ihrer Entdeckung beschäftigt, daß nur ich die leise Ironie bemerkte, die in Holmes' Stimme mitschwang. Er erkundigte sich schließlich noch genau nach dem Gesuchten. Und wir erfuhren, daß er sich Hargrave genannt hatte, um die fünfzig Jahre alt war, mittelgroß, ein verwegen wirkendes Gesicht hatte, mit Schnurrbart, was Holmes zu der Bemerkung veranlaßte, daß dies ebensogut eine Beschreibung von Douglas selbst hätte sein können. Dann erzählte er seine Version des Geschehens und dämpfte dadurch die Freude der zwei anderen Kriminalisten nach und nach sehr.

MacDonald kannte meinen Freund immerhin gut genug, um zu wissen, daß er sich dessen, was er sagte, sehr sicher war.

Fast kleinlaut meinte er: „Wenn es so ist, sind wir jetzt nicht viel schlauer als am Anfang. Was sollen wir also tun, Mr. Holmes?"

„Im Moment brauche ich nur eine dunkle Nacht und

Watsons Regenschirm", lächelte Holmes geheimnisvoll. – Mehr brachten wir beim besten Willen nicht aus ihm heraus.

Eine Stunde später, als es dunkel wurde, machte sich Holmes auf und ließ uns mit etlichen Rätseln alleine.

Als er zurückkam, schlief ich schon. Holmes schüttelte mich leicht an der Schulter, und ich sah ihn über mich gebeugt. Der Schein einer Kerze tauchte sein Gesicht in ein geisterhaftes Licht. Grinsend flüsterte er: „Mach dich morgen auf einige dicke Überraschungen gefaßt, mein lieber Watson." Er kicherte leise in sich hinein und ging zu Bett. Wenige Minuten später hörte ich seine regelmäßigen Atemzüge, während ich nun die halbe Nacht wach lag und grübelte.

Am nächsten Morgen stöhnten MacDonald und Mason über einer wahren Flut von Hinweisen aus halb England, die alle dem gesuchten Hargrave galten, was bei Holmes Heiterkeit auslöste. Als er sah, daß die beiden Polizisten sich darüber ärgerten, wurde er schnell wieder ernst.

„Wenn ich Ihnen einen gutgemeinten Rat geben darf, meine Herren: Vergessen Sie diesen Hargrave. Er bringt Sie nicht ein Stück weiter."

Mason äußerte wütend, daß er der Auffassung war, Holmes wolle die Lorbeeren für den Fall alleine ernten und gönne der Polizei nicht, daß sie weit näher an der Festnahme des Täters und seiner Identifizierung war als er, der berühmte Detektiv, der ja schließlich einen Ruf zu verlieren hatte.

Holmes wies dies ruhig, aber bestimmt als Unterstellung zurück, für die es keinerlei Grundlage gebe, was er bei den bisherigen Fällen wohl oft genug bewiesen habe.

MacDonald konnte und mußte dies zugeben. Er glättete schließlich die Wogen, indem er Mason erklärte, daß Holmes seine Theorien nur immer so weit bekanntgab, wie er sie für bestätigt hielt, aber dabei noch nie die Polizei an der Nase herumgeführt hätte. Mason brummte danach eine Entschuldigung.

Holmes teilte nun den beiden mit, daß er vergangene Nacht im Gutshaus gewesen sei, wo ihn Ames heimlich hereingelassen habe. Vorher aber hatte sich Holmes in einer Broschüre, die man dort in jedem Tabakladen kaufen konnte, über die Geschichte des Gutshauses informiert.

„Sehr interessant übrigens", erläuterte mein Freund. „Das Haus steht auf den Resten eines jahrhundertealten Gemäuers, wie wir ja bereits wußten, und wurde zur Regierungszeit von James I. gebaut. Schon viel früher hatte sich König Charles hier während des Bürgerkriegs vor seinen Feinden erfolgreich verborgen, was mich in unserem gegenwärtigen Fall erheblich weitergebracht hat . . ."

„Veralbern Sie uns nicht, Mr. Holmes." Mason wurde schon wieder ärgerlich.

Ich konnte es dem Mann nachfühlen. Holmes hatte oft eine äußerst komplizierte Art, Hinweise zu geben. Als er die beiden Kriminalisten jetzt noch bat, ihm doch vorerst freie Hand zu lassen und sich nicht einzumischen, nickte MacDonald seinem Kollegen allerdings beschwichtigend zu. Ihm waren die Methoden meines Freundes schließlich nicht neu. Knurrend gab Mason sein Einverständnis.

„Gut", meinte Holmes zufrieden. „Dann seien Sie bitte vor Anbruch der Dunkelheit wieder hier. Aber vorher möchte ich Ihnen noch einen Brief an Mr. Barker diktieren, Mac, wenn Sie einverstanden sind. Das gehört zu meinem Plan."

MacDonald schlug die Augen nach oben und zückte sein Notizbuch.

Holmes begann zu diktieren:

Sehr geehrter Mr. Barker!
Ich halte es für angebracht, Ihnen vorab mitzuteilen, daß wir morgen früh den Burggraben ablassen werden, indem wir das Wasser umleiten. Wir gehen davon aus, daß wir etwas finden, was uns im Fall Douglas weiterbringt und ...

„Aber das ist doch gar nicht zu bewerkstelligen", warf Mason gereizt ein.

„Das behaupte ich auch nicht." Holmes lächelte und diktierte zu Ende. Dann bat er MacDonald, den Brief gegen vier Uhr zu Barker zu schicken und gleich darauf mit Mason zu uns ins Gasthaus zurückzukehren.

Es war schon Abend, als wir alle zusammen losgingen und uns unter Holmes' Führung in den Gutspark schlichen. Dort lotste uns mein Freund schließlich hinter ein Gebüsch, von dem aus wir die Zugbrücke im Auge behalten konnten, die jetzt heruntergelassen war.

„Es ist möglich, daß wir Geduld brauchen", flüsterte Holmes uns zu, ohne seinen scharfen Blick von dem erleuchteten Fenster des Arbeitszimmers zu wenden.

Holmes hatte recht. Bald froren wir erbärmlich, und Mason brummte unwillig vor sich hin. MacDonald bemerkte irgendwann, daß die Sache für seine Begriffe sehr lange dauere, was ihn etwas ärgere. Denn er wisse ja nicht einmal, worum genau es gehe.

Holmes zischte MacDonald zu: „Verbrecher pflegen sich nicht nach einem Zeitplan zu richten, den wir Ihnen vorgeben, und scheren sich gewöhnlich auch nicht darum, ob es die Polizei bei ihrer Verfolgung bequem hat." Selbst er schien so etwas wie Nervosität zu empfinden, denn diese Antwort war ungewöhnlich scharf gewesen.

Vielleicht wäre es sogar zum Streit gekommen, hätte in dem Augenblick nicht etwas anderes uns alle in seinen Bann geschlagen.

Vor der Lampe hinter dem Fenster sah man einen Schatten, eine Gestalt, die auf und ab schritt und, so schien es uns, angespannt grübelte. Wir wagten keinen Laut mehr hinter unserem Gebüsch.

Dann, plötzlich, wurde das Fenster geöffnet, und die Umrisse der Gestalt wurden sichtbar. Sie beugte sich hinaus und verharrte einige Sekunden regungslos, so als wolle sie sich erst vergewissern, daß niemand in der Nähe sei. Wir hielten den Atem an.

Jetzt beugte sie sich noch weiter hinaus. Schemenhaft erkannten wir etwas langes Dünnes in ihren Händen, das dann mit einem kaum hörbaren Platschen ins Wasser tauchte. Wir konnten nur vermuten, daß diese Gestalt nach etwas fischte. Schließlich zog sie den Gegenstand wieder ein, und wir sahen, daß an dessen Ende ein Klumpen hing, der nun nach oben und durchs Fenster gezogen wurde.

„Los!“ rief Holmes in diesem Augenblick und hechtete zur Zugbrücke. Wir vermochten ihm kaum zu folgen mit unseren vor Kälte steifen Beinen. In Sekundenschnelle war Holmes auf der anderen Seite, riß am Glokkenstrang und stürzte an dem verdutzten Ames, der öffnete, vorbei auf das Arbeitszimmer von Douglas zu. Als er die Tür aufstieß, waren wir knapp hinter ihm und drängten mit hinein. Bevor wir Genaues erkennen konnten, hörten wir Holmes vor uns rufen: „Ha, Mr. Barker, da haben wir es ja.“

Erst dann sahen wir den eher verblüfften als erschrokkenen Barker, der uns eine Petroleumlampe entgegenhielt. Als er merkte, mit wem er es zu tun hatte, wurde sein Gesichtsausdruck drohend und ängstlich zugleich.

„Was, zum Teufel . . .“, schrie er uns entgegen.

Da schnellte Holmes schon an ihm vorbei und riß ein tropfnasses verschnürtes Bündel vom Schreibtisch. Triumphierend hielt er es Barker vor das Gesicht. „In der Falle, Mr. Barker.“ Holmes war in seinem Element. Die Augen in dem asketischen Gesicht blitzten, als er das Paket öffnete.

Barker stand nun wie festgenagelt in der Mitte des Raumes, seine ganze Haltung drückte Entschlossenheit und Widerstand aus. Was für ein Mann! Gegen meinen Willen bewunderte ich ihn. Nichts an ihm deutete darauf hin, daß er bereit war, aufzugeben. Mit unbewegter Miene beobachtete er, wie Holmes nacheinander den Inhalt des Bündels zum Vorschein brachte: eine Hantel, ein Paar Stiefel amerikanischer Machart, Unterwäsche, Socken, einen Tweedanzug, ein langes feststehendes Messer und einen Mantel. Den hob Holmes mit der Innenseite nach außen vor die Lampe und zeigte uns eine lange schmale Tasche im Futter.

Lächelnd bemerkte er: „Ein Versteck nach Maß für die Mordwaffe. Sehr aufschlußreich auch das Etikett des Schneiders aus Neale, Vermissa Valley, USA. Wir können sicher sein, daß die beiden V auf der Visitenkarte des Täters Vermissa Valley bedeuten, das ist das Tal der Furcht. Habe ich recht, Mr. Barker?“

Barker schwieg eisern, aber seine Augen sprühten.

Dafür fand der verblüffte Inspektor MacDonald seine Sprache wieder und wandte sich ärgerlich an meinen Freund: „Was soll das alles bedeuten, Mr. Holmes? Wie lange haben Sie uns mit Ihrem Wissen schon an der Nase herumgeführt?“

„Bitte, Mac, nicht schon wieder diese Vorwürfe“, wehrte Holmes ab. „Wie Sie sich bestimmt erinnern, habe ich der fehlenden Hantel schon sehr früh laut und deutlich Beachtung geschenkt. Es war nur logisch, daß damit etwas beschwert und versenkt worden war.

Schließlich ist das nötige Wasser hierzu direkt vor der Haustür. Aber was da im Graben lag, wußte ich bis gestern nacht auch nicht. Da habe ich das Bündel mit Watsons Schirm herausgefischt, untersucht und wieder hineingeworfen. Denn ich hatte ja keinerlei Beweis, wer die Sachen hatte verschwinden lassen, auch wenn ich bereits richtig vermutete. Also mußten wir den Täter dabei erwischen, wie er das Päckchen wieder herausholte – zum Beispiel aus Angst, daß wir es finden könnten. Deshalb habe ich Ihnen den Brief an Mr. Barker diktiert, Mac. Wie Sie sehen, hat er seine Wirkung gezeigt. Im übrigen sind wir nicht darauf angewiesen, daß Mr. Barker uns die ganze Sache erklärt. Das kann jemand anders viel besser. Nicht wahr, Mr. Douglas!"

Holmes hatte die Stimme erhoben. Ich kannte seinen Hang zu dramatischen Inszenierungen, und doch war ich auch jetzt nicht weniger überrumpelt als die anderen im Zimmer. Von der Tür her hörte ich einen spitzen Schrei. Er kam von Mrs. Douglas, die gerade bei Holmes' letzten Worten eingetreten war.

Und dann starrten wir alle auf eine Gestalt, die direkt aus der Wand zu kommen schien und schließlich ins Licht trat: ein Mann mit scharfen grauen Augen in einem kühn geschnittenen Gesicht und mit einem grauen kräftigen Schnurrbart.

Erst als seine Frau auf ihn zustürzte und ihn innig umarmte, hatte ich keinen Zweifel mehr: Dieses so geisterhaft aufgetauchte Wesen war Jack Douglas. Ich schaute auf den jetzt lächelnden Cecil Barker, und in meinem Gehirn drehten sich wirr die Gedanken. Den anderen schien es nicht viel anders zu gehen. Nur Holmes beobachtete die Szene völlig gelassen.

Ich hatte mich noch nicht von meiner Überraschung erholt, als sich Douglas zärtlich von seiner Frau löste, ausgerechnet auf mich zutrat und mir einen Stoß be-

schriebener Blätter reichte. Dabei sprach er mich auch noch mit meinem Namen an. „Hier, Mr. Watson. Ich übergebe Ihnen als Mr. Holmes' Chronist die Geschichte von Vermissa Valley. Ich hatte während meines Versteckspieles genügend Zeit, sie aufzuschreiben."

„Ich fasse es nicht", rief MacDonald dazwischen. „Es ist wie ein Spuk. Wir haben hier in diesem Zimmer die Leiche des Mannes gesehen, der jetzt vor uns steht."

„Nicht seine Leiche, Mac", lächelte Holmes. „Die Leiche seines Verfolgers, dessen Gesicht so entstellt war, daß dadurch seine Identifizierung unmöglich wurde. Der Tote mußte nur in die Schlafkleidung von Mr.

Douglas gesteckt und mit seinen Ringen versehen werden, damit die Täuschung perfekt war. Ich denke, Mr. Douglas, daß ihr Ehering mittlerweile so eng war, daß Sie ihn nicht mehr abnehmen konnten." Er wandte sich noch einmal an den Inspektor. „Und was nun das Versteck von Mr. Douglas angeht, Sie hätten wissen müssen, Mac, daß ich Ihnen nie etwas ohne Grund gesagt habe, auch nicht, als ich Ihnen so ausführlich erzählte, daß sich König Charles hier früher vor seinen Häschern verborgen hatte. Ja, solch alte Gemäuer haben manche heimliche Nische."

„Meine Güte", rief White Mason nun, „was für eine Geschichte."

„Ich bin sprachlos", bekannte MacDonald beschämt.

„Genauso, wie Sie sagten, ist es, Mr. Holmes." Douglas nickte bewundernd. „Ich freue mich wirklich, Sie kennenzulernen. Aber jetzt darf ich mir erst eine Zigarre anzünden. Die zwei letzten Tage mußte ich mich ja enthalten, aus Angst, der Geruch würde mich verraten. Ich kann Ihnen versichern, daß wir auf den Gedanken mit dem Täuschungsmanöver erst gekommen sind, als der andere schon tot war. Und wir haben es nur inszeniert, um meine Feinde für immer loszuwerden."

„Ich stehe da ganz auf Ihrer Seite", betonte Holmes ernst. „Und ich glaube, auch Mr. Mason und Mr. MacDonald werden die Sache so sehen, wenn sie erst einmal die ganze Geschichte von Ihnen erfahren haben."

Douglas nahm einen tiefen Zug von seiner Zigarre. Dann begann er: „Die eigentliche Geschichte habe ich ja für Sie aufgeschrieben. Deshalb sei hier nur kurz erwähnt, daß ich furchtbare und unerbittliche Feinde habe, die hinter mir her sind. Einen von ihnen habe ich nun bei meiner Geschäftsreise in Tunbridge Wells gesehen und sofort erkannt. Ich war also gewarnt. Den ganzen nächsten Tag blieb ich im Haus, um ihm keine

Gelegenheit zu geben, mich im Freien aus dem Hinterhalt zu erwischen. Als dann die Zugbrücke hochgezogen war, fühlte ich mich für diese Nacht etwas sicherer, machte aber natürlich meinen üblichen Rundgang sehr aufmerksam. Als ich hier ins Zimmer kam, so gegen halb elf, sah ich seine Füße unter dem Vorhang hervorragen. Ich stürzte mich auf den Hammer am Boden, da war er schon über mir. Das Messer konnte ich ihm noch aus der Hand schlagen, aber im nächsten Moment hatte er schon das Gewehr in der Hand. Ich rang mit ihm um mein Leben, und die Waffe entlud sich schließlich genau unter seinem Kopf . . ."

„Sekunden später kamen dann Mr. Barker und ihre Frau hereingeeilt. Sie hatten als einzige den Schuß gehört", fuhr Holmes fort, „und Mrs. Allen, aber sie nahm an, eine Tür wäre zugeknallt."

„Ja, so war es", bestätigten diesmal Mrs. Douglas und Cecil Barker gleichzeitig.

Douglas sprach weiter: „Auf seinem Arm war das Zeichen der Loge eingebrannt, genau wie auf meinem. Das brachte mich auf den Gedanken, und mit der Hilfe von meiner Frau und Cecil setzte ich ihn in die Tat um. Wir legten die falschen Spuren, wobei wir sogar an das Pflaster am Kinn dachten. Der Tote hieß übrigens Baldwin. Was weiter geschah, wissen Sie."

Eine Weile schwiegen wir betreten und dachten wohl alle ähnliches wie Holmes, der dann ernst sagte: „Ich fürchte, Mr. Douglas, wir alle können uns nicht recht darüber freuen, daß Ihr Geheimnis gelüftet wurde. Vom englischen Gesetz her werden Sie nicht allzuviel zu befürchten haben. Aber die Tatsache, daß ihre hartnäckigen Feinde sie sogar hier gefunden haben, ist für mich ein Hinweis, daß sie sich vorher mit Englands skrupellosestem Verbrecher in Verbindung gesetzt hatten. Und der wird einen Fehlschlag nicht so einfach hinnehmen.

Sein Ruf steht auf dem Spiel. Das heißt, Sie werden jetzt noch mehr Schwierigkeiten haben als bisher. Sie müssen sehr aufpassen. Und ich bitte Sie dringend, meine Warnung ernst zu nehmen."

Douglas nickte. „Das werde ich, Mr. Holmes. Und ich bin Ihnen wahrhaftig nicht böse, daß Sie mich aus meinem Versteck getrieben haben. Meine Hochachtung vor dieser Leistung. Ich finde, wir sollten trotz allem ein Glas auf meine Wiedergeburt trinken."

Er lächelte dabei humorvoll. Aber in den Augen seiner Frau sah ich entsetzliche Angst.

Am nächsten Tag widmete ich mich der Lektüre von Douglas' Manuskript. Es war eine erregende und entsetzliche Geschichte, und obwohl ich dabei von Grauen gepackt wurde, war ich unfähig, sie aus der Hand zu legen, bevor ich nicht die letzte Seite gelesen hatte.

Der Schauplatz war Tausende von Kilometern entfernt, und begonnen hatte das Ganze vor fast zwanzig Jahren.

In dem Zugwaggon, den eine Lok schnaufend durch die Gilmerton Berge schleppte, saßen an diesem kalten Winterabend zwanzig Männer. Unter ihnen war ein junger Ire. Er hockte inmitten der Bergleute, die jetzt nach Hause fuhren. Etwas abseits hatten zwei uniformierte Polizisten Platz genommen. Die Beine von sich gestreckt, dösten sie.

Die grauen Augen des Iren funkelten wachsam hinter den Brillengläsern. Auf einmal zog er einen schweren Revolver aus der Tasche und begann, ihn seelenruhig zu reinigen.

Sein Nachbar zur Rechten, ein bulliger Arbeiter, beobachtete ihn dabei eine Weile stirnrunzelnd und sprach ihn dann an: „Sie sind gut ausgerüstet. Fremd hier?“

Der Ire sah nicht von seiner Beschäftigung auf, erwiderte aber ruhig: „Ich habe gehört, daß man hier manchmal Bewaffnung gut gebrauchen kann. Und ich komme aus Chicago.“

„Und wohin soll es gehen?“ bohrte der andere nach.

Der Ire warf ihm nun einen scharfen und prüfenden Blick zu, dann gab er Auskunft. „Vermissa Valley.“

„Aha, das ist eine Station weiter, als ich fahren muß“, meinte der andere. „Aber was treibt einen Mann aus Chicago hierher?“

Der Ire nickte gleichmütig zu den beiden Polizisten hin und dämpfte seine Stimme. „Das würde die da sicher auch brennend interessieren. Und sie werden es genausowenig erfahren wie du.“

Das war schroff. Doch der andere reagierte, indem er ihm spontan die Hand reichte und sich vorstellte. „Deine Art gefällt mir. Ich heiße Mike Scanlan.“ Dabei hob er wie unauffällig seine rechte Hand zur rechten Augenbraue.

Sofort machte der andere dasselbe mit der linken Hand. „Jack McMurdo. Loge 29, Chicago.“

„Loge 341, Vermissa Valley", gab sich der andere Freimaurer weiter zu erkennen.

Dann führten die beiden Männer eine angeregte Unterhaltung im Flüsterton weiter.

„Weißt du schon, wo du wohnst?" fragte Scanlan.

McMurdo holte einen Zettel aus seiner gefütterten Jacke und las dem anderen eine Anschrift vor: „Jacob Shafter in der Sheridan Street. Eine kleine Pension, die mir ein Freund aus Chicago genannt hat."

„Kenne ich nicht", überlegte der andere. „Aber ich wohne ja auch in Hobson's Patch. Übrigens muß ich gleich aussteigen. Ich würde dir aber empfehlen, dich so bald wie möglich bei McGinty zu melden. Er ist der Stuhlmeister der Loge, und nichts geschieht hier ohne sein Wissen und sein Einverständnis."

Inzwischen hatten die beiden Polizisten die Augen aufgeschlagen und bekamen mit, wie sich Scanlan mit einem Händedruck von dem Iren verabschiedete. Als er den Zug verlassen hatte, meinte der eine zu McMurdo: „Sie scheinen hier fremd zu sein. Wenn Sie einen guten Rat wollen, lassen Sie sich nicht mit diesem Scanlan oder seinen Kumpanen ein."

Die Köpfe der anderen Passagiere fuhren herum, als der Ire jetzt aufsprang, sich vor den Polizisten aufbaute und laut durch den Waggon schrie: „Was bilden Sie sich ein, mir Ratschläge zu erteilen! Ich suche mir meine Freunde selbst aus. Und dazu gehören bestimmt keine Polizisten. Damit Sie es genau wissen. Mein Name ist Jack McMurdo, und ich werde bei Jacob Shafter in der Sheridan Street wohnen. Wenn Sie also Fragen haben, wenden Sie sich dort an mich. Ansonsten gehen Sie mir aus dem Weg."

Bewunderndes Gemurmel wurde laut. Polizisten waren in dieser Bergbaugegend nicht beliebt.

Diese beiden schienen von der gutmütigen Sorte zu sein. Denn der eine brummte nur: „Nicht so hitzig, junger Mann. Niemand will Ihnen hier Vorschriften machen. Jedenfalls nicht von unserer Seite. Von anderen kann es Ihnen jedoch schneller passieren, als Ihnen lieb ist. Aber finden Sie das nur selbst heraus."

In diesem Moment erreichte der Zug Vermissa Valley. McMurdo stieg aus, und ein Arbeiter bot sich an, ihn zu Shafters Haus zu bringen. Die Stadt wirkte häßlich und trostlos. Die Häuserzeilen aus Holz wurden nur spärlich mit Gaslampen beleuchtet. Es lag hoher schmutziggrauer Schnee. Auf dem Weg kamen sie an einer Bar vorbei, aus der grölender Lärm auf die Straße drang. Der Arbeiter erzählte, daß McGinty der Besitzer war, worauf sich McMurdo näher nach ihm erkundigte.

„Wundert mich, daß Sie noch nie von ihm gehört haben", lautete die Antwort. „Wegen seiner Affären stand er oft genug in den Zeitungen."

„Was für Affären?" fragte McMurdo. „Sie vergessen, daß ich hier völlig fremd bin."

„Ich will nicht zuviel sagen", flüsterte der andere. „Aber haben Sie schon etwas von den Scowrers gehört?"

McMurdo dachte nach. Dann fiel es ihm ein. „Ja, von

ihnen habe ich auch in Chigaco in den Zeitungen gelesen. Das ist eine Mörderbande, die hier ihr Unwesen treiben soll."

Der andere zuckte zusammen. „Das haben Sie gesagt, nicht ich. Bringen Sie damit um Himmels willen nie öffentlich den Namen McGinty in Zusammenhang. Das würde böse für Sie enden."

Inzwischen hatten sie ein Haus erreicht, vor dem sich McMurdos Begleiter verabschiedete. „Hier wohnt Jacob Shafter mit seiner Tochter. Da sind Sie gut untergebracht. Er ist ein aufrechter Mann."

McMurdo klopfte laut, und es öffnete ihm eine blonde junge Frau von großer Schönheit. Hinter ihr stand ein älterer Mann, Jacob Shafter. Er bat McMurdo herein, als dieser erwähnte, daß ihm ein gewisser Murphy die Unterkunft empfohlen hatte. Sie einigten sich auf einen Preis von zwölf Dollar pro Woche, die McMurdo im voraus auf den Tisch legte.

Während der nächsten Woche wurde McMurdo bei den Gästen in der Pension schnell bekannt. Wenn sie abends in der Gaststube beieinandersaßen, unterhielt er sie aufs beste. Er war ein guter Gesellschafter.

Er machte auch kein großes Geheimnis aus seiner Zuneigung zu Ettie Shafter. Offensichtlich mochte sie ihn ebenfalls, obgleich sie sein Jähzorn manchmal erschreckte.

McMurdo fiel bald auf, daß sie immer wieder Anfälle von Traurigkeit bekam. Als er sie einmal hartnäckig nach den Gründen fragte, brach sie in Tränen aus und gestand unter Schluchzen, daß es in ihrem Leben bereits einen anderen Mann gab.

„Ha, der soll nur aufpassen", rief McMurdo wütend. „Ich bin bereit, um dich zu kämpfen." Und er ließ nicht nach, um sie zu werben, sondern verstärkte seine Bemühungen noch.

Eines Abends, inzwischen hatte McMurdo eine Arbeit als Buchhalter gefunden, tauchte plötzlich Mike Scanlan in der Pension auf. Er erkundigte sich bei ihm, warum er sich noch immer nicht bei McGinty vorgestellt hatte. Es klang nicht nur vorwurfsvoll, sondern auch warnend.

Der Ire meinte trotzig, es sei ihm neu, daß Logenangelegenheiten so drängten.

„Dir ist wohl nicht klar, wie gefährlich solche Äußerungen hier sind“, bedeutete ihm Scanlan. „Ohne McGintys Schutz bist du hier verloren.“

„Ich kann mich sehr gut selbst schützen“, entgegnete der Ire wütend.

Scanlan versuchte ihn zu beruhigen. „Ich habe gehört, daß du dich bei deiner Ankunft mit der Polizei angelegt hast. Solche Leute sind genau nach McGintys Geschmack. Es wäre doch für dich nur von Vorteil, wenn du dich mal bei ihm sehen lassen würdest.“

„Ich werde es mir überlegen“, versprach McMurdo.

Am selben Abend noch bat ihn überraschenderweise der Pensionswirt in sein Büro. Er fragte ihn, ob es richtig sei, daß er seiner Tochter nachstelle.

McMurdo schüttelte heftig den Kopf und korrigierte ihn. „Ich stelle Ettie nicht nach, ich habe vor, sie zu heiraten. Und ich weiß, daß sie mir ähnliche Gefühle entgegenbringt wie ich ihr.“

Jacob Shafter sah ihn nicht unfreundlich an, meinte aber fest: „Das müssen Sie sich aus dem Kopf schlagen. Sie ist bereits einem anderen versprochen.“

„Das hat sie mir bereits gesagt.“ Der Ire blieb unerschütterlich. „Aber ich versicherte ihr und tue es jetzt auch Ihnen gegenüber, daß er keine Chance haben wird.“

Shafter betrachtete ihn nun sehr sorgenvoll. „Dann muß ich Ihnen sagen, um wen es sich handelt, bevor

Ihnen noch ein Unglück passiert. Es ist Teddy Baldwin, ein Anführer der Scowrers."

„Das schreckt mich keineswegs", versicherte McMurdo hitzig. „Ich werde auch mit diesem Kerl fertig. Aber es wäre gut, wenn Sie mir Näheres über diese Bande erzählen könnten."

Jacob Shafter senkte die Stimme. „Die Scowrers sind nichts anderes als die hiesige Freimaurerloge."

Darüber erschrak McMurdo nun doch sichtlich. „Aber das kann ich kaum glauben. Ich selbst bin ja Freimaurer. Das sind doch keine Mörderbanden."

„Hier schon." Shafter nickte ernst. „Und wenn ich gewußt hätte, daß auch Sie einer Loge angehören, hätten Sie bei mir keine Unterkunft gefunden. Hier sind über fünfzig Morde verübt worden, und es gibt im ganzen Tal keinen, der nicht weiß, wer hinter all diesen Verbrechen steckt."

McMurdo starrte ihn ungläubig an. „Ich kann hier nicht tatenlos zuhören, wie Sie eine Bruderschaft beleidigen, ohne Beweise zu liefern. Ich denke, Sie müssen das zurücknehmen, Mr. Shafter."

„Das werde ich nicht tun." Shafter blieb fest. „Es ist schlimm genug, daß einer dieser Männer meiner Tochter den Hof macht und ich nicht den Mut habe, ihm das zu verbieten, weil es nicht nur mein Leben, sondern auch das von Ettie kosten würde. Auf jeden Fall werden Sie hier sofort ausziehen und sich eine andere Unterkunft suchen." Das war Shafters letztes Wort.

Der unglückliche Ire erzählte im Wohnzimmer Ettie von seinen Schwierigkeiten. Er bat sie, mit ihm sofort hier wegzugehen.

Ettie begann zu weinen. Sie gestand ihm, wie gerne sie das tun würde, aber daß jede Flucht unmöglich sei, weil niemand hier den Scowrers entkommen konnte. Zudem habe sie große Angst um ihren Vater.

Jack McMurdo legte tröstend eine Hand auf ihren Kopf.

In dem Moment flog die Tür auf, und ein Mann in McMurdos Alter stürmte herein. Seine schwarzen Augen blitzten, und er herrschte Ettie an: „Wer ist dieser unverschämte Bursche, mit dem du dich hier abgibst? Sofort bittest du mich um Verzeihung für dein Verhalten und wirfst ihn hinaus. Sonst kümmere ich mich um ihn."

McMurdo sprang auf und schrie den anderen an: „Sie sind wohl dieser Ted Baldwin, der sich einbildet, Ettie heiraten zu können. Aber das werde ich tun, damit Sie Bescheid wissen, ich, Jack McMurdo."

Die beiden Männer wären zweifellos aufeinander losgegangen, hätte nicht Jacob Shafter das Zimmer betreten. Mit einem Blick erkannte er die Situation und wandte sich ruhig, aber bestimmt an McMurdo. „Ich habe Ihnen bereits mein Haus verboten und will es nicht zum zweitenmal tun müssen. Und eine Rauferei dulde ich schon gar nicht in meinem Haus. Ettie, bitte geh auf dein Zimmer, während Mr. McMurdo seine Sachen packt."

Das besänftigte Baldwin für den Moment, aber seine Augen ließen nicht von McMurdo ab, der jetzt furchtlos und wütend zurückstarrte. Aber er mußte nachgeben, so schmerzlich es für ihn auch war.

Kurz darauf tauchte McMurdo zum erstenmal in McGintys Bar auf. Der Besitzer war auch inmitten der vollbesetzten Kneipe nicht zu übersehen: ein schwarzhaariger Riese mit einem langen Vollbart, düsteren Augenbrauen und einem Blick wie Feuer. An seiner Weste steckten Diamanten und Brillantnadeln. Mit einer schweren Zigarre im Mund lehnte er am Ende der langen Theke.

McMurdo bestellte sich einen Whisky und prostete McGinty zu, der ihn von oben bis unten musterte und

SALOO

ihn dann ansprach. „Ein Gesicht, das ich noch nicht kenne. Ich trinke aber nur mit Leuten, die sich mir vorgestellt haben."

Der Ire tat es und fügte hinzu, daß Scanlan ihm geraten habe, ihn aufzusuchen. Dabei hob er noch mal sein Glas und spreizte beim Trinken den kleinen Finger.

McGinty entging das nicht, und er forderte den Iren auf, mit ihm ins Hinterzimmer zu kommen. Dort befahl er ihm, sich als Logenbruder auszuweisen. McMurdo mußte einige Fragen nach seiner Logennummer und dem Meister des Stuhls in Chicago beantworten. Danach wollte McGinty wissen: „Und warum hast du Chicago verlassen?"

McMurdo, der auf diese Frage vorbereitet war, zog einen Zeitungsausschnitt aus der Tasche und reichte ihm diesen. Es handelte sich um einen Bericht über die Erschießung eines Mannes in einer Chicagoer Bar. McMurdo erklärte dazu, daß der Tote ein Falschgeldvertreiber gewesen sei, der für ihn gearbeitet habe. Als dieser Mann ihn übers Ohr hauen wollte, habe er kurzen Prozeß mit ihm gemacht.

An McGintys Gesicht war keine Regung abzulesen. Nur in seinen Augen flackerte kurz Interesse auf. Plötzlich sprang er hoch und hielt einen Revolver auf McMurdo gerichtet. „Damit du gleich siehst, was dich erwartet, wenn du mich anlügen solltest. Wenn aber nicht, kann ich dir sagen, daß ich Burschen wie dich gebrauchen kann. Offenbar hast du gute Nerven."

McMurdo hatte mit keiner Wimper gezuckt. Jetzt zog er die rechte Hand aus der Jackentasche und hielt darin nun seinerseits einen Revolver. „Nicht nur gute Nerven, sondern auch dieses Beruhigungsmittel, das die ganze Zeit schon auf dich gerichtet war."

McGinty lachte brüllend. Da flog die Tür auf, und Ted Baldwin stapfte an dem Wirt vorbei.

„Was ist das für ein Benehmen, Baldwin“, schrie ihn McGinty an. „Siehst du nicht, daß ich mich hier mit jemandem unterhalte?“

Beim Anblick von McMurdo wurde Baldwin bleich vor Wut. „Gerade über diesen Kerl wollte ich mit dir reden. Er muß bestraft werden, weil er ein Mitglied der Loge beleidigt hat.“

„Er ist ein zukünftiger Bruder von uns“, wies ihn McGinty zurecht. „Aber sag, was du gegen ihn vorzubringen hast.“

„Es geht um ein Mädchen, das mir gehört, und dieser Ire da stellt ihr trotzdem nach. Dafür muß er zur Rechenschaft gezogen werden.“

„Stimmt das?“ McGinty wandte sich an McMurdo.

Der nickte. „Wenn er damit meint, daß ich sie heiraten werde, hat er verdammt recht. Sie will nämlich mich und nicht ihn, das hat sie mir selbst gesagt.“

McGinty dachte einen Augenblick nach und entschied dann: „Da du ja bald zu unserer Bruderschaft gehörst, kann sie zwischen dir und ihm frei wählen.“

Bei Baldwin hatte dies einen Wutausbruch zur Folge, und er schrie McGinty an: „Du bist hier Gott sei Dank nicht ewig Logenmeister!“

In der nächsten Sekunde hatte dieser ihn mit einem Griff an der Kehle. Baldwin lief blau an, und McGinty hätte ihn wohl auf der Stelle umgebracht, wenn ihn nicht ausgerechnet McMurdo zurückgehalten hätte.

Er hatte einen deutlichen Eindruck von McGintys Gewalttätigkeit bekommen, die ganz plötzlich ausbrechen konnte.

Am nächsten Morgen zog McMurdo bei einer Witwe ein. Zwei Tage später kam Scanlan nach Vermissa Valley. Von da an wohnten die beiden zusammen. Bei Shafter durfte McMurdo wenigstens weiterhin das Mittagessen einnehmen, so daß sein Kontakt zu Ettie nicht abbrach.

Wenig später kam es zu einem erneuten Zusammenstoß zwischen McMurdo und einem Polizisten. Diesmal in McGintys Bar. Der Beamte, der früher in Chicago tätig gewesen war, erkannte McMurdo. Er verdächtigte ihn als Mörder jenes Falschmünzers, mußte allerdings zugeben, daß die Beweise noch nicht einmal ausreichten, um ihn in Chicago zu verhaften, geschweige denn in Vermissa Valley.

Jack McMurdo verhöhnte den Mann auf die gröbste Weise und wurde dafür anschließend von den Logenbrüdern bei einem Saufgelage gefeiert. Er zeigte ihnen zwei Prägestöcke für Falschmünzen, die er auf seinem Zimmer hatte, und verteilte sogar einzelne damit hergestellte Geldstücke. Diese waren so hervorragend gemacht, daß sie kein Laie von echtem Geld unterscheiden konnte.

McMurdo war zum Helden der Loge geworden, um dessen Kontakt sich jeder riß.

An einem Samstag war es dann soweit: Jack McMurdo sollte offiziell in die Loge 341 von Vermissa aufgenommen werden.

McGinty hatte hierfür sein eigenes Ritual erfunden, von dessen Grausamkeit McMurdo noch nichts ahnte, als er den großen Raum betrat. Etwa hundert Logenbrüder waren dort versammelt, McGinty saß vor ihnen, mit einer schwarzen Samtkappe und einer blutroten Schärpe. McMurdo wurde mit verbundenen Augen vor ihn geführt, die Hemdsärmel hochgeschoben und die Arme am Körper festgebunden. Er hörte die Männer um sich herum flüstern. Dann stellte ihm McGinty Fragen aus der geheimen Logensprache. Ohne Schwierigkeiten konnte er sie beantworten. Die Männer murmelten zustimmend.

„Prüft ihn“, rief McGinty jetzt, und schon durchfuhr ein so heftiger Schmerz McMurdos Unterarm, daß er unterdrückt aufstöhnte. Einen Sekundenbruchteil vorher hatte ihn der Geruch von glühendem Eisen gewarnt, und im gleichen Moment hatte er verstanden, was man mit ihm vorhatte. Er hatte schon bei mehreren Logenbrüdern das Zeichen des Kreises mit dem Dreieck gesehen, aber bisher gedacht, daß es tätowiert wäre. Nun mußte er erfahren, daß es eingebrannt wurde wie beim Vieh.

Anerkennender Beifall wurde darüber laut, daß er nicht geschrien hatte bei dieser Tortur, doch McMurdo mußte gegen eine Ohnmacht ankämpfen. Dann hatte er sich wieder in der Gewalt, obwohl der Arm noch lange Zeit höllisch schmerzte.

Er mußte nun geloben, dem Meister des Stuhls bedingungslos zu gehorchen. Für Ungehorsam würde er mit seinem Leben büßen müssen.

Nach der Vereidigung ließ McGinty zur Arbeitssitzung auffordern. Erst jetzt erfuhr McMurdo richtig, was es mit der Loge 341 von Vermissa Valley auf sich hatte. Der Meister verlas den Brief eines Bruders aus einer benachbarten Loge, der wie selbstverständlich darum bat, einen Grubenbesitzer umzubringen.

McMurdo begriff: Diese und die Logen des Umkreises gehörten alle zusammen zu einer großen Mörderbande. Die einzelnen Logen ließen ihre Verbrechen von Brüdern aus anderen Orten begehen, so daß ihre Mitglieder der örtlichen Polizei immer ein lückenloses Alibi liefern konnten. Dieses Konzept hatte McGintys teuflisches Gehirn ausgearbeitet.

McMurdo lief ein Schauer über den Rücken, als der Logenmeister jetzt nach Freiwilligen fragte. Es war nicht einmal erwähnt worden, weshalb der Grubenbesitzer nach Meinung der Logenbrüder den Tod verdient hatte. Aber es meldeten sich genügend Freiwillige, unter denen McGinty ein paar junge Burschen aussuchte.

Er versprach ihnen ein großes Fest, wenn sie ihren Auftrag ordentlich erledigten. Einer der Freiwilligen, ein gewisser Wilson, wurde vom Meister beglückwünscht, weil er endlich zu seiner ersten Bluttat kam.

Dies alles lief mit einer kalten Geschäftsmäßigkeit ab, so daß McMurdo es nicht fassen wollte, daß hier tatsächlich über Menschenleben entschieden wurde.

Im gleichen Tonfall gab McGinty bekannt, daß in der Woche darauf zwei Brüder aus Merton kommen würden, um für die hiesige Loge etwas zu erledigen.

Und so ging es weiter.

Dann meldete sich ein älterer Logenbruder namens Morris. Er gab zu bedenken, daß immer mehr Bergwerke, deren Besitzer man umgebracht oder vertrieben hatte, weil sie keine Erpressungsgelder bezahlen wollten, von großen Firmen aufgekauft würden. „Darin sehe ich eine Gefahr", warnte er. „Irgendwann werden diese mit allen Mitteln versuchen, etwas gegen uns zu unternehmen. Die großen Gesellschaften lassen sich auf Dauer nicht so leicht erpressen wie einzelne Unternehmer."

Empörtes Gemurmel wurde laut, aber auch besorgte Zustimmung. McGinty gebot mit einer herrischen Geste Stille. Dann rief er mit kräftiger Stimme in den Saal: „Solange die Logen zusammenhalten, wird keine Macht der Erde gegen uns aufkommen. Und ich warne jeden davor, Zweifel laut werden zu lassen und den Frieden der Bruderschaft zu stören. Und jetzt wollen wir feiern."

Ein lautes Gejohle folgte dieser Aufforderung. Es wurde Alkohol in Unmengen ausgeschenkt, und die Stimmung war ausgelassen. Da fiel McGinty ein, daß der richtige Zeitpunkt gekommen war, es dem Journalisten Jim Stanger heimzuzahlen, der sich erneut in der Zeitung gegen die Mörderbande gewandt hatte.

Dieser Jim Stanger war zwar ein alter Mann, aber unerschrocken und einer der ganz wenigen, die es wagten, öffentlich gegen McGinty und seine Männer aufzutreten. Doch er konnte ihrer Macht nichts anhaben: Die Hälfte der Polizei und der Richter war bestochen, die andere Hälfte hielt sich aus Angst zurück.

„Was wollen wir mit Stanger machen?“ fragte McGinty provozierend.

„Töten!“ schrie ein Dutzend wilder Stimmen.

Wieder meldete sich der Bruder Morris zu Wort. Der alte Stanger sei ein geachteter Mann, gab er laut zu bedenken. Wenn die Loge nun auch ihn strafte, würde es womöglich zu einem Aufstand der Leute kommen. Denn irgendwann bleibe denen keine andere Wahl, als sich aus Notwehr gegen sie zusammenzuschließen.

„Bruder Morris“, rief McGinty mit erhitztem Gesicht, „ich habe das Gefühl, daß deine ständigen Skrupel der Loge ernsthaft schaden. Es würde mir leid tun, dich selbst auf die Liste derer setzen zu müssen, die wir bestrafen wollen. Ted Baldwin soll die Sache erledigen und Stanger einen Denkzettel verpassen, ohne ihn gleich umzubringen. Suche dir einige Jungs aus, Ted, nimm aber auf jeden Fall den Neuen mit. Unser junger Ire soll sich bewähren dürfen.“

„Wenn du meinst“, erwiderte Baldwin mürrisch und warf McMurdo einen Blick zu, der deutlich zeigte, was er von ihm hielt. Er hatte noch nichts vergessen.

Er suchte sechs weitere Logenbrüder aus, um mit ihnen zur Zeitungsredaktion zu gehen. Es war schon nach Mitternacht. Baldwin grinste den anderen zynisch zu: „Die Hasenfüße dieser Stadt trauen sich um diese Zeit sowieso nicht mehr auf die Straße. Und sollten wir trotzdem ein Alibi benötigen, haben wir ein Dutzend Zeugen, die gerade jetzt mit uns in McGintys Bar sitzen.“

Sie erreichten den Hof des Zeitungshauses, aus dem das Geräusch einer Druckerpresse zu hören war. Stangers Büro war im ersten Stock. Baldwin befahl McMurdo, unten vor der Tür Wache zu halten, und ging mit den anderen nach oben. Es dauerte nicht lange, dann wurden Hilfeschreie laut, und der Redakteur stolperte auf die Treppe heraus. Hinter ihm kam Ted Baldwin, der wie besessen auf den Kopf des alten Mannes einschlug.

Das konnte McMurdo nicht länger mit ansehen. Mit seinem Revolver in der Hand fuhr er Baldwin an: „Du bringst ihn ja um. Wenn du nicht sofort aufhörst, knalle ich dich ab."

Baldwin hielt verblüfft inne, da hörten sie von der Setzerei her laute Stimmen. Sie mußten flüchten.

Auf verschiedenen Wegen gelangten sie in die Bar, wo Baldwin McGinty zuraunte, daß der Auftrag erledigt sei.

McMurdo ging nach Hause.

Nach dem Überfall auf den Zeitungsredakteur wurden McMurdo und Baldwin verhaftet. Doch am nächsten Tag kamen sie wieder frei. Ein Anwalt, den McGinty besorgt hatte, hatte sie verhört, worauf die Setzer nicht mehr sicher waren, daß sie wirklich diese beiden gesehen hatten. Außerdem hatte McGinty natürlich Zeugen aufmarschieren lassen, die beteuerten, daß sie mit den Verhafteten in der Bar beim Kartenspiel gesessen hatten.

Aber hinterher wußte jeder brave Bürger in der Stadt, daß auch Jack McMurdo ein Scowrer war. Shafters Haus durfte er nicht mehr betreten. Ettie brach das Ganze beinahe das Herz. Doch sie liebte ihn so, daß sie beschloß, ihn sofort heimlich zu besuchen.

McMurdo saß mit dem Rücken zur Tür am Tisch und schrieb einen Brief, als sie kam. Er hörte sie nicht eintreten. Leise schlich sie sich hinter ihn und legte ihm ihre Hände über die Augen.

Mit einem wilden Schrei fuhr Jack McMurdo herum, und nie vorher hatte Ettie sein Gesicht so wild, aber auch so voller Angst gesehen. Doch er war nicht dazu zu bewegen, ihr sein Verhalten zu erklären.

„Laß uns fortgehen von hier“, bat Ettie ihn schließlich inständig. „Auch mein Vater ist mittlerweile soweit, daß er das Tal der Furcht verlassen möchte. Aber ohne dich will ich auch anderswo nicht leben.“

Er nahm sie gerührt in den Arm und versprach ihr: „In ein paar Monaten, Ettie, spätestens in einem Jahr, bin ich soweit, daß ich mit dir von hier wegziehen kann, wohin du willst. Aber jetzt geht es noch nicht. Die Loge würde uns überall finden. Ihr Einfluß reicht weit.“

Mit neuer Hoffnung nach diesem Versprechen verließ Ettie ihn.

Nur wenige Tage später trat McGinty zum erstenmal mit einem Mordauftrag an McMurdo heran.

Es ging um den Vorarbeiter einer Minengesellschaft. Er hatte einen Scowrer erschossen, der in sein Haus eingedrungen war. Ungerührt verlangte McGinty, daß das ganze Haus in die Luft gesprengt werde, auch wenn die Frau des Mannes und die Kinder darin seien. McMurdo sollte sich für die Arbeit zwei Scowrer aussuchen, die ihm zur Hand gingen.

„Ich brauche ein bis zwei Tage, um die näheren Gegebenheiten des Hauses auszukundschaften“, bat McMurdo. „Dann können wir der ganzen Gesellschaft den Garaus machen.“

So geschah es auch.

Zwei Tage später holte sich McMurdo zwei junge Logenbrüder für die Ausführung der Tat. Am späten Abend trafen sie sich vor der Stadt, alle drei bewaffnet, einer trug einen Sack mit Sprengstoff. Gegen zwei Uhr nachts erreichten sie das einsame Haus. Dort war alles still.

McMurdo lehnte den Beutel mit dem Pulver an die Tür, schnitt ein Loch hinein, zog die Zündschnur heraus und brannte sie an. Kaum hatten er und seine Begleiter sich in einem Graben in Sicherheit gebracht, flog das Haus mit einem gewaltigen Knall in die Luft.

Erst am Tag darauf stellte sich heraus, daß der Vorarbeiter und seine Familie zu einem längeren Urlaub aufgebrochen waren und McMurdo ein leeres Haus gesprengt hatte.

Die Logenbrüder machten ihm das allerdings nicht zum Vorwurf. McMurdo versicherte, daß er nicht ruhen würde, bis er den Mann erwischt hätte.

In diesem Winter und dem folgenden Frühling erreichte die Schreckensherrschaft der Loge ihren Höhepunkt. Ein Mord folgte dem anderen.

McMurdo war inzwischen bei den Freimaurern so beliebt, daß er damit rechnen durfte, eines Tages McGintys Nachfolger zu werden.

Sympathien bei den braven Bürgern brachte ihm diese zweifelhafte Anerkennung selbstverständlich nicht ein.

An einem Samstagabend, als McMurdo gerade das Haus verlassen wollte, kam ganz überraschend Bruder Morris zu Besuch.

Morris war sehr erregt. „Ich weiß nicht, an wen ich mich wenden kann“, jammerte er, und seine Stimme zitterte, „aber ich muß mein Geheimnis jemandem anvertrauen, und da dachte ich an dich, Bruder Jack.“

„Was macht dir denn solche Sorgen?“ fragte McMurdo erstaunt und auch etwas unwirsch. „Hat es etwas mit der Loge zu tun? Du weißt, daß ich McGinty gegenüber den Treueid geschworen habe.“

Morris nickte nervös. „Ja, ja, und du wirst auch schon als sein möglicher Nachfolger gesehen. Uns ist ein Detektiv auf den Fersen." Das platzte völlig unvermittelt aus ihm heraus.

McMurdo starrte ihn entgeistert an. „Du bist verrückt. Das hätten wir doch gemerkt."

Morris nickte dreimal hintereinander, bevor er weiterreden konnte. „Ich weiß es ganz genau. Ein Freund von mir ist Telegrafist im Osten und hat da mitbekommen, daß die Agentur Pinkerton ihren besten Mann auf die Scowrers angesetzt hat, im Auftrag einiger mächtiger Eisenbahngesellschaften. Hier, er hat es mir geschrieben." Morris reichte McMurdo einen Brief, während er fortfuhr: „Und er erhält jede Woche von hier chiffrierte Berichte, mit denen er allerdings nichts anfangen kann. Dieser Detektiv heißt übrigens Birdy Edwards. Und die Agentur ist dafür bekannt, daß sie nicht lockerläßt, bis ihr Auftrag erledigt ist. Was soll ich nur tun?"

McMurdo wurde ernst. Er überlegte. Dann befahl er Morris: „Überlaß alles mir. Wenn die Sache stimmt, wird sich dieser Detektiv noch wundern. Sollte sie aber nicht wahr sein, würde es dein Ende bedeuten. Sag also niemandem etwas, und vertraue mir." Den Brief behielt er bei sich.

Kaum war Morris fort, eilte McMurdo zu Shafters Haus, klopfte an das Fenster von Etties Zimmer und bat sie herauszukommen. Er setzte sie ohne nähere Erklärung kurz und hastig davon in Kenntnis, daß er vielleicht bald zu einer raschen Flucht gezwungen würde. Sie solle sich bereithalten, Tag und Nacht.

Dann verließ er sie auch schon wieder und ging zur Arbeiterversammlung der Loge, wo er von dem Pinkertondetektiv erzählte, der ihnen auf der Spur sei.

Wie wild schrien alle durcheinander, so daß es selbst für McGinty nicht einfach war, für Ruhe zu sorgen, nachdem er den ersten Schrecken überwunden hatte. „Hast du Beweise für deine Behauptung?“ wollte er dann mühsam beherrscht von McMurdo wissen.

Dieser zog den Brief aus der Tasche, den Morris ihm gegeben hatte, und hielt ihn hoch über die Köpfe der Logenbrüder. „Hört zu“, rief McMurdo. „Dieser Brief, der in meine Hände gelangt ist, ist der Beweis für meine Behauptung.“

Er las ihn vor, und wieder schrien alle durcheinander, bis McGinty dazwischenrief: „Weiß jemand, wie dieser Birdy Edwards aussieht?“

„Ja, ich kenne ihn“, ließ sich McMurdo vernehmen, und sämtliche Köpfe fuhren zu ihm herum.

„Dann weißt du auch, wo er sich aufhält“, schrie McGinty. „Heraus damit. Der Kerl darf dieses Tal nicht verlassen. Also rede schon.“

McMurdo schüttelte den Kopf. „Nicht so schnell. In diesem Brief steht, daß wöchentlich chiffrierte Berichte über uns von hier abgehen. Also hat dieser Birdy Edwards bereits regelmäßig Informationen bekommen. So leid es mir tut, aber es muß ein Verräter in unseren eigenen Reihen sein. Deshalb beantrage ich, einen vertrauenswürdigen Ausschuß einzusetzen, vor dem ich sagen kann, was ich weiß. Dazu schlage ich natürlich McGinty selbst vor, Baldwin und fünf weitere Brüder.“

Der Vorschlag wurde sofort angenommen. Zum ersten Mal fühlten die, die es sonst nur gewohnt waren, bei anderen Angst und Schrecken zu verbreiten, eine lebensgefährliche Bedrohung, eine Bedrohung durch einen unsichtbaren Gegner.

Der Ausschuß trat zusammen, und McMurdo berichtete ihnen von einem angeblichen Zeitungsmann aus New York, der sich Steve Wilson nenne, und den er im Zug kennengelernt habe. Wilson sei in Hobson's Patch ausgestiegen.

„Er wollte alles mögliche über die Scowrers wissen", erinnerte sich McMurdo, „und auch Geld für Informationen bezahlen. Erst als ich nun diesen verräterischen Brief in die Hände bekam, wurde mir klar, daß dieser Wilson der Detektiv sein muß. Denn ich stieg damals ebenfalls in Hobson's Patch aus und traf ihn auf dem Telegrafenamt wieder. Der Mann hinter dem Schalter schimpfte gerade wegen des schwierigen Textes, den Wilson ihm gegeben hatte. Ich weiß noch genau, daß er sagte, das sei ja schlimmer als Chinesisch und man müßte eigentlich doppelte Gebühr dafür verlangen. Natürlich war das eine von den chiffrierten Nachrichten an Pinkerton."

Das klang alles sehr einleuchtend, fanden McGinty und die anderen.

„Wie machen wir ihn am besten kalt?" fragte McGinty grob in die Runde.

„Ganz einfach", schlug McMurdo jetzt vor. „Ich suche ihn in Hobson's Patch auf und gebe mich als Scowrer zu erkennen. Ich biete an, ihm für gutes Geld Informationen zu verkaufen. Er soll um zehn Uhr abends zu mir kommen. Wie ihr wißt, ist die Witwe, bei der ich wohne, völlig taub. Und sonst wohnt nur Scanlan noch dort. Und der gehört zu uns. Wenn ihr alle dann schon eine Stunde früher bei mir seid, können wir Birdy Edwards zusammen erwarten. Der Rest dürfte sicher sehr einfach sein."

Sie fanden diese Idee sehr gut. Sie würden ihr Opfer möglichst lange zappeln lassen und sich an seiner Hilflosigkeit weiden, beschlossen sie. Außerdem konnten sie den Mann ja nicht gleich umbringen, weil sie erst noch herausfinden mußten, wieviel er von der Loge wußte und wer sein Informant war.

Am Nachmittag konnte McMurdo dann mit der Nachricht aufwarten, daß Birdy Edwards tatsächlich in die

Falle gehen würde. McMurdo gab Einzelheiten bekannt: „Er wird sich vorher genau vergewissern, daß ihn auch niemand sieht. Dann wird er durch die Hintertür ins Haus schleichen. Wir werden alle schon bei mir oben sitzen. Es ist wichtig, daß ihr auch wirklich früh kommt. Er wird dreimal an die Tür klopfen. Ich öffne und schließe hinter ihm die Tür wieder ab . . ."

„Und du drückst ihm gleich deinen Revolver in die Rippen", fuhr McGinty schadenfroh fort. „Und wenn er dann gleichzeitig noch uns vor sich sieht, wird ihm der Schreck ordentlich in die Glieder fahren. Und er kann sich ausmalen, daß er das Haus nicht mehr lebend verlassen wird. Und dann werden wir ihn ausquetschen." McGinty grinste böse. „Und Rache dem, der uns verraten hat."

McMurdo überlegte. „Eines müssen wir beachten. Der Mann ist natürlich bewaffnet. Er wird auf der Hut sein. Wenn er plötzlich sieben Mann in dem Zimmer vorfindet, in dem er nur einen erwartet hat, wird er nicht lange zögern, sondern anfangen zu schießen. Dann haben wir die Polizei der gesamten Stadt auf dem Hals."

„Das stimmt", räumte Baldwin widerwillig ein, und McGinty nickte. „Du bist am Zug, Jack. Wie fangen wir es also richtig an?"

McMurdo erläuterte seinen Plan: „Ich denke, daß es folgendermaßen gehen müßte: Ihr wartet im großen Zimmer, während ich ihn ins kleine Nebenzimmer führe. Ich sage ihm, daß ich die Unterlagen aus dem anderen Raum holen will. Vielleicht kann ich euch dann schon Zeichen geben oder zuflüstern, ob er bewaffnet ist oder nicht. In jedem Fall wird er sich mit den Papieren beschäftigen. Bis er gemerkt hat, daß sie nichts wert sind, habe ich ihn schon in der Gewalt. Dann könnt ihr mir zu Hilfe kommen und ihn fesseln."

McGinty klopfte ihm anerkennend auf die Schulter. „Du bist ein wirklicher Gewinn für die Loge, Jack, und wirst einmal mein würdiger Nachfolger sein. Wir wollen es so machen, wie du gesagt hast.“ Damit sollte das Schicksal des besten Mannes von Pinkerton besiegelt sein. Die Scowrers würden kein Erbarmen kennen.

Die Männer, die McGinty für dieses Vorhaben aussuchte, gehörten zu den gewalttätigsten und skrupellosesten seiner Bande. Ted Baldwin; dann der spindeldürre Harraway, ein wahrhaftiger Schlächter; Carter, der Schatzmeister, der bekannt war für seine abartigen Foltermethoden; dann die Brüder Willaby, die jede Gewalttat ohne Gefühlsregung ausführten, auch wenn es um Frauen und Kinder ging; und Cormac, den sie Tiger nannten und der selbst von seinen eigenen Logenbrüdern wegen seiner Unberechenbarkeit gefürchtet wurde. Sie alle waren mehrfache Mörder.

Pünktlich um neun Uhr trafen sie mit McGinty an der Spitze bei McMurdo ein. Eine Flasche Whisky machte die Runde und förderte ihre Stimmung und ihre Grausamkeit noch.

Cormac prüfte grinsend die glühende Platte des Ofens. „Gerade richtig, um ihm einzuheizen.“

Die anderen verstanden. Sie würden den Detektiv darauf festbinden und aus ihm herausholen, was sie wissen wollten.

„Du mußt ihn gleich richtig an der Kehle packen“, meinte McGinty mit alkoholgerötetem Gesicht zu McMurdo. „Den Rest erledigen wir dann schon.“

Dann wurden sie plötzlich still: Es klopfte dreimal laut. McMurdo legte warnend einen Finger an die Lippen. Die anderen griffen nach ihren Waffen. Erregt lauschten sie, als McMurdo hinausging, auf jeden Laut.

Von draußen hörten sie, wie er jemanden begrüßte.

Die Haustür fiel zu, und Schritte kamen die Treppe hoch. Dann war aus dem Nebenzimmer eine gedämpfte Unterhaltung zu vernehmen. Die Spannung erreichte ihren Höhepunkt. Cormac hatte ein böses Grinsen im Gesicht, während McGintys mächtige Hände die Tischkante so hart umklammerten, daß die Fingerknöchel weiß hervortraten. Sie atmeten kaum.

Es schien eine Ewigkeit zu dauern, bis endlich die Tür zu ihrem Raum aufging und McMurdo hereintrat. Er ging zum Tisch und sah sie der Reihe nach an, sagte aber kein Wort. Mit ihm schien eine Veränderung vor sich gegangen zu sein. Seine Augen hinter den Brillengläsern glitzerten kalt.

„Was ist los", flüsterte McGinty unruhig. „Wo ist Birdy Edwards?"

McMurdo richtete sich kerzengerade auf und sagte mit eisiger Stimme: „Ich bin Birdy Edwards."

Die nächsten Sekunden war Totenstille im Raum. Dann wurden mit einem lauten Klirren die Fensterscheiben von Gewehrläufen durchstoßen.

Ein Mann trat ins Zimmer, den Birdy Edwards als Captain Marwin aus Chicago vorstellte. „Du kennst ihn ja schon", wandte er sich höhnisch an Baldwin. „Schließlich hat er uns beide verhaftet, nachdem ich gerade noch verhindern konnte, daß du den armen alten Journalisten totgeprügelt hast."

Der Captain hielt einen schweren Revolver auf sie gerichtet und befahl betont höflich: „Sie dürfen ihre Gewehre dann loslassen, meine Herren."

Mit einemmal war der Raum voller bewaffneter Männer. Vollkommen überrascht und verwirrt, ließen sich die Verbrecher widerstandslos Handschellen anlegen.

„Auch wenn ihr es in diesem Augenblick noch nicht glauben wollt", erklärte ihnen Birdy Edwards, „euer Spiel ist aus. Und noch heute nacht werden eure Brüder aus der Loge ins Gefängnis wandern. Als ich von Pinkerton den Auftrag bekam, wollte ich nicht glauben, daß es eine so unglaublich verdorbene Organisation wie die Scowrers tatsächlich gibt. Ich hielt alles für eine Erfindung der Journalisten. Ich trat den Freimaurern in Chicago bei, und an ihnen fand ich nichts Schlechtes, sondern nur viel Gutes. Welch eine Schande seid ihr für diese Bruderschaft gewesen! Was mich aber am traurigsten macht, ist, daß ich etliche eurer Verbrechen nicht verhindern konnte, nur einige. – Ich wünsche euch allen, daß ihr in der Hölle schmoren werdet."

„Wir werden dich dort wiedersehen", zischte McGinty. „Vielleicht schneller, als dir lieb ist."

Am nächsten Morgen verließen Birdy Edwards, Ettie und Jacob Shafter das Tal der Furcht. Wenige Wochen später wurden der Detektiv und Ettie getraut, in Chicago. Jacob Shafter war Trauzeuge.

Die Scowrers erhielten ihren Prozeß an einem weit entfernt liegenden Ort, wo alle Versuche der Bestechung und Einschüchterung nichts nützten. Dort sahen sie auch Birdy Edwards wieder, der als Zeuge auftrat.

McGinty und etliche seiner engsten Vertrauten endeten auf dem Schafott. Aber ausgerechnet Ted Baldwin, Birdy Edwards unerbittlichster Feind, kam mit dem Leben davon. Er und die übrigen Scowrers schworen Edwards ewige Rache. Und als sie nach zehn Jahren das Zuchthaus verließen, machten sie sich auf die Suche nach ihm. Dreimal waren sie unmittelbar auf seiner Spur, so daß er und seine Frau wieder fliehen mußten. Sie zogen nach Kalifornien und lebten dort unter dem Namen Douglas.

Dann starb Ettie.

Birdy Edwards, nunmehr Jack Douglas, lernte Barker kennen und arbeitete mit ihm zusammen. Doch die

Flucht ging weiter. Er zog nach England, wo er sich in Sicherheit glaubte. Aber nach fünf Jahren tauchte Ted Baldwin ebenfalls dort auf, und diesmal fand er seine Strafe.

Vom englischen Schwurgericht wurde Douglas wegen erwiesener Notwehr freigesprochen.

Holmes schrieb danach ihm und seiner Frau einen Brief, in dem er ihnen dringend nahelegte, aus England wegzuziehen, da er weiterhin in größter Gefahr sei. Holmes ging noch immer davon aus, daß Professor Moriarty in die Angelegenheit verwickelt war, und er wußte: Dieser Mann würde nicht ruhen, bevor er seinen Auftrag erledigt hatte.

Etwa zwei Monate später besuchte uns Cecil Barker, er sah bleich und erschöpft aus.

„Ich habe furchtbare Nachrichten“, berichtete er uns. „Jack Douglas ist tot.“

Holmes’ Miene verdüsterte sich. „Ich habe es befürchtet“, flüsterte er. „Wie ist es dazu gekommen, Mr. Barker?“

Barker seufzte. „Vor drei Wochen hat er sich mit seiner Frau an Bord der Palmyra nach Südafrika eingeschifft. Heute morgen bekam ich aus Kapstadt ein Telegramm von seiner Frau. Ich las, daß Jack, ich nenne ihn immer noch so, bei einem Sturm über Bord gegangen ist. Aber niemand weiß, wie es passierte.“

„Es war Mord, ganz sicher“, murmelte Holmes. „Was die Scowrers nicht schafften, haben Moriartys Schergen nach seiner genialen Planung vollendet. Er führt seine Aufträge immer bis zum Ende aus, selbst wenn seine Auftraggeber nicht mehr leben. Er kann sich keinen Fehlschlag leisten. Diese Amerikaner um Baldwin hatten sich, leider, den besten Mann für ihre Rache ausgesucht. Schon von diesem Augenblick an hatte Birdy Edwards keine Chance mehr.“

„Kann denn keiner mit diesem Teufel fertig werden?" rief Barker in wilder Verzweiflung.

Holmes lehnte sich in seinem Sessel zurück. Sein Blick war weit in die Ferne gerichtet. „Man muß mir Zeit lassen", sagte er leise wie zu sich selbst. „Viel Zeit. Dann wird auch Moriartys Stunde schlagen."

Junggeselle von Adel

Nichts zeigte eindrucksvoller Sherlock Holmes' ganze bunte Palette der Kundschaft als seine tägliche Post. Mit der Morgensendung baten ihn ein Fischhändler und ein Zollbeamter um Rat. Und mittags erreichte die Baker Street 221 B ein Kuvert, dessen aufgedrucktes Wappen und dessen Initialen nach einem der vornehmsten Häuser Englands förmlich rochen.

Doch ich mußte meine Neugierde vorerst noch zügeln, bis mein Freund gegen drei Uhr von einem ausgedehnten Spaziergang zurückkehrte.

„Vermutlich eine dieser langweiligen Einladungen zu einer der vornehmen Veranstaltungen der sogenannten besseren Kreise", murrte er, als er das Siegel aufbrach. „Gott sei Dank hat man ja noch die Freiheit, abzulehnen."

„Ich bewundere deine erfrischende Respektlosigkeit geradezu", lachte ich, „beweist es mir doch, daß für dich Bettler und Edelmann gleichberechtigte Menschen sind."

Er verbesserte mich, noch während er den Inhalt las: „Mein lieber Watson, ich habe Bettler kennengelernt, vor denen ich den Hut ziehe, was ich wahrhaftig nicht von jedem Fürsten behaupten kann. Aber ganz nebenbei ist das hier keine Einladung, sondern ein Appell an meine detektivischen Fähigkeiten, was mir durchaus angemessener erscheint."

Der Brief war mit „Robert Lord St. Simon" unterzeichnet, der sich für vier Uhr ankündigte und natürlich Diskretion verlangte. Die Angelegenheit schien delikat zu sein, da der vornehme Klient andeutete, seine Bitte hätte etwas mit einem peinlichen Vorfall bei der Hochzeit zu tun. Und er erwähnte noch, daß Mr. Lestrade von Scotland Yard bereits eingeschaltet wäre, der aber gegen Ermittlungen von seiten Holmes' nichts einzuwenden hätte.

„Der brave Lestrade", dachte ich schmunzelnd. „Nichts einzuwenden", war nett umschrieben. Bisher hatte ihm Holmes jedesmal aus der Patsche helfen müssen, weil sich der Inspektor immer total verrannt hatte.

Holmes unterbrach meine Gedanken, indem er mich bat, aus den Zeitungen, die wir wochenlang horteten, chronologisch die Berichte über Lord Simons Heirat herauszusuchen. Denn er selbst las normalerweise nur die Kriminalberichte, allenfalls noch die Kummerspalten von Trostsuchenden. Währenddessen beschäftigte er sich mit dem Adelsalmanach und informierte mich über die Familie St. Simon.

„Hör zu, Watson. Robert Walsingham de Vere St. Simon, zweiter Sohn des Duke of Balmoral, einundvierzig Jahre alt, ehemaliges Mitglied des Kolonialministeriums. Sein Vater war Außenminister. Und so weiter und so fort, das übliche beweihräuchernde Getue."

„Laß ihn das nicht hören, wenn er hier erscheint", erwiderte ich. „Er könnte es dir übelnehmen."

Holmes winkte gelangweilt ab. „Ach was, Watson. Die erste Unverschämtheit hat er sich bereits in seinem Brief herausgenommen, wenn er schreibt: ‚Sollten Sie um vier Uhr eine andere Verabredung haben, bitte ich darum, diese zu verschieben.' Was denkt der sich eigentlich, hm? Ein Lord. Na und? Wie du schon sagtest, ist für mich ein Klient wie der andere. Wenn ich eine Verabredung mit unserem Gemüsehändler hätte, würde ich den Teufel tun und den wegen St. Simon warten lassen. Außerdem stehe ich in der Hierarchie meines Berufsstandes weit über seinem gesellschaftlichen Stand, nämlich an erster Stelle. Was grinst du so, Watson? Ist daran etwas lächerlich?"

„Nein, Gott bewahre. Ich amüsiere mich nur wieder mal über einen deiner Anfälle von Bescheidenheit“, parierte ich und goß mir einen Brandy ein.

Holmes hüstelte und streckte seine Beine vor das prasselnde Kaminfeuer. „Erzähl mir jetzt mal, was du in den Gazetten gefunden hast.“

Ich begann mit einer Meldung, in der die Heirat von Lord Simon mit der amerikanischen Millionärstochter Hatty Doran angekündigt wurde. In der Klatschspalte wurde süffisant darauf hingewiesen, daß nicht nur die Schönheit der jungen Dame ein Segen für den Lord sei, sondern auch deren Reichtum, da der Adlige außer einem kleinen Gut über kein eigenes Vermögen mehr verfügte. Ein späterer Artikel berichtete über den Vollzug der Hochzeit in der Kathedrale von St. George.

Holmes schaute dabei recht gelangweilt drein. Das änderte sich schlagartig bei meiner Schilderung der folgenden Ereignisse. Holmes' Augen glitzerten interessiert.

„Hier steht, daß die frischvermählte Braut dann mitten im Hochzeitsfrühstück der engsten Familienmitglieder im Haus ihres Vaters heimlich die Gesellschaft verließ und seitdem spurlos verschwunden ist. Allerdings hat unser verehrter Lestrade inzwischen zugeschlagen und eine Nachtclubtänzerin namens Flora Miller verhaftet.“

Holmes blinzelte amüsiert. „Der gute Lestrade, immer schnell dabei, jemandem die Handschellen anzulegen. Warum kam es zu dieser Verhaftung, Watson?“

Ich überflog den letzten Artikel in einer Morgenzeitung und klärte ihn auf. „Offenbar hat diese Flora Miller einen äußerst peinlichen Auftritt bei diesem Frühstück geliefert. Hier heißt es, sie sei in das Haus eingedrungen und hätte gezetert, Lord Simon habe ihr die Ehe versprochen. Der Butler hat sie dann hinausgeworfen.

Aber kurz darauf hat sich die Braut wegen angeblicher Übelkeit auf ihr Zimmer zurückgezogen, nach Aussage der Zofe aber nur schnell Hut und Mantel genommen. Dann muß sie überstürzt das Haus verlassen haben, wie sich der Diener erinnerte. Allerdings hatte er nicht im Traum daran gedacht, daß es sich bei der Frau hinter dem hochgeschlagenen Mantelkragen um die Tochter des Hauses handeln könnte."

„Klingt ganz vielversprechend", freute sich Holmes.

Im gleichen Augenblick meldete unsere Haushälterin Lord St. Simon. Herein kam ein blasser Mann, der auf mich zehn Jahre älter wirkte, als er wohl tatsächlich war. Seine Kleidung konnte man fast lächerlich geckenhaft nennen. Am meisten aber mißfiel mir ein herrischer Zug um seinen Mund.

Holmes stellte uns einander vor und bat ihn, Platz zu nehmen.

Lord Simon gab gleich eine Kostprobe seiner Überheblichkeit, indem er glaubte, bemerken zu müssen, daß Holmes' Ruf zwar gut sei, aber er bisher wohl kaum einen Klienten von seinem gesellschaftlichen Stand gehabt habe. Holmes' milder Hinweis, daß einer seiner letzten Auftraggeber ein König gewesen sei, ließ die Gesichtszüge des Lords zu meiner Freude verkniffen einfrieren. Damit waren die Fronten geklärt, und Lord Simon kam deutlich freundlicher zur Sache.

Hatty Doran hatte er vor einem Jahr in San Francisco kennengelernt. Ihr Vater war durch Goldfunde mit einem Schlag zu einem der reichsten Männer Kaliforniens geworden. Bis zu diesem Zeitpunkt hatte Hatty ein ungebundenes Leben in freier Natur geführt, unberührt von gesellschaftlichen Zwängen, wie Lord Simon etwas abschätzig bemerkte. Aber er beeilte sich, uns zu versichern, daß er die junge Frau für so anständig hielt, daß er beschloß, ihr seinen Namen zu geben. Ich zweifelte

keinen Augenblick länger daran, daß den hochnäsigen Kerl nur Miß Dorans Geld gelockt hatte.

Auf Bitten von Holmes überreichte er ihm ein Bild seiner verschwundenen Ehefrau, eine Miniatur aus Elfenbein in einem Medaillon. Auch ich konnte einen Blick darauf werfen. Hatty Doran war wirklich eine Schönheit mit blauschwarzen Haaren und großen dunklen Augen. Ich konnte mir kaum vorstellen, was sie dazu bewogen hatte, diesen adeligen Kümmerling zu ehelichen. Obwohl ich sie jetzt nur von dem Medaillon her kannte, hätte es mich sehr enttäuscht, wenn sie nur der Titel gereizt hatte. Immerhin beklagte eine unserer Gesellschaftszeitungen schon, daß immer mehr schöne Töchter aus der Neuen Welt erfolgreich Jagd auf die Mitglieder der ältesten und vornehmsten Häuser Englands machten. Wobei ich der Meinung war, daß denen frisches Blut in ihren verstaubten Adern nur guttun konnte.

Als Holmes die beträchtliche Höhe der Mitgift ansprach, meinte unser Mandant indigniert, daß diese der Bedeutung seiner Familie nur angemessen war.

„Und das Geld bleibt Ihnen in jedem Fall, da die Hochzeit ja vollzogen ist", bohrte mein Freund in sachlichem Ton nach.

Ich mußte mir ein Auflachen verkneifen, als Lord Simon dazu erklärte, danach habe er sich noch gar nicht erkundigt. Ich war sicher, daß dies seine erste Tat nach dem Vorfall beim Frühstück gewesen war.

Aber Holmes sagte nur: „Nein, natürlich nicht.“ Dann ließ er sich von dem verlassenen Ehemann die Einzelheiten der Hochzeitsfeierlichkeiten berichten. Dabei erfuhren wir von einem merkwürdigen Vorfall, der sich schon in der Kirche ereignet hatte.

„Auf dem Weg aus der Kirche fiel ihr der Brautstrauß aus den Händen. Ein Mann in der ersten Bankreihe hob ihn auf und gab ihn ihr wieder. Ich kannte ihn nicht. Als ich sie darauf ansprach, antwortete sie sehr kurz angebunden. Ich konnte mir keinen Reim auf ihre plötzliche Schroffheit machen, schrieb sic einfach der Launenhaftigkeit von Frauen zu.“

„Benahm sie sich beim Eintreffen im Haus ihres Vaters weiterhin auffällig?“ wollte Holmes nun wissen.

Lord Simon schüttelte unwillig den Kopf. „Nicht, daß ich wüßte, und ich hatte wichtigere Dinge im Kopf, als mich damit zu beschäftigen. Sie unterhielt sich nur kurz mit ihrer Zofe.“

„Wissen Sie vielleicht, worüber?“ hakte Holmes wieder nach.

„Nein. Lady St. Simon“, zum erstenmal nannte er sie nun so, „erwähnte etwas von ‚die Hand draufgelegt‘. Das ist alles, was ich hörte. Was es bedeutet, kann ich nicht sagen. Aber etwa zehn Minuten nach Beginn des Frühstücks im engsten Kreis entschuldigte sie sich und ging auf ihr Zimmer.“

Eine Neuigkeit für uns war, daß Lady St. Simon etwas später im Hydepark gesehen worden war, und zwar mit jener Flora Miller, die dann von Lestrade verhaftet wurde. Das legte die Vermutung nahe, daß die Tänzerin die junge Ehefrau in eine Falle gelockt hatte. Holmes wollte nun mehr über den Zwischenfall wissen, den Flora Miller im Haus von Mr. Aloysius Doran verursacht hatte.

Unser Klient schilderte die Tänzerin als sehr temperamentvolle Frau und räumte ein, daß er jahrelang sehr eng mit ihr befreundet war, weshalb sie sich „Rechte auf ihn einbildete“, wie er sich ausdrückte. Er sei stets sehr großzügig zu ihr gewesen. Trotzdem hätte sie ihm böse und vorwurfsvolle Briefe geschrieben, nachdem sie von seiner bevorstehenden Hochzeit erfahren hatte.

Er fuhr fort: „Sie versuchte dann, ins Haus einzudringen und eine Szene zu machen. Aber meine Diener ließen es nicht dazu kommen und entfernten sie. Gott sei Dank hatte meine Frau davon gar nichts mitbekommen.“

„Und trotzdem trafen sich die beiden danach im Park“, wandte Holmes ein. „Haben Sie dafür eine Erklärung?“

Lord Simon zuckte mit den Schultern. „Nein, aber im Gegensatz zu Mr. Lestrade halte ich es nicht für möglich, daß Flora einem anderen Menschen wirklich etwas Böses antun könnte.“

Das war immerhin gentlemanlike, mußte ich im stillen zugeben. Aber den guten Eindruck verwischte er gleich wieder, als er auf Holmes' Frage antwortete, wie er sich denn die Reaktion seiner Frau erkläre.

„Ich kann mir nur vorstellen, daß ihr ob des plötzlichen gesellschaftlichen Aufstiegs von der Goldgräbertochter zur Lady schier schwindelig wurde und sie einfach durchdrehte, wenn ich mich so salopp ausdrücken darf.“

Holmes lächelte. „Sie dürfen. Jedoch, ohne die Bedeutung ihres gesellschaftlichen Ranges herunterspielen zu wollen, denke ich nicht, daß sich Lady St. Simon deshalb so merkwürdig benahm. Haben Sie übrigens so beim Frühstück gesessen, daß Sie aus dem Fenster sehen konnten?“

„Wir konnten auf die Straße und den Park schauen“, bestätigte unser Klient verständnislos. Noch verwirrter wurde sein Blick, als Holmes ihm mitteilte: „Danke. Dann habe ich das Problem gelöst. Ich werde mich bei Ihnen melden, sobald ich weiß, wo Ihre Frau sich genau aufhält. Es wird sicher nicht lange dauern."

Damit entließ er den fassungslosen Lord höflich, aber bestimmt. Wenn Holmes nicht wollte, war nichts aus ihm herauszubringen.

Das mußte auch St. Simon schließlich einsehen. Er machte eine knappe Verbeugung und verschwand ziemlich beleidigt.

Holmes lachte herzhaft, nachdem sich die Tür hinter dem Lord geschlossen hatte, und verlangte nach einem Whisky und einer Zigarre, was für ihn als Pfeifenraucher einigermaßen ungewöhnlich war. Was Holmes' Bemerkung zur Lösung des Falles anging, war ich logischerweise nicht weniger neugierig als der betroffene Lord selbst. Ich hatte dem Frage- und Antwortspiel der beiden keinerlei Anhaltspunkte entnehmen können, die mich der Aufklärung des ominösen Falles auch nur ein Stück näher gebracht hätten. Ich verwünschte deshalb Lestrade von ganzem Herzen, der genau in dem Moment hereinplatzte, als Holmes beginnen wollte, mir seine Schlußfolgerungen darzulegen.

Lestrade ließ sich in einen Sessel fallen und zündete eine ihm von Holmes angebotene Zigarre an. Er nahm einen tiefen Zug und hieb dann unvermittelt mit einer Faust auf die Armlehne. „Es ist wie verhext, Mr. Holmes!" rief er. „Wir können die Leiche von Lady St. Simon nicht finden. Dabei war ich davon überzeugt, daß sie im Serpentinenteich liegt. Aber ich habe ihn erfolglos absuchen lassen."

Holmes brach in lautes Gelächter aus. „Oh, Lestrade, genausogut hätten Sie im Brunnen auf dem Trafalgar Square fischen können oder an irgendeiner Stelle in der Themse. Es gibt keine Leiche von Lady St. Simon. Wie denn auch. Es existiert ja vermutlich nicht einmal eine lebende Lady St. Simon!“

Lestrade zuckte zusammen. Erst starrte er Holmes sprachlos an, dann wurde sein Gesichtsausdruck grimmig. Schließlich schoß er vom Sessel hoch und schrie erbost: „Sie sollten aufhören, mich zu verspotten, Mr. Holmes, und ständig vor mir den Besserwisser zu spielen!“ Er griff in eine Tasche, die er mitgebracht hatte, und warf ein Brautkleid, die dazu passenden Schuhe, Schleier und Brautkranz auf den Tisch. Dazu einen Ehering. Die Sachen waren feucht und schmutzig.

„Hier“, erregte sich Lestrade weiter und klopfte mit der Faust auf den Tisch, „das alles wurde am Teich angeschwemmt und von einem Parkwächter gefunden. Dazu fand ich in einer Tasche des Kleides ein Mäppchen mit einem Zettel darin. Wenn Sie sich den mal ansehen wollen. Und die geschriebene Notiz darauf, die besagt, daß sich eine Person mit den Initialen *F. H. M.* mit Lady St. Simon unbedingt treffen wollte.“

Holmes setzte ein gleichermaßen überlegenes wie gelangweiltes Lächeln auf, das in dieser Situation auch einen weniger cholerischen Menschen als den guten Lestrade zur Weißglut getrieben hätte. Dann jedoch stutzte er, als er die Rückseite des Zettels betrachtete.

„Ah, meinen Glückwunsch, Lestrade. Da haben Sie wirklich ein wesentliches Indiz aufgetan. Ich sehe hier nämlich ein Stück einer Hotelrechnung.“

„Das ist mir nicht entgangen, Mr. Holmes“, knurrte Lestrade. „Aber ich weiß nicht, was das für den Fall noch für eine Rolle spielen soll. Der ist so gut wie geklärt. Wie gesagt, fehlt nur noch die Leiche.“

Holmes schmunzelte. „Sie sind unverbesserlich in Ihrer Sturheit, Lestrade. Sie sollten doch wirklich einmal aus der Vergangenheit lernen. Bisher war es doch jedesmal ein Schlag ins Wasser, sobald Sie sich in eine Richtung verrannt hatten. Wobei ich natürlich nicht insgesamt ihre unzweifelhaft vorhandenen kriminalistischen Fähigkeiten in Frage stellen will. Sie haben nur die Angewohnheit, ab einem gewissen Zeitpunkt einen Fall nur noch unter einem einzigen Aspekt zu betrachten und dabei alle anderen Möglichkeiten aus den Augen zu verlieren. Ich kann Ihnen nur den wohlmeinenden Rat geben, diesmal umzukehren und sich nicht mit der Suche nach einem Phantom lächerlich zu machen."

Das genügte. Lestrades Gesicht nahm die Farbe einer reifen Hagebutte an. Ich dachte ehrlich, er würde im nächsten Augenblick mit einem lauten Knall platzen.

Vor Wut zitternd, packte er seine Beweise zusammen und verabschiedete sich keuchend mit den Worten: „Ich pfeife auf Ihre Ratschläge, Mr. Holmes. Wer sich hoch erhebt, wird tief fallen. Und das werden Sie in diesem Fall. Und ich kann nicht sagen, daß ich Ihnen das nicht von Herzen gönne."

„Ganz meinerseits, Lestrade, wenn Sie mir so kommen", erwiderte Holmes gelassen.

Lestrade stapfte aus der Tür, jeder Zoll gewaltig unter Dampf stehend.

„Was für ein engstirniger Bursche, nicht wahr, Watson?" bemerkte Holmes süffisant. „Nun gut, ich habe noch kurz außerhalb zu tun. Bis dahin mußt du deine Neugierde auch noch zügeln." Er nahm Mütze und Umhang und ließ mich ratlos zurück.

Schon eine halbe Stunde danach überrumpelte mich der Bote eines Delikatessenladens mit der Lieferung eines superben Abendessens, aus Fleisch- und Geflügelgerichten vom Feinsten, erlesenen Weinen und Nachspeisen. Da saß ich nun davor und grübelte, was das nun wieder zu bedeuten hatte. Und ich ärgerte mich, daß ich wieder einmal zum Vollzugsgehilfen von einem von Holmes dramatischen Schlußauftritten gemacht wurde, ohne auch nur einen Deut mehr zu wissen, worum es überhaupt ging, als irgendein Zeitungsleser von der Straße. Und das, obwohl ich immerhin die meisten Ermittlungen von Holmes hautnah miterlebt hatte.

Vier Stunden lang mußte ich so im ungewissen vor dem Essen sitzen, bis Holmes gegen neun Uhr abends zurückkam. Zufrieden registrierte er die Lebensmittel und meinte in aufgeräumter Stimmung: „Dann sollten wir mal für fünf Personen decken, Watson. Die Gäste, die ich erwarte, werden jeden Moment eintreffen."

Bevor ich meinen Unmut darüber äußern konnte, wie er mich erneut behandelt hatte, kam ein völlig aufgelöster Lord St. Simon hereingestürzt, die Haare wirr zu Berge stehend. Sein Monokel hatte sich selbständig gemacht und hüpfte vor seiner Brust hin und her.

„Ich muß schon sagen, Mr. Holmes", rief er aufgebracht, „die Ungeheuerlichkeit Ihrer Mitteilung hat mich . . ."

„Setzen Sie sich erst einmal", unterbrach ihn Holmes sanft. „Sie sollten, nebenbei gesagt, froh darüber sein, daß bei der ganzen Sache niemandem ein Leid geschehen ist."

Der Lord, der sich gerade ermattet in einen Sessel hatte sinken lassen, sprang empört wieder hoch.

„Wie können Sie so etwas sagen. Kein Leid? Ich bin vor der ganzen Welt lächerlich gemacht, zum Popanz degradiert, ich als Lord, mein Vater, der Herzog . . ."

„Ich wüßte nicht, was der Herzog damit zu tun hat", entgegnete Holmes nun leicht gereizt. „Und ich kann nicht einsehen, wieso Sie sich wegen dieser Geschichte als Popanz fühlen sollten, schon gar nicht vor der ganzen Welt, die wohl kaum Notiz davon nehmen wird. Die Welt hat andere Sorgen."

Damit hatte er Lord Simons Selbstüberschätzung noch sehr milde in die Schranken verwiesen. Aber es genügte, um den Lord neuerlich aufbrausen zu lassen. Der Anfall wurde allerdings durch zwei weitere Besucher im Ansatz erstickt.

Der Mann war mir völlig unbekannt, aber der Anblick der Frau bewirkte bei mir einen unterdrückten Ausruf der Überraschung, während Lord Simon in derselben Sekunde wie versteinert dastand.

„Mr. und Mrs. Francis Hay Moulton", stellte Holmes das Paar ernst vor.

Die Frau, die ich vom Medaillon her als Lady St. Simon kannte, machte einen zögernden Schritt auf den Lord zu und bot ihm ihre Hand. Der aber verhielt sich so abweisend, daß ich ihn trotz meiner eigenen Verwirrung am liebsten am Kragen gepackt und aus dem Haus geworfen hätte. Er sah sie nicht einmal an und ignorierte ihre Hand völlig, ein Bild verletzter Eitelkeit.

„Ich verstehe, daß du tief verletzt bist", sagte sie leise. „Aber höre mich bitte an."

„Es gibt nichts zu sagen", erwiderte er kalt, wurde aber nun von Holmes zurechtgewiesen.

„Ich denke doch, Lord Simon. Bevor Sie eine unschuldige Frau verdammen, sollten Sie ihr Gelegenheit geben, sich zu rechtfertigen. Anschließend dürften Sie Ihre Meinung sicher ändern."

„Niemals", bellte er. „Wie ich sehe, bin ich auf hinterlistigste Weise betrogen worden, auf so schändliche Art, wie es nur ein Weib fertigbringen kann."

„Mein Herr, mäßigen Sie sich", donnerte nun der Begleiter der Frau, ein braungebrannter, durchtrainierter Bursche.

Er wäre wohl auf den Lord losgegangen, wenn Holmes nicht schnell dazwischengetreten wäre und die Gemüter energisch beruhigt hätte.

„Ich möchte beide Parteien doch dringend darum bitten, sich in meinem Haus nicht wie zwei Straßenjungen aufzuführen“, wies Holmes die beiden mit deutlicher Schärfe zurecht.

Dem Lord schoß das Blut ins Gesicht, während sein Kontrahent eine entschuldigende Geste machte. Mrs. Moulton oder Lady St. Simon, wer immer sie nun war, benützte die Gelegenheit, um die Initiative zu ergreifen. Sie begann, ihre Geschichte zu erzählen:

„Francis und ich lernten uns in den Rocky Mountains kennen, wo mein Vater nach Gold suchte. Wir verliebten uns ineinander und beschlossen, uns nach einiger Zeit zu verloben. Aber dann wurde Vater plötzlich über Nacht reich, während Francis auf keine ergiebige Ader stieß. Von unserer Heirat wollte mein Vater ab diesem Zeitpunkt nichts mehr wissen. Er zog nach San Francisco und nahm mich gegen meinen Willen mit. Doch Francis reiste uns nach. Wir trafen uns heimlich und heirateten. Mein Mann beschloß, weiter nach Gold zu suchen, bis er fündig wurde, und ich versprach, treu auf ihn zu warten. Doch wenig später bekam ich eine Nachricht, die mir das Herz brach. Demnach war ein Goldgräberlager in New Mexico von Apachen niedergemacht worden, und Francis war unter den Toten! Lange Zeit siechte ich förmlich dahin. Kein Arzt, zu dem mich mein Vater brachte, konnte mir helfen. Wie denn auch. Ich konnte ja nicht sagen, weshalb ich so litt.

Über ein Jahr später lernte ich Lord Simon kennen, und mein Vater und er beschlossen unsere Heirat.“ Sie stockte einen Augenblick und sah dem Lord offen in die Augen. „Du mußt mir glauben, Robert, ich hatte die feste Absicht, dir eine gute Frau zu sein. Aber bitte, habe Verständnis dafür, daß es mich aufwühlte, als ich in der Kirche plötzlich Francis ins Gesicht blickte. Ich fühlte mich einer Ohnmacht nahe, und der Brautstrauß fiel mir aus der Hand. Als Francis ihn mir wiedergab, drückte er mir einen Zettel in die Hand. Ich sollte auf ein Zeichen von ihm warten, um mich dann mit ihm zu treffen."

„Schändlich", kam es von den Lippen Lord Simons.

Doch die Frau ließ sich nicht mehr beirren und fuhr fort: „Mein Herz sagte mir, daß ich richtig handelte, als ich im Haus meines Vaters meine Zofe in alles einweihte und einige Sachen für mich einpacken ließ. Ich hatte vor, Lord Simon alles zu erklären, nachdem ich mit Francis gesprochen hatte. Ich sah ihn bald durch das Fenster auf der anderen Straßenseite stehen und mir zunicken. Wie ich dann heimlich das Haus verließ, wissen Sie alle bereits."

„Nur zu gut", kam wieder eine bittere Zwischenbemerkung des Lords, der aber niemand Aufmerksamkeit schenkte.

Hatty Moulton klärte nun die Rolle von Flora Miller auf. „Draußen folgte mir eine Frau und redete auf mich ein. Sie war sehr erregt und machte Rechte auf Lord Simon geltend. Ich konnte sie schließlich abschütteln und traf Francis.

Er hatte eine Wohnung am Gordon Square gemietet, wohin wir uns unverzüglich begaben. Dort erzählte er mir, daß er den Apachenüberfall als Gefangener überlebt hatte und ihnen schließlich entkommen konnte. In San Francisco erfuhr er, daß ich ihn für tot hielt und nach London abgereist war. Hier las er in der Zeitung von meiner Hochzeit, fand mich aber erst, als diese vollzogen wurde."

„Weil ich hier keine Adresse von Hatty so schnell herausfinden konnte", ergänzte Francis Moulton schnell. „Ich wußte auch nicht, ob sie mich noch immer liebte. Sie können mir glauben, daß der Gedanke, sie hätte mich vielleicht schon vergessen, mich schier verrückt machte. Mein Herz floß vor Glück über, als sie mir im Park in die Arme sank und mir ihre Liebe gestand."

„Wie rührend“, kam es wieder ironisch von Lord Simon, was ihm nun einen scharfen Blick von Holmes einbrachte.

Hatty Moulton war noch nicht am Ende ihrer Geschichte: „Während Francis dafür war, reinen Tisch zu machen, wollte ich jetzt nur noch weg von hier. Am liebsten nach Paris. Francis fügte sich meinen Wünschen, auch wenn er meinen Entschluß nicht für richtig hielt, und er versenkte meine Brautsachen in dem Teich, wo sie aber unglücklicherweise ans Ufer getrieben wurden. Das war uns allerdings zu diesem Zeitpunkt nicht bekannt, ebensowenig wie der daraus entstehende Mordverdacht, der auf dieser Mrs. Miller lastete. Selbstverständlich hätte ich sie sonst niemals unschuldig im Gefängnis gelassen.“

„So war es nur ein Glück, daß vor einigen Stunden aus heiterem Himmel Mr. Holmes bei uns auftauchte“, erklärte Francis Moulton weiter. „Sein Angebot, uns ein vertrauliches Gespräch mit Lord Simon zu vermitteln, nahmen wir unter den gegebenen Umständen natürlich sofort an.“

Seine Frau wandte sich wieder an den Lord und bat: „Ich kann dich nur um Verzeihung bitten, Robert, und hoffen, daß du mich nicht für schlecht hältst.“

„Ich sehe keinen Grund, eine Entschuldigung zu akzeptieren“, lautete die eisige Antwort, und ich war diesem unversöhnlichen Menschen sehr dankbar dafür, daß er anschließend Holmes’ Einladung schroff ablehnte und grußlos die Wohnung verließ.

Dafür verbrachten wir noch zwei äußerst harmonische Stunden mit dem glücklichen Paar. Als sie gegangen waren, zündete sich Holmes eine Pfeife an und informierte mich endlich über die Einzelheiten seiner Ermittlungen.

„Du mußt dich nicht grämen, Watson, daß du nicht

dieselben Schlüsse gezogen hast wie ich“, begann er genüßlich. „Mein Vorteil war, daß ich bei der Schilderung von Lord Simon, der übrigens ein rechtes Ekel ist, sofort an ähnlich gelagerte Fälle gedacht habe, die schon vorgekommen sind, und die ich, im Gegensatz zu dir, natürlich studiert hatte.“

„Kein Grund, mich trösten zu müssen“, brummte ich gegen meine Überzeugung. „Erzähl mir nur diese Geschichte im Detail, damit ich sie später als dein Chronist auch richtig würdigen kann. Das ist schließlich meine Aufgabe, auf die ich mich eben beschränken muß.“

„Das klingt doch recht vergrätzt, Watson“, lächelte Holmes. „Also weiter im Text. Es mußte mich doch stutzig machen, daß unsere Dame erst durchaus bereit war, den Lord zu ehelichen, dies aber anschließend offensichtlich innerhalb kürzester Zeit bereute. Was lag näher, als diesen Sinneswandel mit dem fremden Gentleman in der ersten Bank in Verbindung zu bringen, dessen Anblick sie so durcheinanderbrachte, daß ihr das Brautbukett aus der Hand fiel. Der Lord kannte den Mann nicht, und seine Angetraute war viel zu kurze Zeit hier in London, um schon einen Bekanntenkreis zu haben, noch dazu einen männlichen, was durchaus unschicklich für eine Braut gewesen wäre. Ich tippte deshalb natürlich auf eine Person aus ihrer Heimat.“

„Wie immer, wenn du einem Zusammenhänge erklärst, kommt man sich ziemlich dumm vor, weil man nicht selbst darauf gekommen ist“, gab ich zerknirscht zu.

„Nun“, ging Holmes nicht darauf ein, „ein Mann, der so großen Einfluß auf die Gefühle der Frau hatte, mußte ihr natürlich auch sehr nahestehen. Deshalb war mir klar, daß sie nur mit ihm durchgebrannt sein konnte. Das Problem war nur, wie sollte ich sie finden?“

„Das weiß ich auch nicht“, bekannte ich.

Holmes kicherte. „Da muß ich mich bei Lestrade bedanken, der mit diesem Zettel die Lösung in den Händen hielt. Nur, während er die Dinge wieder einmal buchstäblich von der falschen Seite betrachtete, zog ich die richtige vor, nämlich das Stück von der Hotelrechnung. Mir war schnell klar, daß die Initialen auf der Vorderseite des Zettels nicht zu Flora Miller gehörten, sondern zu dem geheimnisvollen Unbekannten aus der Kirche. Wie ich dann schnell herausfinden konnte, besitzt Miß Miller auch keinen zweiten Vornamen, der das H zwischen dem F und dem M rechtfertigen würde, was Lestrade natürlich großzügig übersah."

„Soviel ich gesehen habe, stand aber auf dem Papier nicht der Name irgendeines Hotels", wandte ich ein, was Holmes wieder lächeln ließ.

„Das nicht, Watson, aber die Preise waren von einer Höhe, wie sie nur die vornehmsten Herbergen Londons verlangen. Schon im zweiten Hotel stieß ich beim Durchsehen des Gästebuches auf einen Francis H. Moulton, der tags zuvor ausgezogen war. Im Rechnungsbuch fand ich dann dieselben Summen wie auf dem Zettel. Und was die Sache lächerlich einfach machte: Mr. Moulton hatte das Hotel angewiesen, ihm seine Post zum Gordon Square 226 nachzuschicken. Den Rest weißt du."

„Ich ziehe wie immer den Hut vor deinen Fähigkeiten", erkannte ich ehrlich an. „Ich muß sagen, daß mir die Aufklärung dieses Falles außergewöhnlich viel Vergnügen bereitet hat. Ich werde noch lange mit Freude an das griesgrämige Gesicht seiner Lordschaft denken. Das Ganze hat seinen Standesdünkel doch schwer erschüttert."

Holmes lachte. „Nicht nur das, Watson. Bedenke, daß St. Simon für einen Tag durch die Mitgift seiner vermeintlichen Frau ein reicher Mann war. Jetzt ist er

Mitgift und Frau mit einem Schlag wieder los, weil die Ehe natürlich als nicht geschlossen gilt. Er muß sich wieder bei diversen Einladungen nach einer neuen Partie umsehen. Das kann einen Menschen schon in düstere Gedanken stürzen."

Wir amüsierten uns noch eine Weile über diese Vorstellung und stießen dann auf das Glück von Mr. und Mrs. Moulton an. Schließlich griff Holmes zu seiner Geige und gab dem Abend mit virtuosem Spiel einen würdigen Ausklang.

Der vermißte Rugbyspieler

An einem grauen naßkalten Februarmorgen kam Holmes zum erstenmal mit einer Berufsgruppe in Berührung, von der er, das Universalgenie, keinen blassen Schimmer hatte: Rugbyspieler.

Ein junger Mann mit der Figur eines Kleiderschranks stürmte gegen zehn Uhr zur Tür herein und überschüttete meinen Freund mit einem Wortschwall, in dem es von Ausdrücken wie „Dreiviertel“-, „Halbspieler“ und „Sprungtreten“ nur so wimmelte. Amüsiert betrachtete ich Holmes, dessen Stirn sich sofort in Unmutsfalten legte. Erstens, weil er keinen dieser Ausdrücke verstand, und zweitens konnte er es nicht ausstehen, wenn ein Klient sich nicht sofort auf sein geordnetes Frage-und-Antwortspiel einließ. Erst als Cyril Overton, der Name stand auf der Visitenkarte, die Mrs. Hudson gebracht hatte, tief Luft holte, kam Holmes endlich zu Wort:

„Nach dem, was ich verstanden habe, hätten Sie Ihr Anliegen in einem Satz vorbringen können. Ich soll den besten Spieler Ihrer Mannschaft suchen, der seit gestern vermißt wird. Liege ich da richtig?“

Das war nun nicht gerade höflich und ziemlich arrogant. Aber an der Aufgeregtheit Overtons prallte diese Überheblichkeit ab. Er rief in komischer Verzweiflung aus: „Aber davon rede ich doch die ganze Zeit. Wenn wir Godfrey Staunton bis morgen nicht gefunden haben, gehen wir gegen Oxford unter! Dann brauchen wir uns zu Hause in Cambridge gar nicht mehr sehen zu lassen.“

„Fakten“, wurde nun auch Holmes lauter. „Können wir uns endlich an die Fakten halten, anstatt meine Zeit mit Hysterie zu vertrödeln! Wann, von wo, unter welchen Umständen ist Mr. Staunton verschwunden?“

Overton schluckte. Jetzt hatte er kapiert, daß der Geduldsfaden von Holmes am Reißen war. Kleinlaut fragte er: „Entschuldigen Sie. Ich gehe Ihnen wohl auf die Nerven. Was müssen Sie wissen?"

Holmes seufzte zufrieden. „Wenigstens machen Sie schnelle Fortschritte. Also, zur Sache. Wann haben Sie Mr. Staunton zuletzt gesehen?"

„Gestern abend, kurz nach zehn", mußte Overton nicht lange überlegen. „Die ganze Mannschaft ist in der Pension Bentley untergebracht. Dort habe ich bei meinem üblichen Rundgang Staunton noch auf seinem Zimmer angetroffen. Er wirkte sehr nervös und abgespannt, erklärte das aber mit Kopfschmerzen."

„Weiter", forderte Holmes. „Das kann schon von Bedeutung sein." Aufmerksam blickte er sein Gegenüber an. So wie ich aber meinen Freund kannte, wirkte er bisher allerdings eher gelangweilt als interessiert. Doch ein Außenstehender merkte das nicht. So fuhr Cyril Overton eifrig fort:

„Und heute morgen ist Godfrey nicht zum Frühstück erschienen und war auch nicht auf seinem Zimmer. Der Portier hat mir dann gesagt, daß schon am Abend vorher, gegen halb elf, ein Mann einen Brief für Godfrey abgegeben hat. Der Portier hat ihn Godfrey aufs Zimmer gebracht. Er meinte, daß es Godfrey fast aus den Schuhen gehauen hat, als er die Nachricht las."

„Das ist aber seltsam, Mr. Overton", überlegte Holmes nun mit dem bewußten kleinen Funkeln in den Augen, ein sicheres Zeichen, daß ihn der Fall langsam packte. „Wenn seine vorherige Nervosität mit der gleichen Geschichte zusammenhing, wovon ich jetzt einfach ausgehe, dann muß er schon gewußt oder geahnt haben, daß etwas Unangenehmes auf ihn zukam."

„Das ist mir völlig unerklärlich", berichtete der Mannschaftskapitän aus Cambridge weiter: „Der Mann mit der Nachricht hat nämlich unten gewartet. Godfrey stürzte sofort zu ihm hinunter, und der Portier sah, wie sie sich kurz und aufgeregt unterhielten und dann zusammen weggingen. Seitdem haben wir Godfrey nicht mehr gesehen, und alle meine eigenen Nachforschungen blieben ergebnislos. Ich habe daraufhin Lord Mount James ein Telegramm geschickt und . . ."

„Wieso", unterbrach Holmes schnell, „ausgerechnet einem der reichsten Männer Englands? Ist Staunton mit ihm verwandt?"

„Godfrey ist der einzige Erbe von dem alten Geizhals", bestätigte Overton mit jugendlicher Respektlosigkeit. Ich unterdrückte ein Lächeln, denn ich hatte auch schon von der sprichwörtlichen Knauserigkeit des alten Lords gehört. Er mußte inzwischen an die achtzig Jahre alt sein und galt als schrecklich eigensinnig.

„Mmh. Sie sehen also die Möglichkeit, daß man Godfrey weggelockt und entführt hat, um dann von seinem Onkel Geld zu erpressen", überlegte Holmes laut. „Immerhin ein Aspekt, der zu beachten ist, wenn auch sehr unwahrscheinlich. Oder ist dieser Staunton jemand, der mit jedem x-beliebigen auf eine Nachricht hin einfach mitgeht?"

Overton schüttelte den Kopf. „Darüber habe ich auch nachgegrübelt. Auf keinen Fall würde er die Mannschaft im Stich lassen, das steht fest. Und der Portier hatte eher den Eindruck, daß Overton den Nachrichtenüberbringer kannte."

„Was eine Entführung fast schon ausschließt", meinte Holmes und stand auf. „Gehen wir in die Pension und sehen uns mal Stauntons Zimmer an."

„Sie übernehmen den Fall also wirklich", rief Overton überrascht aus. Holmes' desinteressierte Haltung hatte ihn wohl doch entmutigt.

Holmes dämpfte die Freude jedoch sofort: „Ja, ich

übernehme den Fall, aber ich würde an Ihrer Stelle nicht allzuviel Hoffnung darin setzen, daß Staunton am Spiel morgen teilnimmt. Es ist nicht so einfach, einen Menschen zu finden, der sich offensichtlich abgesetzt hat. Und das scheint mir hier nach den ersten Anzeichen der Fall zu sein." Ernst fuhr er fort: „Und Godfrey Staunton muß sehr triftige Gründe gehabt haben, die Mannschaft zu verlassen. Gründe, die auf ein persönliches Unglück schließen lassen."

Cyril Overtons Euphorie war nach Holmes' Worten wie weggeblasen. Stumm begleitete er uns zur Pension, wo sich die Rugbymannschaft aufhielt. Der Pförtner bestätigte, was wir schon wußten. Den Mann, mit dem Staunton verschwunden war, schätzte er auf etwa fünfzig, ansonsten war nichts Auffallendes an ihm gewesen. Der Portier erinnerte sich allerdings noch daran, daß der Mann selbst auch ungemein besorgt und aufgeregt gewirkt hatte. Auch die Untersuchung von Stauntons Zimmer brachte auf den ersten Blick nichts Aufregendes zutage. Doch dann, vor dem Schreibtisch, stutzte Holmes und wandte sich noch einmal an den Portier:

„Sie hatten bisher nicht erwähnt, daß Mr. Staunton ein Telegramm aufgegeben hat. Oder wußten Sie das nicht?" Dabei riß er das oberste Formular eines Telegrammblocks ab und hielt das Blatt gegen das Licht. „Hier haben sich einige Worte durchgedrückt, offenbar mit Tinte geschrieben."

Der Portier schaute betreten drein. „Ich wußte nicht, daß das von Bedeutung sein könnte, Sir. Von diesem Telegramm habe ich allerdings wirklich keine Ahnung. Mr. Staunton hat es wohl selbst aufgegeben. Aber er hat am Abend ein Telegramm erhalten, das ist richtig, ich habe es ihm selbst gebracht. Über den Inhalt weiß ich jedoch nichts."

„Wann genau war das?" wollte Holmes wissen, der

jetzt zum erstenmal Jagdfieber erkennen ließ, ein sicheres Zeichen, daß er auf einer heißen Spur war.

„Gegen sechs Uhr", antwortete der Portier. „Das weiß ich auf die Minute, Sir."

„Stehen Sie uns bei, um Gottes willen", murmelte Holmes, worauf der Portier verdutzt fragte: „Wie bitte, Sir? Ich verstehe nicht."

„Das sind die Worte, die ich auf dem Formular entziffern kann", erklärte Holmes und tippte mit dem Zeigefinger auf das Blatt Papier. „Wenn wir herausfinden, wohin das Telegramm ging, werden wir dem unglücklichen Mr. Staunton bestimmt einen großen Schritt näher kommen."

In diesem Augenblick stürmte ein kleiner, dürrer, alter Mann in Anzug und Zylinder ins Zimmer und schrie uns sofort erbost an: „Wer gibt Ihnen das Recht, die persönlichen Sachen meines Neffen zu durchwühlen! Ich bestehe darauf, daß mir alles sofort übergeben wird. Und wer sind Sie überhaupt?"

„Jedenfalls dürfte es sich bei Ihnen um Lord Mount James handeln", stellte Holmes belustigt fest und fuhr ungerührt fort: „Gestatten Sie, daß ich vorstelle: Mein Name ist Sherlock Holmes, und ich bin Privatdetektiv. Dieser Gentleman hier ist mein Freund, Dr. Watson, und der junge Mann hier heißt Cyril Overton und ist mein Auftraggeber."

„Geschwätz", sagte der Alte verächtlich. „Ich denke, Sie haben gehofft, daß ich Ihre Schnüffelei letztendlich bezahle. Aber da irren Sie sich gewaltig. Ebenso dieser Overton hier, der mir ein albernes Telegramm geschickt hat. Was, zum Teufel, ist daran so bemerkenswert, wenn ein erwachsener Mensch seine eigenen Wege geht? Godfrey ist alt genug, um zu wissen, was er tut." Gereizt stieß er seinen Spazierstock auf die Erde.

Holmes lächelte den Alten freundlich an. „Da haben

Sie sicher recht, aber es besteht doch die Möglichkeit, daß mehr hinter der Sache steckt. Zum Beispiel ein paar zwielichtige Typen, die Staunton entführt haben, um an Ihr gutgehütetes Geld zu kommen." Das war natürlich nur ein Schreckschuß, aber bei Lord Mount James kam er als Volltreffer an. Sein sowieso schon blasses Gesicht verlor nun alle Farbe. Er tupfte sich mit einem Taschentuch die Stirn ab und rang nach Luft. Dann stammelte er: „Du lieber Himmel! Das wäre mein Ende. Warum, um Gottes willen, tun Sie nichts? Stehen Sie doch hier nicht herum."

„Wir wollten gerade gehen, bevor Sie uns mit Ihrer reizenden Gesellschaft beehrten", erwiderte Holmes trocken. „Wenn Sie uns über den Verbleib Ihres Neffen auch nichts Wesentliches sagen können, würden wir uns gerne verabschieden." Er ging zur Tür.

Der Lord stöhnte: „Ich weiß gar nichts, überhaupt nichts. So machen Sie sich doch endlich an die Arbeit, Mann."

Als wir bereits auf dem Flur waren, holte uns sein scharfes Organ noch einmal zurück. „Ich gebe Ihnen zehn Pfund, wenn Sie Godfrey finden. Zehn Pfund, haben Sie gehört?"

„Der denkt wirklich nur an sein verdammtes Geld", bemerkte Overton bitter, als wir uns unten von ihm trennten. „Mit so einem Verwandten ist Godfrey schon genug geschlagen. Ich bete zu Gott, daß ihm nichts passiert ist."

„Mehr können Sie im Augenblick auch nicht tun", sagte Holmes sanft und reichte ihm die Hand. „Ich melde mich bei Ihnen, sobald ich Näheres weiß."

Wir machten uns sofort auf den Weg zum Telegrafenamt. Als wir vor dem Gebäude standen, erläuterte mir Holmes: „Nun, Watson, da die Zeit drängt, werden wir die Bürokratie überlisten müssen, um an den Adressaten von Stauntons Telegramm heranzukommen. Bis wir eine offizielle Genehmigung bekommen würden, wäre der Tag nämlich vorbei."

„Da bin ich aber gespannt, wie du das anstellen willst", meinte ich und zweifelte keinen Augenblick daran, daß er sein Ziel erreichen würde.

So war es auch. Er brachte seinen ganzen Charme bei dem zuständigen Fräulein an, wobei ihm, dem erklärten Junggesellen, niemand zugetraut hätte, daß er überhaupt welchen besaß. Aber schauspielern konnte Holmes wie kein zweiter, das war sicher.

„Entschuldigen Sie bitte, verehrtes Fräulein", begann er. „Ich habe ein Problem, bei dem nur Sie mir helfen können. Ich habe gestern ein Telegramm aufgegeben und fürchte, daß ich meinen Namen darunter vergessen habe. Würden Sie mir den Durchschlag heraussuchen, damit ich das kontrollieren kann?"

„Gerne, Sir", schmolz die Dame dahin. „Wenn Sie mir nur den Empfänger sagen."

Holmes beugte sich mit Verschwörermiene ganz nahe an ihr Ohr und flüsterte: „Es war ein dringender Hilferuf. Die letzten Worte lauteten ‚um Gottes willen'."

„Oh", machte sie und warf ihm einen mitleidigen Blick zu. „Nur einen Moment, Sir."

Sie blätterte rasch einen Packen Papiere durch und legte uns dann nach einer Weile ein Formular vor. „Das muß es sein. Es steht tatsächlich kein Name darunter."

Holmes warf einen kurzen Blick darauf, und auch ich konnte sehen, daß der Text an einen Dr. Leslie Armstrong in Cambridge gerichtet war. Holmes bedankte sich und reichte das Papier zurück. Dann hatten wir es plötzlich sehr eilig.

Kurz darauf saßen wir im nächsten Zug nach Cambridge und ließen uns, dort angekommen, mit einer Droschke zum Haus des Doktors fahren.

Mittlerweile war es Abend geworden.

Armstrong hatte einen medizinischen Lehrstuhl an der Universität von Cambridge und besaß einen hervorragenden Ruf als Wissenschaftler, wie wir inzwischen vom Kutscher erfahren hatten. Und wie wir dann selbst erlebten, schien er Höflichkeit für überflüssigen Ballast zu halten. Er besaß ein Gesicht wie aus Granit gehauen, und seine Augen strahlten keinerlei Freundlichkeit aus, während er Holmes' Visitenkarte überflog.

„Habe schon von Ihnen gehört", knurrte er. „Ein widerlicher Beruf, den Sie da ausüben. Aber hier bei mir wird nicht herumgeschnüffelt."

Schon zum zweiten Mal an diesem Tag wurde Holmes als Detektiv derartig abqualifiziert, was mich sehr ärgerte, ihn dagegen offensichtlich kaltließ.

Ruhig sagte er: „Privatangelegenheiten interessieren mich nur, wenn sie mit der Aufklärung eines Falles zusammenhängen. Ansonsten bin ich außerordentlich diskret. Aber wenn es Ihnen lieber ist, können Sie gerne eine offizielle Aussage bei der Polizei machen. Die ist allerdings weniger rücksichtsvoll. Ein Mann namens Godfrey Staunton wird vermißt. Deshalb bin ich hier."

Armstrong zog eine seiner buschigen Augenbrauen hoch. „Wieso gerade bei mir?" Es klang eine Spur weniger grob, dafür erstaunt.

Natürlich ließ sich Holmes nicht täuschen und konterte sofort: „Weil er Sie gestern abend in einem Telegramm um Hilfe angefleht hat, nachdem er ein anderes Telegramm erhalten hatte. Ich nehme an, es war von Ihnen."

Die dunklen Augen des Doktors sprühten zornige Funken. „Godfrey Staunton ist einer meiner engsten Freunde", bellte er. „Und nun verlassen Sie mein Haus, bevor ich Sie hinauswerfen lasse." Sein ausgestreckter Arm wies gebieterisch zur Tür.

Das war deutlich genug. Wir gingen und quartierten uns in einem Gasthof schräg gegenüber ein. Danach ließ Holmes mich alleine zurück, weil er noch Erkundigungen einziehen wollte. Das war gegen sieben Uhr. Erst nach zehn kam er zurück, verstaubt und mürrisch.

„Dieser Armstrong ist eine harte Nuß, Watson", sagte er, als er seinen Mantel aufhängte. „Sein Kutscher hat sogar seinen Köter auf mich gehetzt, als ich ihm Fragen stellte. Mußte dem Hund eins mit meinem Stock überziehen, um ihn ruhigzustellen." Müde ließ er sich in den erstbesten Sessel fallen.

„Und warum siehst du aus, als hättest du dich im Straßenstaub gewälzt", fragte ich amüsiert. Die Vorstellung, wie Holmes sich eines Hundes erwehren mußte, hatte etwas Komisches für mich.

„Ich habe eine ebenso anstrengende wie erfolglose Fahrradtour hinter mir, Watson, und mußte dabei eine Menge Staub schlucken. Nach dieser unerfreulichen Hundenummer hat mir nämlich ein freundlicher Mensch aus dieser Stadt erzählt, daß Armstrong abends regelmäßige Ausflüge macht, von denen er erst nach Stunden zurückkehrt. Manchmal kämen diese Ausfahrten sogar zweimal täglich vor." Er goß sich eine Tasse Tee ein und entzündete seine Pfeife.

„Aha, und da hast du dich auf die Lauer gelegt und bist hinterher", vermutete ich richtig.

„Wobei ich mich unsterblich blamiert habe", gestand mein Freund verärgert ein. „Der gute Doktor hat hinter einer Kurve gehalten und mich abgefangen. Dann hat er mir klargemacht, daß ein zweitklassiger Detektiv wie ich eine Nummer zu klein für ihn sei und ich meine Beschattungen doch lassen solle, weil sie sowieso zu keinem Ergebnis führen würden." Holmes schnaubte erbittert durch die Nase.

Ich mußte einfach lachen. Es war wirklich nicht

Holmes' Tag gewesen. Aber ich wußte auch, daß ihn derartige Niederlagen nur noch mehr anstachelten. Und ich war mir sicher, daß Dr. Armstrong dabei zuletzt den kürzeren ziehen würde. Jedenfalls würde mich alles andere sehr überraschen.

Am Abend erhielt Holmes die Antwort auf ein Telegramm, das er inzwischen an Cyril Overton geschickt hatte. Darin stand, daß er sich in Cambridge an einen gewissen Jeremias Dixon wenden und ihn nach „Pompejus" fragen sollte.

Pompejus stellte sich als unerfindliche Promenadenmischung heraus, bei deren Zeugung auch ein Foxterrier eine größere Rolle gespielt haben mußte. Holmes brachte den Hund an der Leine in unsere Pension, in gehobener Stimmung, wie ich gleich bemerkte.

„Heute gilt es, Watson, Pompejus ist der beste Spürhund der ganzen Gegend", verkündete er lauthals. „Und ich habe es ihm leichtgemacht, indem ich eine für Hundenasen sehr markante Duftmischung über das Hinterrad von Armstrongs Kutsche gegossen habe. Jetzt müssen wir nur noch warten, bis er einen seiner Ausflüge startet. Ärgerlich für Overton, daß Cambridge nun das Spiel gegen Oxford verloren hat. Da haben wir etwas gutzumachen, Watson."

„Aha, du hast tatsächlich einmal die Sportseite gelesen", wunderte ich mich grinsend. Holmes blieb mir eine Antwort schuldig. Er hatte sich einen Sessel ans Fenster geschoben und beobachtete das Haus von Dr. Armstrong.

Gegen sieben Uhr sahen wir von unserem Posten aus, wie Armstrong in seinen Einspänner stieg und die Stadt verließ. Kurz darauf waren wir mit Pompejus auf seiner Spur. Die Nase dicht über dem Boden, jagte der Hund vorwärts. Er zog Holmes zur Stadt hinaus, eine weite Strecke an Feldern und einem Wäldchen vorbei. Doch dann, bevor wir das erste Dorf erreichten, bog Pompejus ab und führte uns plötzlich in einem weiten Bogen über staubige Sandwege wieder in die Richtung, aus der wir gekommen waren. Wir umgingen Cambridge und waren bestimmt an die zwölf Meilen unterwegs. Erschöpft sahen wir dann ein einsam gelegenes kleines Haus an einem Waldrand stehen und konnten uns gerade noch hinter ein paar Büschen in Sicherheit bringen, als in dem Moment die Kutsche mit Armstrong direkt auf uns zuholperte.

Holmes hielt Pompejus die Schnauze zu, so daß der nur leise winselte, empört, daß er von seiner Fährte so abrupt weggezogen worden war.

Wir konnten beide einen kurzen Blick auf den Doktor werfen, bevor er an uns vorbei war. Aber das genügte, um zu erkennen, daß Armstrong sich in einem Zustand tiefer Trauer befand. Als die Kutsche verschwunden war, gingen wir die paar hundert Meter zum Haus hinüber. Holmes bemerkte: „Dem Gesichtsausdruck des Doktors nach zu schließen, Watson, wird dieser Fall ein trauriges Ende nehmen und . . .“

Er brach mitten im Satz ab, weil wir hinter uns unerwartet wieder die Geräusche der herannahenden Kutsche hörten. Der Doktor hatte wohl weiter vorne gewendet und kam nun zurück.

Nur eine halbe Sekunde stutzte Holmes unentschlossen. Dann zog er mich am Ärmel vorwärts, den Hund in der anderen Hand an der Leine. „Schnell, Watson, ins Haus“, drängte er. „Wir müssen jetzt klären, worum es hier geht, bevor Armstrong uns abfängt.“

Er ließ den Hund einfach los, und wir betraten das Haus. Dort erwartete uns ein erschütternder Anblick. Auf einem Bett lag leblos eine junge Frau, neben der am Boden ein junger Mann kniete, den Oberkörper über sie geworfen, den Kopf in die Arme vergraben. Sein ganzer Körper wurde von einem Weinkrampf geschüttelt.

Er bemerkte uns nicht einmal. Holmes gab mir ein leises Zeichen, und wir verließen das Zimmer schweigend.

In dem Moment kam der Doktor zur Haustür herein. Bei unserem Anblick bebte er vor Wut und zischte: „Wenn dieser Ort nicht durch die Trauer um eine Tote heilig wäre, würde ich Sie beide auf der Stelle zusammenschlagen. Jetzt haben Sie ja Ihre schmutzige Wäsche, Ihre Sensation für die Titelseiten. Und nun verlassen Sie dieses Haus auf der Stelle!“

„Das werden wir sofort tun, Dr. Armstrong“, erwiderte Holmes ernst. „Ich möchte Sie nur bitten, auf ein Wort mit uns vor die Tür zu kommen, weil uns nichts ferner liegt, als die Privatsphäre des jungen Mannes da drinnen zu verletzen, weder jetzt noch später."

Der Doktor starrte uns eisig an, folgte uns aber nach kurzem Zögern doch und sagte draußen: „Ich wechsle mit Ihnen nur ein Wort, weil ich alles tun würde, um Godfrey weiteres Leid zu ersparen. Ihrem Auftraggeber, Lord Mount James, können Sie ausrichten, daß . . ."

„Stop", unterbrach ihn Holmes an dieser Stelle. „Da befinden Sie sich bereits im Irrtum, Doktor. Unser Auftrag hat nicht das geringste mit dem Lord zu tun. Dieser Mann, den ich kurz kennengelernt habe, wäre der letzte, für den ich arbeiten würde. Soweit diese Klarstellung. Was Ihre andere Sorge betrifft, versichere ich Ihnen, daß mein Auftrag beendet ist. Ich sollte lediglich einen Vermißten suchen. Da es sich hier, wie ich nun annehme, um einen rein privaten Schicksalsschlag handelt, wird weder von mir noch von Dr. Watson jemand je ein Wort über die ganze Sache hören. Darauf gebe ich Ihnen mein Wort."

Das feindselige Verhalten Armstrongs änderte sich daraufhin schlagartig. Spontan reichte er Holmes die Hand und sagte: „In diesem Fall entschuldige ich mich gerne bei Ihnen dafür, daß ich Sie falsch eingeschätzt habe. So wie Sie jetzt, kann nur ein Ehrenmann reden. Somit haben Sie auch ein Recht, die Geschichte zu erfahren, die traurig genug ist."

Das war sie in der Tat. Bei einem Aufenthalt in London vor einem Jahr hatte Godfrey Staunton die Tochter seiner Pensionswirtin kennen- und liebengelernt. Die beiden heirateten, Godfrey in dem Wissen, daß er jeden Anspruch auf sein Erbe verlieren würde, wenn Lord Mount James davon erführe. Deshalb hielt er seine Heirat geheim.

„Bald stellte sich heraus“, erzählte Armstrong weiter, „daß die junge Frau an der heimtückischsten Form der Schwindsucht litt, die es gibt. Vor diesem Spiel gegen Oxford verschlechterte sich ihr Zustand. Godfrey wollte bei seiner Frau bleiben. Aber ich riet ihm, zu seiner Mannschaft zu fahren. Dann mußte er nämlich keine Erklärungen abgeben, die sein Geheimnis aufdecken konnten. Hier konnte er sowieso nichts tun. Später schickte ich ihm ein Telegramm nach, um ihn zu trösten. Das hat ihn wohl stutzig gemacht. Seine Antwort kennen Sie ja.“

„Aber wer war der Mann im Hotel, mit dem er schließlich mitging?“ fragte ich, bevor Holmes etwas sagen konnte.

Armstrong erklärte leise: „Der Vater der Frau. Ihm hatte ich telegrafiert, daß seine Tochter im Sterben lag, was ich Godfrey zu dem Zeitpunkt noch verschweigen wollte. Er sollte in Ruhe sein Spiel hinter sich bringen. Ich hatte nicht damit gerechnet, daß sein Schwiegervater in seiner Verzweiflung Godfrey aufsuchen würde. Was dann folgte, wissen Sie ja. Und vor einer Stunde ist Godfreys Frau gestorben. Ich bin vorhin umgekehrt, weil ich ihn in dieser Stunde doch nicht allein lassen wollte. Aber ich denke, daß es wohl besser ist, wir überlassen ihn seiner Trauer.“

„Das meine ich auch, Doktor“, nickte Holmes. „Aber nach einer gewissen Zeit wird er dankbar erkennen, welch großartigen Freund er in Ihnen hat. Im Moment sollten wir ihn Abschied von seiner Liebe nehmen lassen. Komm, Watson.“

Während der langen Stunden des Rückwegs sprach Holmes nur einen einzigen Satz: „Manchmal, Watson, manchmal mag ich meine Arbeit wirklich nicht.“

Die tanzenden Männchen

„Was fällt dir dazu ein, Watson, spontan, ohne nachzudenken?“ Holmes ließ ein Blatt Papier vor mir auf den Tisch flattern.

„Niedlich“, lachte ich nach einem kurzen Blick verblüfft. „Tanzende Strichmännchen. Von einem Kind offenbar.“ Ich zählte sie schnell durch. „Fünfzehn lustige Kerlchen nebeneinander. Das ist aber auch alles, was ich sehe.“

„Und doch machen Sie einem gewissen Mr. Hilton Cubitt aus Norfolk solche Sorgen, daß er sich heute persönlich an mich wenden will, nachdem er diese Zeichnung vorausgeschickt hat. Er muß gleich hiersein“, bemerkte Holmes mit einem Blick auf die Uhr. „Schon fünf Minuten über die Zeit.“

Der Klient kam kurz darauf hereingeeilt, ein großer kräftiger Mann Mitte Dreißig, dessen Gesichtsfarbe den Landbewohner erkennen ließ. Er war ausgesprochen nervös. Während des folgenden Gesprächs öffnete er pausenlos die Hände und ballte sie wieder zu Fäusten. Für mich war es nicht einfach, aus seiner Geschichte schlau zu werden.

„Vor einem Jahr habe ich Elsie Patrick in London kennengelernt und gleich darauf geheiratet“, begann Mr. Cubitt. Sie müßten sie kennen, Mr. Holmes, um diesen schnellen Entschluß zu verstehen, was eigentlich so gar nicht meine Art ist“, geriet er sofort ins Schwärmen. „Eine wundervolle Frau, übrigens Amerikanerin.“ Er stockte kurz. „Ansonsten weiß ich allerdings nichts von ihr. Das mag Ihnen seltsam vorkommen. Aber das war die einzige Bedingung von Elsie, daß ich nie nach ihrer Vergangenheit fragte.“

„Allerdings ungewöhnlich“, bestätigte Holmes.

„Aber hat das nun mit Ihren momentanen Problemen zu tun, deretwegen Sie mich jetzt aufsuchen?“

Cubitt nickte betrübt. „Das fürchte ich, Mr. Holmes. Seit ungefähr einem Monat ist Elsie völlig verändert. Sie hat Angst, das ist mir klar. Irgend etwas quält sie, was sie mir nicht sagen will. Und sie ist in einem schrecklichen Zustand, seit sie einen Brief aus Amerika bekommen hat. Ich sah nur den Umschlag, den Inhalt kenne ich bis heute nicht. Aber nachdem sie den Brief gelesen hatte, verbrannte sie ihn sofort und war danach kaum ansprechbar. Sie kämpfte gegen eine Ohnmacht, das war unübersehbar.“

„Damit begann diese merkwürdige Geschichte aber offenbar erst“, nickte ihm Holmes zu.

„Ganz genau.“ Cubitt beugte sich erregt vor. „Vor einer Woche entdeckte ich auf dem Fensterbrett irgendeine Kritzelei. Ich hielt sie für unwichtig. Eine Reihe dieser Männchen, mit Kreide gezeichnet. Ich habe sie abgewischt und sie Elsie gegenüber später nur nebenbei erwähnt, weil ich sie für einen Schabernack eines der Nachbarkinder hielt. Sie können sich meine Verwirrung vorstellen, als sie darüber zu Tode erschrak und mich anflehte, ihr sofort Bescheid zu sagen, wenn solche Zeichnungen wieder auftauchen sollten. Ja, und gestern morgen fand ich den Zettel im Garten bei der Sonnenuhr, den ich Ihnen dann geschickt habe. Ich weiß nicht, was das alles bedeuten soll. Aber meine Frau fürchtet sich, und deshalb bitte ich Sie, die Sache aufzuklären.“

„Ich werde es versuchen“, war Holmes einverstanden. „Im Augenblick kann ich allerdings nicht viel tun. Natürlich haben diese Männchen einen Hintergrund, den wir ernst nehmen müssen. Eine Art Geheimschrift, nehme ich an. Aber um an den Schlüssel zu kommen, brauche ich mehr Material zum Vergleich. Deshalb sollten Sie wieder nach Hause fahren und mir jede neue

Zeichnung genauestens kopieren oder im Original zusenden, wenn möglich."

„Sie befürchten also auch", keuchte Cubitt erregt, „daß noch mehr solche Dinger kommen, die meine Frau so in Angst versetzen?"

„Es gibt keinen Grund, etwas anderes anzunehmen", meinte Holmes. „Legen Sie sich auf die Lauer. Möglicherweise bekommen Sie die Person zu Gesicht, die dahintersteckt. Aber unternehmen Sie nichts Voreiliges, sondern überlassen Sie das Weitere mir und meinem Freund Watson. Gehen wir lieber davon aus, daß diese Person gefährlich ist. Wenn wir die Sache dann letztendlich überschätzt haben sollten, ist es kein Beinbruch. Aber wenn wir die Dinge zu leicht nehmen, könnten wir böse Überraschungen erleben."

„Ich hoffe, ersteres ist der Fall", meinte Cubitt düster. „Aber auf keinen Fall werde ich zusehen, wie meine Frau leidet." Er verabschiedete sich und eilte zur Tür hinaus.

„Diese Frauen und ihre Geheimniskrämerei, Watson", rief Holmes ärgerlich aus, kaum daß sein Klient verschwunden war. „Ohne Zweifel droht ihr Gefahr, und trotzdem vertraut sie sich nicht ihrem Mann an, der sie ganz offenbar abgöttisch liebt. Nur um irgend etwas aus ihrer Vergangenheit zu verbergen. Erklär mir das, Watson. Was geht in den Köpfen von Frauen bloß vor?" Er wanderte ruhelos im Zimmer auf und ab.

„Das wird wohl kein Mann je genau erfahren", lächelte ich. „Aber wenn Mrs. Cubitt so standhaft über ihre Vergangenheit schweigt, muß es etwas geben, bei dessen Aufdeckung sie Angst hat, ihren Mann zu verlieren."

„Unsinn, Watson", regte sich Holmes auf. „Wer eine Frau heiratet, die zur Bedingung macht, sie nie über ihr früheres Leben zu befragen, hat wohl bewiesen, daß er sie liebt. Ihr Verhalten jetzt ist für den armen Mann doch geradezu kränkend. Warum hat sie kein Vertrauen zu ihm? Er ahnt doch schon, daß sie ihm etwas Unerfreuliches verschweigt. Und trotzdem hält er zu ihr und ist rührend besorgt. Es wäre doch ein Liebesbeweis, wenn sie sich ihm endlich anvertrauen würde, oder?“

„Ach, Holmes“, seufzte ich. „Wenn du die Liebe mit Logik zu erklären versuchst, begibst sogar du dich aufs Glatteis. Da hilft auch ein so messerscharfer Verstand wie deiner nicht weiter.“

„Da hast du wohl recht“, brummte er. „Aus diesem Grund bin ich auch dankbar, daß ich den Zustand des Verliebtseins bisher noch nicht kennengelernt habe und sicher auch nie herbeiwünschen werde. Und jetzt halten wir uns an das, was wir mit Händen greifen und mit dem Verstand ergründen können, nämlich an diese Zeichnung.“

Damit griff er nach dem Blatt Papier auf dem Sekretär und beschäftigte sich die folgenden eineinhalb Stunden mit den tanzenden Männchen. Stumm brütete er über der Zeichnung, die Stirn in Falten gelegt, doch

umsonst. Schließlich faltete er sie wütend wieder zusammen und knurrte: „Aussichtslos, Watson. Ohne weiteres Material tappe ich da nur im dunkeln."

Mit dieser Unzufriedenheit schlug er sich fast zwei Wochen herum und machte mir das Leben zur Hölle, weil er ungenießbar war. Dann endlich kamen die Dinge weiter ins Rollen. Cubitt stürmte eines Morgens herein, noch erregter als bei seinem ersten Besuch.

„Ich habe den Kerl gesehen", schrie er uns schon an der Tür entgegen. „Fast hätte ich ihn erwischt, wenn mich Elsie nicht davon abgehalten hätte." Er ließ sich in einen Sessel fallen und wischte sich Schweißperlen von der Stirn. „Meine Frau ist verrückt vor Angst, Mr. Holmes. Und ich weiß nicht mehr, was ich denken soll. Nach den Ereignissen der letzten Nacht hat sich in mir der Gedanke festgesetzt, daß sie diesen Kerl schützt. Warum sonst hätte sie mich daran gehindert, in den Garten zu laufen und ihm eine Kugel auf den Pelz zu brennen?" Er sank in sich zusammen und machte einen bedauernswert hilflosen Eindruck.

„Erzählen Sie der Reihe nach", forderte ihn Holmes auf, dessen Augen glühten. Mein Freund war nicht weniger aufgeregt als Cubitt, wenn auch aus ganz anderen Gründen. Nach fast vierzehntägiger Tatenlosigkeit packte ihn nun das Jagdfieber um so heftiger.

Der Klient schluckte und zwang sich zu einem ruhigen Bericht, der folgendermaßen lautete:

„Vorgestern morgen entdeckte ich an meiner Schuppentür neue Männchen, mit Kreide aufgemalt, Mr. Holmes. Ich kopierte sie und wischte sie dann wieder weg. Aber am gestrigen Morgen waren fast an derselben Stelle wieder welche. Da legte ich mich den ganzen Tag und die folgende Nacht über auf die Lauer. Vom Fenster meines Arbeitszimmers kann ich den größten Teil des Gartens und den Geräteschuppen überblicken. Und was

soll ich Ihnen sagen, gegen zwei Uhr früh sah ich tatsächlich eine Gestalt am Geräteschuppen auftauchen. Ich packte meine Pistole und wollte hinausstürmen, als meine Frau plötzlich in der Tür stand. Sie wollte nach mir sehen, weil ich nicht ins Bett kam. Ich schrie ihr zu, daß ich dem Kerl, der sie so in Angst versetzte, jetzt den Garaus machen würde. Da umklammerte sie mich mit aller Kraft und flehte mich an, nicht hinauszugehen. Bis ich mich losgemacht hatte und ins Freie gelaufen war, war der Bursche natürlich über alle Berge. Aber am Schuppen waren wieder neue Männchen zu sehen, und das tollste ist: Als ich heute früh noch einmal überall nachschaute, bevor ich mich auf den Weg zu Ihnen machte, hatte der Kerl doch tatsächlich inzwischen schon wieder neue Strichmännchen am Schuppen hinterlassen. Der muß Nerven wie Drahtseile haben. Hier habe ich alle Kopien für Sie dabei." Cubitt breitete eine Reihe von Papieren auf dem Tisch aus.

„Her damit, nur her damit", konnte Holmes seine Erregung nicht verbergen. „Und jetzt muß ich Sie bitten, mich meiner Arbeit zu überlassen, Mr. Cubitt. Ich werde mich sofort mit Ihnen in Verbindung setzen, sobald ich dieses Rätsel gelöst habe."

Den ganzen restlichen Tag verbrachte Holmes mit den tanzenden Männchen. Vor ihm auf dem Schreibtisch häufte sich eine Unmenge Papier, auf dem er mit einem Bleistift herumtüftelte, mal leise vor sich hin murmelnd, mal laut und ärgerlich fluchend. Seine Umwelt war für ihn gar nicht mehr vorhanden. Und da ich wußte, daß er nicht eher ansprechbar sein würde, bis er hinter den Sinn dieses Codes gekommen war, unternahm ich mehrere Spaziergänge. Mehrere deshalb, weil mich die Neugierde zwischendurch immer wieder zurück in die Baker Street trieb. Aber jedesmal sah ich nur den langen schmalen Rücken von Holmes über den Tisch gekrümmt und seine rechte Hand mit dem Bleistift über Papier fliegen.

Als ich dann gegen halb zehn Uhr abends wieder nach ihm sah, lief er jedoch erregt im Zimmer auf und ab.

„Ah, Watson, habe gar nicht bemerkt, daß du weg warst", begrüßte er mich und rieb sich die Hände. „Habe vorhin ein eiliges Telegramm nach Übersee aufgegeben, genauer gesagt, an meinen Freund Wilson vom Polizeibüro in New York. Sobald die Antwort da ist, werden wir handeln, Watson. Ich habe das sichere Gefühl, daß jede Minute kostbarer wird. Und bevor du anfängst, mich mit Fragen zu löchern, bitte ich dich gleich, noch deine Neugierde zu zügeln." Er begann geistesabwesend in verschiedenen Büchern zu blättern.

So blieb mir nichts anderes übrig, als mich mit einer angenehmen Lektüre abzulenken, während er sich in sein Zimmer zurückzog. Als ich gegen drei Uhr morgens endlich langsam in den Schlaf hineindämmerte, hörte ich noch immer seine unruhigen Schritte von nebenan.

Und als ich am Morgen die Augen aufschlug, sah ich als erstes sein bleiches, übernächtigtes Gesicht über mir. Aber seine Augen brannten förmlich.

„Mach dich auf, Watson", drängte er mich. „Es geht nach Norfolk, und die Zeit ist knapp. Der Zug fährt in einer dreiviertel Stunde ab."

Ich hetzte aus dem Bett, kleidete mich hastig an und fuhr dann mit dem ungeduldigen Holmes zum Bahnhof. Was war wohl in der Nacht passiert, das Holmes so aufregte? Doch während der ganzen Fahrt brachte ich nicht mehr aus ihm heraus, als daß er die Antwort auf sein Telegramm erhalten hatte und ihm der Text große Sorgen machte.

Wie recht er damit hatte, stellte sich auf erschrekkende Weise bei unserer Ankunft in Ridling Manor heraus. Der Besitz der Familie Cubitt war fünfhundert Jahre lang fast unverändert geblieben – eines der üblichen, recht düsteren und schmucklosen Herrenhäuser. Als wir die Auffahrt hinaufkamen, empfing uns dort jedoch statt des Hausherrn ein Polizeiaufgebot, dem ein gewisser Inspektor Martin vorstand. Nach einer kurzen Begrüßung und ebenso kurzen Erklärung unseres unangemeldeten Erscheinens, lautete Martins knappe Auskunft:

„Ich fürchte, es gibt für Sie nichts mehr zu tun, Mr. Holmes. Mr. Cubitt ist tot, erschossen, mitten durchs Herz. Und seine Frau hat eine Schußverletzung am Kopf, lebt aber noch und ist schon ins Krankenhaus abtransportiert worden. Wenn sie tatsächlich wieder gesund wird, dann nur für den Galgen. Nach den äußeren Anzeichen hier zu urteilen, hat sie ihren Mann umgebracht und anschließend versucht, sich selbst das Leben zu nehmen. Das ist ganz offensichtlich der Tatbestand."

Holmes war totenbleich geworden. „Zu spät, Watson, wir sind zu spät gekommen", stammelte er erschüttert. „Alles meine Schuld. Durch meinen verfluchten Hang, keine Handlung zu überstürzen, bevor ich nicht genau Bescheid weiß! Hätte ich das Telegramm aus New York nicht abgewartet und wäre gleich hierhergefahren, ich hätte das Unglück verhindern können. Ich habe seit gestern mehr als geahnt, daß so etwas passieren könnte." Er wandte sich an den Inspektor: „Weiß man, wann es passiert ist?"

Inspektor Martin, der Holmes' Selbstvorwürfen einigermaßen verständnislos zugehört hatte, nickte. „Ziemlich genau um drei Uhr früh, Mr. Holmes. Die Haushälterin hat die Schüsse gehört und stürzte natürlich gleich herunter ins Arbeitszimmer. Die Tür war offen. Auf dem Tisch brannte nur eine Kerze. Cubitt lag tot auf dem Boden, und seine Frau sackte gerade blutüberströmt am Fenster zusammen. Zwischen ihr und ihrem Mann lag auch Cubitts Revolver."

„Ich hätte die Hausdame gerne gesprochen und mir dann das Tatzimmer angeschaut", sagte Holmes, der sich wieder in der Gewalt hatte und seine übliche kühle Miene zur Schau trug. Der Inspektor hatte nichts dagegen, und wir gingen ins Haus.

Die Haushälterin, Miß Sanders, wurde ins Wohnzimmer gebeten und erzählte schluchzend, daß sie mitten in der Nacht durch eine Explosion aus dem Schlaf gerissen worden war, der gleich ein zweiter Knall nachfolgte. Als sie aus ihrem Zimmer gestürzt war, war ihr sofort starker Pulvergeruch in die Nase gestiegen.

„Aha", bohrte Holmes aufgeregt nach. „Eine Explosion, sagten Sie, und dann ein Knall. Wieso diese Unterscheidung? War das erste Geräusch um so vieles lauter als das zweite? Erinnern Sie sich, Miß Sanders. Es ist wichtig."

Das verunsicherte die junge Hausdame. „Ich weiß nicht genau, warum ich diese Worte gebrauchte, Mr. Holmes. Wohl ganz unbewußt. Ich war ja noch sehr schlaftrunken."

„Ja, ja, das Unterbewußtsein", murmelte Holmes. „Es ließ Sie Ihre Wahrnehmungen richtig ausdrücken. Können Sie sich vorstellen, daß diese Explosion, die Sie aus dem Schlaf riß, zwei gleichzeitige oder fast gleichzeitige Schüsse hätten sein können?"

Miß Sanders zuckte hilflos die Schultern. „Ich weiß nicht. Ich habe in diesem Augenblick nicht an Schüsse gedacht. Ich glaube, ich habe an überhaupt nichts gedacht. Ich bin einfach nur hinuntergelaufen."

Holmes schien diese Antwort sehr zufriedenzustellen, denn er erwiderte: „Nachdem Ihnen also nicht bewußt ist, in dem Moment an eine konkrete Ursache der Explosion und des Knalls gedacht zu haben, sind Sie jetzt auch nicht durch ein Vorurteil belastet. Das macht Ihre Aussage um so bedeutungsvoller. Es zeigt mir, daß Ihre instinktive Einschätzung der Lautstärken richtig ist."

Die Hausdame sah ihn verwirrt an, weil sie kein Wort begriff. Ich konnte es ihr nicht verdenken, auch ich hatte nichts verstanden. Holmes drückte sich ja leider häufig sehr geschraubt aus. Er ging zu einem anderen Thema über:

„Und Mrs. Cubitt sank am Fenster zusammen, wenn ich den Inspektor richtig verstanden habe."

Miß Sanders schluchzte wieder auf. „Ja, ich sehe noch genau ihre Hand vor mir, wie sie langsam vom Fenstergriff abrutschte. Ach, es war so schrecklich, Mr. Holmes. Aber niemals glaube ich, daß sie Mr. Cubitt erschossen hat. Die beiden haben sich über alles geliebt und nie Streit gehabt." Sie wischte sich mit einem Taschentuch die Tränen aus den Augen.

„Ich denke, auch mit dieser Einschätzung haben Sie vollkommen recht, Miß Sanders", tröstete sie Holmes. „Und ich werde das sicher auch beweisen können. Machen Sie sich darüber keine Sorgen."

Miß Sanders bedachte ihn dafür mit einem dankbaren Blick und machte sich wieder an ihre Arbeit. Wir betraten nun das Tatzimmer, wo Inspektor Martin wartete. Auf dem Schreibtisch brannte immer noch eine Kerze.

„Ich nehme an, Sie sind zu demselben Schluß gekommen wie ich, Mr. Holmes", empfing uns der Polizeibeamte freundlich.

Doch Holmes schüttelte den Kopf. „Keineswegs, Inspektor. Aber das müssen Sie sich nicht zum Vorwurf machen, weil Sie die Hintergründe dieser scheußlichen Sache längst nicht so genau kennen wie ich inzwischen. Ich denke, daß mindestens drei Schüsse gefallen sind, zwei davon fast gleichzeitig, der dritte danach. Wir sollten uns nach der dritten Kugel umsehen, und zwar würde ich am Fenster damit beginnen."

Inspektor Lestrade von Scotland Yard wäre jetzt sicher wieder aus der Haut gefahren, wie immer, wenn Holmes ihn belehren mußte und damit dann auch noch recht behielt. Nicht so dieser Inspektor von der Landpolizei.

Der runzelte nur nachdenklich die Stirn und meinte dann: „Wenn es bei der Geschichte tatsächlich noch etwas Wichtiges zu entdecken geben sollte, bin ich mir nicht zu schade dafür, danach selbst zu suchen. Ich kenne Ihren Ruf gut genug, Mr. Holmes, um zu wissen, daß Sie nur von Dingen reden, die Hand und Fuß haben. Also sehen wir uns noch mal um." Er begann systematisch die Fenster zu untersuchen.

Es dauerte nicht lange, da fand Martin mit einem erstaunten Ausruf einen Einschuß am Fensterrahmen.

„Meine Güte, tatsächlich, Mr. Holmes. Hier steckt eine Kugel. Ich werde sie sofort sicherstellen lassen. Wie sind Sie nur darauf gekommen?“

Holmes erläuterte ihm kurz seine Gründe und fuhr fort: „Meiner Meinung nach hat der wahre Täter draußen gestanden und durch das geöffnete Fenster geschossen. Miß Sanders hat schon den starken Pulvergeruch wahrgenommen, als sie eine Treppe höher aus ihrem Zimmer lief. Das ist aber nur bei einem kräftigen Durchzug möglich, zum Beispiel, wenn Fenster und Tür offen waren.“

„Das leuchtet mir ein“, gestand der Inspektor neidlos ein.

Holmes war mit seinen Ausführungen noch nicht zu Ende. „Das Fenster war schon auf. Dann trat Mrs. Cubitt ins Zimmer und muß im selben Augenblick wie auch ihr Mann den Verbrecher am Fenster gesehen haben. In ihrer Angst hat sie natürlich nicht mehr die Tür hinter sich geschlossen, sondern ist zum Fenster gestürzt, um die Gefahr abzuwenden. In diesen Sekunden der Panik und des Durcheinanders sind dann die Schüsse gefallen, gerade als Mrs. Cubitt am Fenster ankam. Beide wurden getroffen, doch ihr Mann war sofort tot. Mit letzter Kraft schloß sie das Fenster, das belegt die Aussage von Miß Sanders. Der Täter war inzwischen längst geflüchtet. Natürlich spielte sich das alles innerhalb von Sekunden ab. Denn wäre das Fenster länger offen gewesen, hätte der Durchzug die Kerze ausgeblasen, die ja immer noch brennt.“

„Phantastisch“, rief der Inspektor aus. „Wie einfach sich das alles anhört, und doch wäre ich nie darauf gekommen.“

„So geht es mir ständig“, bestätigte ich ihm, worauf

Holmes vorschlug: „Sehen wir uns doch einmal draußen vor dem Fenster um. Ich denke, wir werden dort Spuren finden, die unsere These weiter bestätigen."

Das war der Fall. In der weichen Erde eines Blumenbeetes fanden wir jede Menge Schuhabdrücke.

Inspektor Martin glühte jetzt förmlich vor Bewunderung, aber er zeigte sich gleichzeitig auch ziemlich ratlos.

„Damit stehe ich wieder am Anfang, Mr. Holmes. Wer weiß, ob und wann Mrs. Cubitt wieder zu Bewußtsein kommt, um die Sache aufzuklären. In jedem Fall wird der Mörder bis dahin über alle Berge sein. Was können wir dagegen tun, frage ich Sie?"

„Wir werden ihn der Gerechtigkeit überführen, keine Sorge", versprach Holmes grimmig. „Wenn Sie mir sagen können, ob es hier in der Gegend ein Gasthaus oder ein Hotel namens Elridge gibt."

Der Kriminalbeamte legte seine Stirn wieder in Falten. „Nicht, daß ich wüßte. Am besten, wir fragen sicherheitshalber das Personal."

Dem Stallburschen fiel schließlich ein, daß in ziemlicher Entfernung eine einsam gelegene Farm existierte, deren Besitzer Elridge hieß.

„Das ist es, das muß es sein", rief Holmes. „Junge, würdest du für mich eine Nachricht dorthin befördern?"

„Na klar", nickte der Bursche. „In einer Stunde kann ich dort sein."

Holmes verlangte sofort Papier und Bleistift und irgend etwas Handschriftliches von Mrs. Cubitt. Es fand sich da ein alter Brief an ihren Mann, den Holmes eingehend studierte. Dann beobachtete ich, daß er einen Briefumschlag adressierte – in der Handschrift von Mrs. Cubitt. Das heißt, es war offensichtlich, weil er dabei immer wieder auf den Brief schaute und sehr langsam und konzentriert schrieb. Danach kritzelte er irgend etwas mit einem Bleistift auf ein leeres Blatt Papier, steckte es in den Umschlag und schärfte dem Stallburschen ein:

„Bestehe darauf, es der Person, an die ich die Nachricht gerichtet habe, persönlich zu geben, und beantworte keinerlei Fragen."

„Verstanden, Sir", bestätigte der Bursche und machte sich auf den Weg.

„Würden Sie mir sagen, was das alles bedeuten soll", wurde Inspektor Martin unruhig. „Wenn der Mörder entwischt, würde ich mir die schwersten Vorwürfe machen, und an meine Vorgesetzten mag ich dabei gar nicht denken." Er wanderte nervös im Zimmer auf und ab.

„Ich kann mich der Bitte um Aufklärung nur anschließen", hakte ich nach, „wenn auch nur aus purer Neugierde."

Holmes lächelte. Er hatte sein Publikum wieder einmal da, wo er es haben wollte. „Einverstanden. Wir haben genug Zeit, um über den Fall ein wenig zu reden." Er machte es sich in einem Sessel bequem und stopfte seine Pfeife. Als erstes weihte er den Inspektor in das Geheimnis um die tanzenden Männchen ein und erklärte dann weiter, daß er den Code in der vergangenen Nacht geknackt hatte.

„Die erste Nachricht, die ich in die Hände bekam, bestand aus fünfzehn dieser Männchen, wie du weißt, Watson. Aber die brachten mich kaum weiter. Vier dieser Männchen waren in ihrer Haltung identisch. Sie mußten also für einen recht häufigen Buchstaben im englischen Alphabet stehen. Ich vermutete dahinter ein E, was sich später als richtig erwies. Zudem lag ja der Schluß nahe, daß Mrs. Cubitt nicht nur die Bedeutung dieser Zeichen entziffern konnte, sondern natürlich auch den Schreiber kannte. Und das mußte ein Amerikaner aus ihrer Vergangenheit sein. Um euch beide nicht unnötig auf die Folter zu spannen, spare ich mir die Details darüber, in welch mühseliger Arbeit ich die Nachrichten schließlich entschlüsselte. Ich mußte nämlich Hunderte von möglichen Buchstabenkombinationen durchprobieren. Eine der Nachrichten an der Schuppentür war übrigens eine Antwort von Mrs. Cubitt, worin sie dem anderen eine klare Absage erteilte."

„Worauf?" fragten Martin und ich gleichzeitig.

„Wenn ihr mich nicht unterbrochen hättet, wüßtet ihr es jetzt schon", wurde Holmes leicht ärgerlich, worauf wir den Mund hielten.

„Also", fuhr Holmes fort. „Der Mörder kannte Mrs. Cubitt schon lange und hat sie schließlich hier aufgestöbert. Er schrieb ihr einen Brief, den sie verbrannte. Später tauchten dann zum ersten Mal die Männchen auf. Was mit Kreide auf dem Fensterbrett stand, wissen wir nicht. Die zweite Nachricht aber lautete:

‚Ich bin hier. Bei Elridge. Abe Slaney.'

So heißt der Kerl", erklärte Holmes nach einem kurzen Blick auf uns, zufrieden, daß wir ihn nicht unterbrachen. „Ich drahtete nach New York und erhielt die Antwort, daß es sich bei Slaney um einen der übelsten Gangster Chicagos handelte, der aber seit Wochen untergetaucht war. Nun, mit seinen Nachrichten an der Scheune forderte er Mrs. Cubitt auf, zu ihm zurückzukehren, worauf sie an den Schuppen nur ein Wort schrieb: ‚Niemals'. Aber sie muß vor Angst fast krank gewesen sein und wollte mit ihrer Geheimnistuerei keineswegs Slaney schützen, sondern ihren Mann. Leider vergeblich, weil ich zu langsam war. Nur einige Stunden früher . . ." Seine Hände krampften sich um die Sessellehnen, daß die Knöchel weiß hervortraten. Holmes machte sich bittere Vorwürfe, und ich wußte, um so gnadenloser würde er Abe Slaney verfolgen.

Damit endete Holmes' Bericht. Jetzt forderte er Inspektor Martin auf: „Sie sollten langsam Ihre Handschellen bereithalten. Es wird nicht mehr lange dauern, bis Abe Slaney in meine Falle tappt. Ich wollte ihn mit seinen eigenen Waffen schlagen und habe ihm ein paar tanzende Männchen geschickt, die ihn genau in unsere Arme treiben müssen. Dabei gehe ich davon aus, daß er von Mrs. Cubitts Schicksal noch gar nichts weiß, sonst wäre er wohl nicht so übereilt geflüchtet."

„Um Himmels willen", fuhr Martin erregt vom Stuhl hoch. „Wie können Sie da so sicher sein? Ich befürchte jetzt das Schlimmste, Mr. Holmes. Entschuldigen Sie, aber dann wäre es das beste gewesen, sofort zur Elridge-Farm zu fahren und ihn zu verhaften."

„Beruhigen Sie sich, Inspektor", sagte Holmes mit Schärfe in der Stimme. „Diese Genugtuung lasse ich mir nicht nehmen, ihn mit seiner eigenen Methode zu schnappen. Aus seinen Mitteilungen geht eindeutig hervor, daß er alles daransetzte, Elsie Cubitt für sich zu gewinnen. Er liebt sie, und zwar schon seit Jahren. Ja, die Liebe ist schon ein seltsames Phänomen, wie Watson richtig erkannt hat, mit Logik ist da nicht viel zu erklären. Und derartige Gefühle machen auch vor einem verdorbenen Verbrecher nicht halt. Deshalb wird er kommen." Holmes setzte sich auf einen Stuhl dicht am Fenster und versank in Schweigen.

Nach zwanzig Minuten endlosen Wartens, wobei der Inspektor mal zweifelnd, mal grimmig vor sich hin starrte, hörten wir plötzlich Schritte. Blitzschnell postierten wir uns links und rechts der Wohnzimmertür. Als ein großer Mann im Flanellanzug den ersten Schritt ins Zimmer tat, stürzten sich Holmes und der Inspektor schon auf ihn.

Abe Slaney war so überrascht, daß die Handschellen bereits um seine Gelenke zuschnappten, bevor er überhaupt an Gegenwehr dachte. Erst dann begann er, um sich zu schlagen und loszubrüllen, was dieser Überfall zu bedeuten hätte, und verlangte sofort, Elsie zu sehen. Wir ließen ihn sich erst einmal austoben, und dann stieß der Inspektor ihn in einen Sessel hinein. Von dort warf er uns böse Blicke zu und wollte jetzt wohl erst einmal abwarten, was weiter passierte.

Holmes sprach ihn zuerst an, und in seinen Tonfall mischte sich eine grimmige Freude: „Willkommen, Mr. Slaney. Die Nachricht, die Sie hierhertrieb, heißt, daß Elsie Sie sofort sehen will, um mit Ihnen zu fliehen. Tatsache ist nur, daß diese Nachricht von mir stammt, denn Mrs. Cubitt ringt mit dem Tod."

Das genügte, um bei Slaney einen weiteren Tobsuchtsanfall zu verursachen. Aus seinem Gebrüll ging hervor, daß er tatsächlich nichts von Mrs. Cubitts Verletzung wußte. Als die Raserei kein Ende nehmen wollte, versetzte ihm der Inspektor zwei kräftige Ohrfeigen und brachte den Mann damit zur Ruhe.

Schließlich ergab sich Abe Slaney in sein Schicksal und wurde gesprächig. Er beteuerte nur immer wieder, daß er seiner Elsie nie etwas antun würde. Das Ganze sei ein Unfall gewesen. Holmes machte ihm klar, daß Elsie Cubitt in Gefahr war, wegen Mordes an ihrem Mann verurteilt zu werden, wenn er nicht bald ein volles Geständnis ablegte. Das war natürlich nach Lage der Dinge nicht ganz der Wahrheit entsprechend. Aber Abe Slaney packte sofort willig aus.

Wie Holmes es sich gedacht hatte, kannte Slaney Elsie Patrick, wie sie mit Mädchennamen hieß, schon von früher. Er hatte sie in Chicago kennengelernt und sich in sie verliebt. Denn Elsies Vater war ein berüchtigter Bandenchef in Chicago und Abe einer seiner Untergebenen gewesen. Erst durch ihren neuen Freund erfuhr das ahnungslose Mädchen die grausame Wahrheit über den

Beruf ihres Vaters. Sie war erschüttert und völlig aus der Bahn geworfen und verließ bei der ersten Gelegenheit Abe Slaney und ihren Vater und kehrte Amerika für immer den Rücken. Zu dem Zeitpunkt war sie jedoch mit Abe schon verlobt gewesen. Der hatte ihr die Geheimschrift mit den tanzenden Männchen beigebracht, die sie für das romantische Geheimnis zweier Liebender hielt. Dabei war es nichts anderes als der Nachrichtencode der Verbrecherbande.

„Ich habe jahrelang gebraucht, um sie zu finden", erzählte Slaney weiter. „Erst nach ihrer Heirat in England bekam ich heraus, wo sie lebte, und schrieb ihr einen Brief, daß sie zu mir gehöre und zu niemandem sonst. Aber ich habe keine Antwort bekommen. Da bin ich über den Teich und habe mich als Untermieter in Elridges Farm einquartiert."

„Und Mrs. Cubitts wohlverdientes Glück zerstört", fuhr ihn Holmes an. „Dabei hatte sie gerade begonnen, ein anständiges Leben zu führen, fern von solchem Abschaum, wie Sie es sind!"

„Denken Sie, was Sie wollen", kam es trotzig von Slaney zurück. „Elsie gehört mir und keinem sonst. Aber das mit ihrem Mann war Notwehr."

„Sehr interessant", fuhr Inspektor Martin jetzt dazwischen. „Das müssen Sie mir schon erklären."

„Bin gerade dabei", knurrte der Verbrecher zurück. „Elsie hatte mich benachrichtigen lassen, daß sie am Fenster vom Arbeitszimmer mit mir reden würde. Ich sollte um drei Uhr früh da sein, wenn ihr Mann schlief. Klar, daß ich gekommen bin. Ich dachte, sie hätte endlich eingesehen, daß wir beide zusammengehörten. Aber statt dessen bot sie mir Geld, wenn ich sie und ihren Mann in Ruhe lassen würde. Da bin ich wütend geworden. Ich wollte sie durchs Fenster reißen und einfach mitnehmen. Sie hat sich aber gewehrt wie der Teufel. Da kam plötzlich ihr Mann reingestürmt, mit einem Revolver in der Hand. Ich habe Elsie losgelassen und noch gesehen, wie sie in die Knie gesunken ist. Dann haben der Kerl und ich gleichzeitig geschossen, das heißt, er war eine Sekunde schneller. Seine Kugel ist mir am Kopf vorbeigezischt. Aber ich habe ihn getroffen. Aus seinem Revolver hat sich in dem Moment noch ein Schuß gelöst. War mir klar, daß ich ihn voll erwischt habe, kann schließlich mit einer Waffe umgehen. Ich bin natürlich erst einmal sofort abgehauen. Elsie würde mich sicher nicht verraten, habe ich gedacht. Jetzt, wo ihr Alter tot war, würde sie eher mit mir kommen, habe ich gedacht und gewartet, daß ich etwas von ihr höre."

„Die Nachricht von Mrs. Cubitt an Sie hat mir natürlich in meiner Sammlung gefehlt", murmelte Holmes. „Darum habe ich mich in dem betreffenden Punkt geirrt. Ich glaubte, Mrs. Cubitt sei in das Arbeitszimmer ihres Mannes gekommen, als Mr. Cubitt Slaney am Fenster erwischt hatte. Dabei war es umgekehrt. Wie dem auch sei, Sie brauchen einen guten Verteidiger und viel Glück, wenn Sie dem Henker entgehen wollen. Ich glaube kaum, daß Sie sich mit Notwehr aus der Affäre ziehen können. Hoffen wir nur, daß die bedauernswerte Frau nicht an der verirrten Kugel stirbt. Schrecklich, diese Vorstellung, daß der letzte Schuß des Mannes versehentlich seine Frau traf. Und das alles haben Sie zu verantworten, Slaney! Entfernen Sie dieses Subjekt, Inspektor. Der Kerl ist eine Beleidigung für meine Augen!"

Abe Slaney entging schließlich doch noch der Todesstrafe, bekam aber lebenslängliche Haft. Mrs. Cubitt wurde Gott sei Dank wieder völlig gesund. Das letzte, was ich von ihr hörte, war, daß sie Ridling Manor verkaufte.

Sechsmal Napoleon

Wenn Inspektor Lestrade von Scotland Yard uns in der Baker Street besuchte, sich stöhnend in den erstbesten Sessel fallen ließ, Holmes' guten Cognac schlürfte und eine seiner Zigarren rauchte, geschah das immer dann, wenn er bei einem Fall mit seinem Latein am Ende war.

Nicht, daß der brave Kriminalbeamte das dann auch unumwunden zugab. Nein. Natürlich waren es immer Höflichkeitsbesuche, oder sein Weg hatte ihn gerade zufällig vorbeigeführt. Irgendwann kam er dann im Laufe des Gesprächs ebenso zufällig auf seine momentanen Ermittlungen zu sprechen, etwa mit folgender oder ähnlicher Einleitung:

„Wenn ich nun schon mal hier bin, wird es Ihnen sicher Spaß machen, Ihre Meinung zu einer seltsamen Geschichte abzugeben, mit der ich gerade beschäftigt bin." So gab Lestrade dem Ganzen auch noch den Anschein, als würde er meinem Freund einen Gefallen tun, indem er ihm zwischendurch die Langeweile vertrieb.

Holmes spielte dieses Ritual gelassen mit. Es lag ihm nichts daran, gegen Lestrade zu sticheln. Es kam ja außerdem automatisch bei jedem Fall der Zeitpunkt, daß Holmes Lestrade eine falsche Ermittlungsstrategie nachwies und schließlich ganz selbstverständlich die Lösung präsentierte.

Diesmal hatte es der Inspektor offenbar mit einem Verrückten zu tun, der innerhalb der letzten vier Tage in London drei billige Gipsbüsten von Napoleon zertrümmert hatte. Für Lestrade war hier ein Geisteskranker am Werk, jemand mit einem pathologischen Haß auf Napoleon.

Das erstemal zerstörte dieser Unbekannte eine Büste in einem Geschäft für Bilder und Plastiken, Hudson's in

der Kensington Road. Der Inhaber war nur gerade für einige Minuten weggegangen.

Zwei Tage danach stellte der Chirurg Dr. Barnicot am Morgen fest, daß ein Einbrecher unverständlicherweise ausgerechnet eine Napoleon-Büste mitgenommen hatte, wo das Haus vor lauter wertvollen Kunstgegenständen nur so strotzte. Und noch erstaunter war er, als er die Gipsscherben vor seiner Gartenmauer fand. Er entschloß sich dann endgültig, die Polizei einzuschalten, als er in seine Praxis kam und dort seine zweite Büste des Kaisers ebenfalls zerbrochen am Boden lag. Der Täter war durch das Fenster eingestiegen und wieder verschwunden.

„Es handelte sich übrigens bei allen drei Gipsköpfen um Abgüsse derselben Form“, endete Lestrade.

„Was Ihre These eines geisteskranken Napoleonhassers eher unwahrscheinlich macht“, wandte Holmes nachdenklich ein.

„Ich kann Ihnen nicht folgen“, murrte der Inspektor. „Was soll das Ganze für einen Sinn haben?“

„Die Frage kann man zurückstellen“, erwiderte mein Freund. „Aber es liegt doch ziemlich nahe, daß diese Gipsbüsten, die aus der gleichen Werkstatt stammen,

Opfer eines gezielten Vernichtungswerkes wurden. Es gibt in London genügend Napoleon-Nachbildungen, an die leichter heranzukommen ist als an diese drei. Bei allen dreien mußte der Täter nämlich das Risiko eingehen, erwischt zu werden. Also hat dieser Aufwand wohl Methode." Er lächelte Lestrade spöttisch an; der aber knurrte nur ablehnend.

Die beiden stritten sich noch eine Weile herum, wobei Lestrade stur wie immer auf seinem Standpunkt beharrte und ich mich fragte, warum er dann eigentlich gekommen war, wenn er von seiner Meinung so felsenfest überzeugt war.

Schließlich verabschiedete er sich schlechtgelaunt und polterte hinaus.

„Der gute Lestrade", lachte Holmes ihm hinterher. „Lieber hält er an einer Sache fest, an die er selbst gar nicht so recht glaubt, als daß er mir gegenüber eigene Zweifel eingesteht. Dabei wollte er doch nur meine Meinung hören, um klarer zu sehen."

Doch schon am nächsten Morgen wendete sich der „Napoleon-Fall" zum Dramatischen, so daß Lestrade eilig wieder nach Holmes rief. Wir erhielten ein Telegramm mit folgendem Text:

„Bitte sofort Pitt Street 131, Kensington. Lestrade."

„Ein neues Gipskopfattentat, wollen wir wetten, Watson", prophezeite Holmes während der Droschkenfahrt. „Und nach der Dringlichkeit von Lestrades Hilferuf zu schließen, ist möglicherweise diesmal mehr beschädigt worden als nur eine geschmacklose Napoleon-Kopie."

Manchmal grenzten die Voraussagen von Holmes an Hellseherei. Vor der angegebenen Adresse, eines von einer langen Reihe flacher Bürgerhäuser, hatte sich eine Menschenmenge angesammelt, die gerade von mehreren Polizisten mühsam zerstreut wurde. Einer von ihnen brachte uns sofort ins Haus, wo Lestrade mit einem fahrig gestikulierenden Mann auf uns wartete. Der Inspektor stellte ihn uns als den Hauseigentümer vor: Horace Harker, Angestellter einer Presseagentur.

Dem Journalisten, er mochte schon an die Fünfzig sein, war seine Nickelbrille tief auf die Nase gerutscht. Er war noch im Morgenmantel.

„Mord“, rief er erregt. „In meinem Haus. Ich kann es nicht fassen.“ Er rang die Hände und lief aufgeregt im Zimmer umher.

„Vor ihrem Haus“, verbesserte ihn Holmes sanft. „Ich habe die Blutflecken auf den Stufen gesehen. Hier dagegen sehe ich nichts dergleichen.“

„Und wieder war es unser Napoleonschänder“, stellte Lestrade bitter fest. „Aus der Halle hier fehlt nämlich eine Gipsbüste, die Mr. Harker vor einigen Monaten bei Harding gekauft hat.“

Der Journalist nickte zu jedem Wort mit umwölkter Miene und berichtete düster den Hergang: „Es war gegen drei Uhr früh, wie ich dem Herrn Inspektor schon sagte. Ich wurde von Geräuschen geweckt, die hier aus der Halle kamen. Ich schlafe nämlich ein Stockwerk höher. Ich nahm daraufhin einen Feuerhaken zur Hand und schlich nach unten, als ich auf halbem Weg einen gräßlichen Schrei hörte. Erst stockte mir das Blut in den Adern. Dann rannte ich die Treppe herunter, fand aber nur das Fenster offen. Daß die Büste vom Kaminsims fehlte, fiel mir erst viel später auf. Der Einbrecher war offensichtlich mit ihr durchs Fenster geflüchtet, von dort aus kann man gut die oberste Stufe vor dem Eingang erreichen. Ich lief zur Tür hinaus und stolperte im Dunkeln über etwas.“

Er machte eine Pause und sah unheilschwanger in unsere Runde. „Ja, ich fiel über einen Körper und bemerkte entsetzt, daß dem armen Kerl die Kehle durchgeschnitten war. Dann muß ich einige Augenblicke lang die Besinnung verloren haben. Als ich wieder zu mir kam, blies ich in meine Trillerpfeife, die ich ständig um den Hals trage. Der Beruf des Journalisten ist nämlich nicht ungefährlich, möchte ich meinen."

An dieser Stelle warf er sich in seine schmale Brust, und ich mußte mir das Lachen verbeißen. Ich konnte mir den zerfahrenen Mr. Harker beim besten Willen nicht als mutigen Helden im Dienste des Nachrichtenwesens vorstellen.

Jetzt meldete sich Lestrade wieder zu Wort und erklärte uns, daß der Tote bisher nicht identifiziert werden konnte. Er war ärmlich gekleidet und hatte keine Papiere bei sich, nur ein Foto, das einen Mann im Porträt zeigte. Er hielt es uns hin.

Holmes und ich schauten auf das nicht gerade vertrauenerweckende Gesicht eines jungen Mannes mit zusammengewachsenen, dichten schwarzen Augenbrauen und einem stark nach vorne geschobenen kantigen Kinn. Der Abgebildete strahlte eine gewisse Brutalität aus, sonst war nichts Auffälliges zu bemerken.

Neben dem Toten auf der Treppe hatten die Polizisten ein Messer sichergestellt, es konnte dem Opfer oder dem Mörder gehören. Auch das inspizierte Holmes genau.

Während der Journalist noch aufgeregt auf mich einredete, kam einer von Lestrades Leuten herein und berichtete dem Inspektor: „Von dem Kerl haben wir bis jetzt keine Spur gefunden. Aber auf der Suche nach ihm fanden wir die zerstörte Napoleonbüste. Die Scherben liegen im Vorgarten eines leerstehenden Hauses, nur wenige Meter von hier."

„Das sollten wir uns ansehen", schlug Holmes vor. „Die Gipsfiguren sind die Gemeinsamkeit bei jetzt vier ähnlichen Vorkommnissen. Sie müssen der Schlüssel zur Lösung sein."

Zu dritt gingen wir zu der beschriebenen Stelle, wo Holmes sorgfältig die Bruchstücke untersuchte. Sie lagen ganz in der Nähe einer Straßenlaterne, woraus Holmes folgerte: „Die Tatsache, daß unser Mann so weit gelaufen ist, um die Büste ausgerechnet hier zu zertrümmern, zeigt doch, daß er gute Sicht benötigte. Oder was meinen Sie, Lestrade?“ Er sah den Inspektor erwartungsvoll an.

Der legte seine Stirn in Falten und meinte dann: „Er wird einfach in Panik gewesen sein, nachdem er den anderen umgebracht hatte.“

„Ein Mord für eine Zwölf-Shilling-Gipsfigur“, schüttelte Holmes unwillig den Kopf. „Gibt Ihnen das nicht zu denken, Lestrade?“ Er richtete sich aus der Hocke wieder auf, eine der Scherben immer noch in der Hand.

Aber wenn der Inspektor eine Richtung eingeschlagen hatte, dann blieb er auch verbissen dabei: „Wer weiß schon, was in einem Verrückten vorgeht“, erwiderte er.

Zu meiner Verblüffung nickte Holmes zustimmend: „Einverstanden, Lestrade. Sie sollten diese Version auch an den aufgeregten Mr. Harker weitergeben, damit er wenigstens noch zu einem guten Artikel kommt. Ich möchte Sie nur bitten, mir für kurze Zeit die Fotografie zu überlassen, die der Tote bei sich hatte.“

Lestrade gab sie ihm, ohne auf seine mürrischen Fragen, wozu das denn gut sein sollte, eine Antwort zu erhalten. Wir verabschiedeten uns und fuhren unverzüglich zu Hudson's Laden. Holmes wollte mit dem Besitzer sprechen.

„Laß Lestrade nur so weitermachen, wie er will“, lächelte Holmes auf dem Weg dorthin in sich hinein. „Wir werden den Faden von einem anderen Ende aufrollen.“

Kurze Zeit später hielt der Wagen vor dem Geschäft.

Mr. Hudson war ein kleiner wieselflinker Mensch, aus dessen Mund es nur so heraussprudelte. Es war nicht möglich, ihm gezielte Fragen zu stellen, und das ärgerte Holmes unbeschreiblich. Hudson konnte nur sich selbst zuhören. Er plapperte von Kommunisten und Gesindel daher, von einer Nihilistenverschwörung und noch etliches dummes Zeug mehr. Aus all dem Geschwätz konnte Holmes schließlich die Tatsache entnehmen, daß die bei Hudson zerstörte Gipsfigur und die beiden bei Dr. Barnicot alle aus der Werkstatt von Gelder und Co. in Stepney stammten. Als er das endlich aus Mr. Hudson heraushatte, verließen wir fast fluchtartig den Laden. Draußen atmeten wir erst einmal tief durch.

Doch schon im Gehen fiel meinem Freund plötzlich ein: „Ach, Watson, das Gerede von dem Kerl hat mich doch jetzt tatsächlich so konfus gemacht, daß ich das Wichtigste vergessen habe. Jetzt muß ich leider noch einmal zurück. Warte hier bitte auf mich." Mit schnellen Schritten eilte er auf den Laden zu. Einige Minuten später kam er zurück. „Wenigstens hat sich die Mühe gelohnt", stellte er zufrieden fest. „Der Mann auf dem Foto war bei Hudson bis vor einer Woche angestellt, er hat Bilderrahmen geschnitzt und vergoldet. Seitdem ist er nicht mehr gekommen. Leider weiß Hudson sonst nichts von ihm, außer daß er Beppo hieß."

Der nächste Weg führte uns zu Gelder und Co., einer Werkstätte, in der über fünfzig Arbeiter mit Modellieren und Schnitzen beschäftigt waren. Der Geschäftsführer, ein wohltuend sachlicher Mann, war uns gerne behilflich und wälzte seine Geschäftsbücher. Aus ihnen ging hervor, daß die vier Büsten, die vor einem Jahr an Hudson geliefert worden waren, zu einer Serie von insgesamt sechs gehörten. Drei davon waren an Harding, ein anderes Geschäft, gegangen.

Holmes zog nun das Foto von diesem Beppo hervor,

und sofort verdüsterte sich die Miene des anderen. Zornig sagte er: „Den werde ich nie vergessen. Das ist Beppo, ein italienischer Arbeiter. Er hat mein Geschäft in Verruf gebracht, als er vor einem Jahr einen anderen Mann mit einem Messer schwer verletzte. Elf Monate Zuchthaus bekam er dafür.“ Er reichte das Foto zurück.

Holmes stutzte und wollte wissen: „Können Sie noch genau feststellen, wann dieser Beppo zum letzten Mal bei Ihnen arbeitete?“

Der Geschäftsführer blätterte in einem anderen dikken Aktenordner und fand nach einiger Zeit tatsächlich etwas darüber heraus: „Also, er wurde am 20. Mai vergangenen Jahres zum letztenmal ausbezahlt. Demnach muß er kurz darauf verhaftet worden sein.“

Holmes bedankte sich für die Mühe, und wir verließen die Werkstatt. Anschließend aßen wir in einem Gasthaus verspätet zu Mittag. Während des Essens überlegte Holmes laut vor sich hin: „Also, die Figuren wurden von Gelder am 3. Juni letzten Jahres weiterverkauft. Nicht ganz zwei Wochen vorher wurde Beppo aus der Firma entlassen. Ein recht interessanter zeitlicher Zusammenhang, findest du nicht, Watson?“ Er sah mich über den Tellerrand an.

Ich grübelte und kam beim besten Willen nicht darauf, was daran so aufregend sein sollte. Ich gestand also lieber gleich, daß ich keinen blassen Schimmer hatte.

„In dem Fall werde ich dir nicht noch mehr weiterhelfen“, lachte Holmes über mein dummes Gesicht. „Aber wenn du mich gleich anschließend zu Harding begleitest, wirst du vielleicht klarer sehen.“ Wir beendeten hastig unsere Mahlzeit, zahlten und machten uns dann gestärkt zum nächsten Geschäft auf.

Mr. Harding war das genaue Gegenteil seines Konkurrenten Hudson, ein eher wortkarger und anfänglich mißtrauischer Typ. Holmes mußte ihm buchstäblich jedes

Wort aus der Nase ziehen. Harding wurde erst dann zugänglicher, als Holmes ihn darauf hinwies, daß bereits ein Mord geschehen war und es galt, mögliche weitere Verbrechen zu verhindern.

„Gerne tue ich es nicht", meinte Mr. Harding. „Es verstößt gegen alle meine Geschäftsprinzipien, Fremden Auskünfte über meine Kunden zu geben. Aber wenn es tatsächlich um Menschenleben gehen sollte, mache ich eine Ausnahme."

„Ich weiß Ihre Hilfsbereitschaft zu schätzen", sagte Holmes höflich, aber mit einem leicht ungeduldigen Unterton. „Wenn wir Zeit dazu hätten, würde ich Inspektor Lestrade von Scotland Yard hierherbitten lassen, um Ihnen Ihre Bedenken zu nehmen."

„Das fehlte mir gerade noch", stöhnte Harding entsetzt, während er in irgendwelchen Unterlagen blätterte. „Die Polizei in meinem Laden. Nein, nein." Er hob abwehrend die Hände.

Dann suchte er seine Geschäftsbücher hervor und hatte nach einer Weile das Gesuchte gefunden. „Ja, hier habe ich es. Die drei Napoleons gingen an Mr. Harker, wie Sie schon richtig sagten, an einen Joshua Brown in Chiswick und an Mr. Sandford in der Grove Street in Reading. Ist das alles, was Sie wissen wollten?"

„Noch eine Frage." Holmes zeigte ihm Beppos Fotografie. „Kennen Sie das Gesicht? Der Mann ist Italiener."

Harding schob seine Brille hoch und betrachtete das Bild eingehend, verneinte dann aber die Frage von Holmes. „Tut mir leid. Ich beschäftige zwar Italiener, aber diesen Mann habe ich noch nie gesehen."

„Aha." Holmes dachte kurz nach, dann fragte er: „Sagen Sie, Mr. Harding, wäre es prinzipiell möglich, daß Ihr Verkaufsbuch auch von anderen Leuten eingesehen werden könnte, wenn sich jemand brennend dafür interessiert?"

Harding zuckte die Achseln: „Im Grunde schon. Ich bewahre es ja nicht in einem Safe auf. Die meiste Zeit liegt es hier offen herum." Er zeigte auf den Schreibtisch.

Holmes hatte nun erfahren, was er wollte, und wir verabschiedeten uns.

„Zwei Büsten aus dieser ominösen Napoleonserie existieren noch, Watson", sagte er plötzlich auf dem Rückweg zur Baker Street. Gedankenverloren ging er ein paar Schritte weiter und kaufte dann kurz entschlossen bei der nächsten Gelegenheit eine Zeitung. Es war ein Extrablatt, groß aufgemacht, das in fetten Schlagzeilen den Mord verkündete. Mr. Harker hatte die Geschichte wohl, so gut es ging, ausgeschlachtet. Anscheinend hatte er seinen ersten Schreck zugunsten eines einträglichen Geschäfts schnell überwunden.

Holmes' Miene drückte verschmitzte Zufriedenheit aus, während er die Zeilen überflog, und grinste danach: „Tja, Harker hat sich sehr ausführlich mit der Version des geisteskranken Napoleonhassers beschäftigt, genau wie ich das beabsichtigt hatte. Jetzt müssen wir noch zwei Dinge erledigen, Watson. Ich werde ein Telegramm aufgeben, und du kannst von der Baker Street aus dem guten Lestrade ausrichten, daß er gegen sechs Uhr zu uns kommen möchte."

Letzteres war aber nicht mehr nötig, da der Inspektor schon auf uns wartete und nervös in Holmes' Arbeitszimmer auf und ab lief.

„Ah, da sind Sie ja endlich", rief er trimphierend aus. „Ich bin hergekommen, weil ich Ihnen unnötige Fußarbeit ersparen wollte. Der Fall ist inzwischen recht eindeutig." Er warf sich selbstgefällig in die Brust.

„Da bin ich aber gespannt", erwiderte Holmes lässig und nahm in einem Ledersessel Platz.

„Ja, ja. Sie und Ihre Methoden", erboste sich der

Inspektor kurz, fuhr dann aber ruhig und etwas von oben herab fort: „Diesmal waren wir schneller. Unser Inspektor Hill, der das italienische Viertel kennt wie seine Westentasche, hat den Toten als Pietro Venucci aus Neapel identifiziert. Und jetzt kommt es: Dieser Pietro war Angehöriger einer mörderischen Geheimorganisation dort, der Camorra. Und da liegt es doch auf der Hand, daß er von dort geschickt wurde, um den Mann auf der Fotografie zu ermorden. Und da hat es ihn eben selbst erwischt. Wahrscheinlich ist der andere auch Italiener. Er wird wohl irgendwelche Spielregeln verletzt haben, die bei dieser Camorra sehr streng sein sollen. Deshalb wurde der andere auf ihn angesetzt, um ihn zu bestrafen.“ Lestrade lehnte sich sichtlich zufrieden in seinem Sessel zurück.

„Klingt nicht schlecht“, bestätigte ihm Holmes sehr freundlich. Er nippte an einem Brandy. „Und was haben Sie weiter vor?“

Lestrade lächelte. „Hill und ich wollen ins italienische Viertel gehen. Dort werden wir den Kerl auf dem Foto sicher finden und wegen Mordes verhaften können. Ich wollte Sie lediglich fragen, ob Sie uns dorthin begleiten wollen. Beim letzten Akt, wie Sie selbst sich gerne ausdrücken. Normalerweise sind es ja Sie, der den Schluß immer einläutet. Ich gebe zu, daß es mir umgekehrt auch sehr gut gefällt.“ Lestrade lächelte jetzt ziemlich höhnisch.

„Hmm“, machte Holmes. „Unter normalen Umständen würde ich Ihnen den Gefallen gerne tun. Aber leider bin ich selbst auf der Jagd nach diesem Mann. Er ist übrigens wirklich Italiener und heißt Beppo. Aber im Gegensatz zu Ihnen gedenke ich ihn in Chiswick zu schnappen.“

Das saß. Lestrade klappte den Mund auf und zu und schnappte nach Luft. „Was ist denn das nun wieder!“ Mehr brachte er nicht heraus.

Holmes machte ihm gelassen einen Vorschlag: „Wenn Sie meinen Freund Watson und mich heute nacht begleiten und wir keinen Erfolg haben sollten, gehe ich morgen mit Ihnen und Hill ins italienische Viertel. Der eine Tag mehr oder weniger wird Ihnen nicht weh tun."

Ich wußte genau, wie es in Lestrade aussah. Er war unsicher. Schließlich hatte er schon oft erlebt, daß Holmes' Weg der richtige war. „Na gut, es kann ja nichts schaden", stimmte er schließlich widerwillig zu.

Wir beschlossen, gegen zehn Uhr abends aufzubrechen, Lestrade sollte uns mit einem Wagen abholen. Bis dahin verschwand Holmes in der Bodenkammer und vertiefte sich in einen dicken Packen alter Zeitungen, die dort oben gestapelt lagen.

Ich grübelte inzwischen in meinem Lehnstuhl vor dem Kamin über den Fall nach. Immerhin war ich ja bei allen Ermittlungen von Holmes dabeigewesen. Trotzdem war mir der Ausgang der Geschichte keineswegs klar. Ich wußte nur, daß Holmes fest damit rechnete, der Gesuchte würde auch noch die beiden übriggebliebenen Gipsbüsten zerstören wollen. Und eine davon befand sich in Chiswick. Holmes wollte den Kerl dort sicher auf frischer Tat ertappen. Aber wieso er da so sicher sein konnte, das war mir wieder einmal ein Rätsel. Der Zeitungsartikel fiel mir ein, den Holmes angeregt hatte. Natürlich, der Täter wurde dadurch in Sicherheit gewiegt, denn es hieß darin, daß ein Geisteskranker der Täter sei. Aber mir war immer noch völlig schleierhaft, was der wahre Grund für die unsinnige Zerstörung der Büsten war. Ich kam nicht darauf.

Holmes' Augen leuchteten siegessicher, als er nach einer Stunde vom Boden herunterkam, aber er machte nicht die leiseste Andeutung darüber, was er bei seiner Suche gefunden hatte. Er riet mir lediglich, meinen Revolver einzustecken.

Er selbst hängte sich eine Jagdflinte über die Schulter, als pünktlich um zehn die bestellte Kutsche unten hielt. Lestrade wartete daneben auf uns. Wir fuhren im schnellen Trab nach Chiswick in ein Viertel mit hübschen Bürgerhäusern in großen Gärten. Holmes ließ am Anfang der Straße halten. Dann lotste er uns zu Fuß weiter bis zu einem der mittleren Häuser. Ein Zaun trennte das Grundstück von der Straße ab, und Holmes bedeutete uns, sich in dessen Schatten zu drücken und den Hauseingang zu beobachten. Hinter den Fenstern war es dunkel, als wären die Bewohner entweder nicht zu Hause oder schon schlafen gegangen.

Wir mußten nicht einmal besonders lange warten, als ein Schatten durch das Gartentor huschte. Dann klirrte leise eine Fensterscheibe. Hier war ein Einbrecher am Werk, kein Zweifel.

Holmes gab uns ein Zeichen, und wir schlichen ihm hinterher, bis zu dem zerbrochenen Fenster, das nun offenstand. Irgendwann würde der Bursche dort auch wieder herauskommen. Wir warteten.

So war es auch. Nach zehn Minuten erschien erst ein Bein, dann ein zweites. Als die Füße auf dem Boden aufsetzten, griffen Holmes und Lestrade gleichzeitig zu. Der andere stieß einen erschrockenen Schrei aus, und mir fiel ein Gegenstand entgegen, den er vorher unter einen Arm geklemmt hatte. Ich fing ihn auf und hatte eine Napoleon-Büste in den Händen.

Lestrade legte dem Ganoven Handschellen an und leuchtete ihm mit einer Taschenlampe ins Gesicht. Es war eindeutig der Mann auf dem Foto, auch wenn er jetzt noch viel wilder schaute. Er fluchte auf italienisch und spuckte uns vor die Füße. Inzwischen ging auch die Haustür auf, und es erschien ein gemütlich wirkender Mann, der sich als Joshua Brown vorstellte und Holmes kräftig die Hand schüttelte. Dazu dröhnte sein Baß:

„Bin wirklich froh, daß Sie mich in dem Telegramm vor diesem ungebetenen Besucher gewarnt haben. Allen Respekt vor dieser Meisterleistung, Mr. Holmes. Darf ich Ihnen allen im Haus eine Erfrischung anbieten, mit Ausnahme dieses Halunken natürlich?"

Zu seiner Enttäuschung lehnten wir ab. Lestrade wollte den Gefangenen erst einmal schnell hinter Gittern wissen, und Holmes und ich waren müde. Wir verabredeten uns mit Lestrade für den nächsten Nachmittag in der Baker Street, und er rollte in der Kutsche schleunigst gen London.

Holmes rieb sich erfreut die Hände, nachdem wir uns von dem Inspektor getrennt hatten.

„Wirf den Napoleon auf den Boden, Watson", forderte er mich auf. „Mal sehen, ob wir sein Geheimnis schon jetzt lüften können."

„Bitte . . . wo denn?" war ich verwirrt und sah mich um. „Soll ich ihn wirklich einfach auf den Fußboden werfen?" Ich war völlig perplex.

„Auf den Schreibtisch mit ihm, Watson", seufzte mein Freund. „Und dann nimm den Feuerhaken vom Kamin und klopf dem Kaiser damit kräftig auf den Kopf."

Ich folgte seinen Anordnungen. Der Napoleon zersprang in etliche Stücke, denn diese Büsten waren aus zwei Hälften zusammengesetzt und innen hohl. Holmes bückte sich und untersuchte Splitter für Splitter. Dabei wurde seine Miene immer enttäuschter. Schließlich erhob er sich wieder.

„Pech, Watson. Der Knalleffekt wird wohl vertagt. Und ich muß jetzt schnellstens noch einen Boten auftreiben, der mir sofort eine Nachricht nach Reading besorgt."

Am nächsten Nachmittag erschien wie abgemacht Lestrade bei uns in der Baker Street. Viele neue Nachrichten hatte er nicht. Beppo, dessen Familienname nach wie vor unbekannt war, verweigerte jede Aussage darüber, warum er die Gipsfiguren zerstört hatte. Lestrade hatte nur herausbekommen, daß er zweimal vorbestraft war, einmal wegen Diebstahls und wegen der Messerstecherei vor einem Jahr.

Holmes hatte während Lestrades Ausführungen eine höflich interessierte Miene aufgesetzt. Doch ich kannte ihn gut genug, um zu merken, daß er kaum zuhörte und auf irgend etwas angespannt wartete.

Da klingelte es an der Haustür, und Holmes schnellte vom Sessel hoch. Kurz darauf kam ein Mann herein, der sich als Mr. Sandford aus Reading vorstellte. Er war schon an die Sechzig, und die Reise hatte ihn wohl angestrengt. Aufatmend stellte er eine alte Reisetasche auf den Tisch, die er jetzt öffnete und eine Napoleon-Gipsfigur herausholte. Die letzte aus der Sechserserie.

„Ihr Bote richtete mir aus, sie wollten zehn Pfund für diese Büste bezahlen“, sagte Sandford. „Deshalb bin ich hierhergekommen. Aber ich sage Ihnen gleich, daß dieser Gipskopf das Geld nicht wert ist. Ich habe nur zwölf Shilling dafür bezahlt.“

Holmes zückte eine Geldnote und drückte sie ihm in die Hand. „Ihre Ehrlichkeit ehrt Sie, Mr. Sandford“, sagte er. „Aber machen Sie sich keine Gedanken. Ich weiß, was ich tue.“

„Na dann“, hob Sandford die Schultern und steckte die zehn Pfund ein, „in diesem Fall bedanke ich mich und wünsche den Herren noch einen angenehmen Tag.“ Er klappte seine Tasche zu und ging. Kaum war die Tür hinter ihm ins Schloß gefallen, da packte Holmes den Napoleon und schmetterte ihn vor dem verdutzten Lestrade zu Boden. Dann kniete er nieder und wühlte mit zitternden Händen in den Bruchstücken herum. Sekunden später hielt er einen Splitter hoch, in dem etwas Dunkles, Rundes steckte.

„Die Schwarze Perle der Borgia", rief Holmes triumphierend. Er weidete sich einen Moment an unserem ehrfürchtigen Staunen und fuhr fort: „Sie erinnern sich, Lestrade? Vor einem Jahr verschwand sie im Hotel Dacre aus dem Schlafzimmer des Prinzen Colonna."

„Natürlich", rief nun auch Lestrade. „Der Verdacht fiel damals auf die italienische Zofe, ohne daß wir aber nur den Hauch eines Beweises bekamen. Meine Güte, wie hieß sie doch gleich?"

„Lucrezia Venucci", half ihm Holmes auf die Sprünge. „Ich habe es gestern in meinem Zeitungsarchiv nachgelesen. Ohne Zweifel ist Pietro Venucci, der Tote auf den Stufen von Mr. Harkers Haus, ihr Bruder gewesen. Mit Sicherheit hat der damals die Perle gestohlen. Danach hat er sie möglicherweise seinem Landsmann Beppo zur Aufbewahrung gegeben, denn der konnte mit dem Fall überhaupt nicht in Verbindung gebracht werden. Oder Beppo war von Anfang an ein Komplize beim Diebstahl und hat die Perle unterschlagen. Jedenfalls wurde er zwei Tage nach dem Diebstahl von der Polizei wegen einer Messerstecherei verfolgt und flüchtete zu Gelder und Co." Holmes erzählte die Geschichte, als sei es das Selbstverständlichste von der Welt.

Lestrade ging langsam ein Licht auf. „Und da hatte er die Perle bei sich und hat sie einfach während der Arbeit in eine der noch nassen Gipsfiguren gesteckt, weil er wenig Zeit hatte, sie anderweitig loszuwerden."

„Sehr gut, Lestrade", lobte Holmes. „Nun hat Beppo das Pech, fast ein Jahr im Gefängnis hocken zu müssen, während die Gipsfiguren natürlich verkauft wurden. Irgendein Landsmann bei Gelder hat ihm später die Einzelhändler genannt, und Beppo ließ sich erst einmal bei Hudson als Gelegenheitsarbeiter anstellen. Doch dessen drei Büsten enthielten die Perle nicht. Wahrscheinlich hat ihm daraufhin ein anderer Landsmann bei Harding einen Hinweis gegeben, und so stöbert er die anderen drei Büsten auf und dringt bei Mr. Harker ein."

„Und dort kam ihm dann Pietro in die Quere, der nach ihm gesucht hatte", folgerte Lestrade. „Bei dem Handgemenge mußte Pietro dann selbst daran glauben."

„Wieder richtig", nickte Holmes. „Durch diesen Mord kam Beppo jedoch unter Zeitdruck. Er mußte annehmen, daß die Polizei jetzt verstärkt an dem Fall arbeitete. Doch der Artikel, den wir Mr. Harker schreiben ließen, wird ihn wohl einigermaßen beruhigt haben. Zwei Gipsbüsten gab es noch, und ich rechnete damit, daß er sich erst die eine in London bei Mr. Brown vornehmen würde. So war es dann ja auch. Ich warnte Mr. Brown durch ein Telegramm, bat ihn aber, nichts zu unternehmen."

Holmes stieß eine dichte Rauchwolke aus.

„Den Rest kennen wir", freute sich Lestrade. „Einen Mord und gleichzeitig den Diebstahl dieser berühmten Perle aufgeklärt. Das kann sich sehen lassen, bei Gott." Er stand auf und nahm seinen Mantel.

Holmes reichte ihm die Perle und erwiderte ganz beiläufig: „Freut mich, Lestrade, wenn ich zur Lösung ein klein wenig beitragen konnte."

Ich drehte mich etwas zur Seite, damit der Inspektor mein schadenfrohes Lachen nicht sehen konnte, aber er war viel zu hoch gestimmt, um das zu bemerken. Er verabschiedete sich, seine Beute unter dem Arm, und Holmes ging ungerührt wieder zur Tagesordnung über.

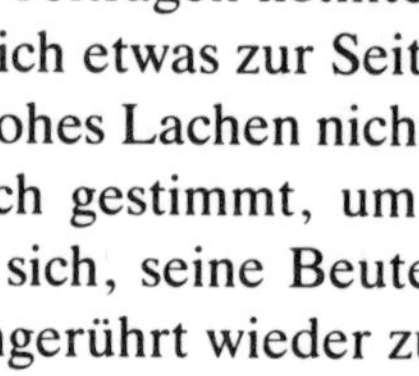

Spuren im Moor

Dr. Thornton Huxtable kündigte sich uns mit einer Visitenkarte an, die mit akademischen Titeln und Auszeichnungen so vollgepfropft war, daß man seinen Namen auf Anhieb gar nicht erkennen konnte. Einige Minuten später führte Mrs. Hudson ihn dann herein. Eine stattliche und würdige Erscheinung trat ins Zimmer, deren starke Persönlichkeit förmlich spürbar war.

Doch wir bekamen keine Zeit, sie auf uns wirken zu lassen, denn Dr. Thornton Huxtable kippte einfach um, bevor er auch nur ein Wort sagen konnte. Lang ausgestreckt lag er vor unserem Kamin.

Holmes und ich sprangen gleichzeitig auf und sahen uns einen Wimpernschlag lang fassungslos an. Dann beugte ich mich über den Bewußtlosen und untersuchte ihn, immer noch betroffen. Dr. Huxtable hatte uns den dramatischsten Auftritt geliefert, den je ein Klient in der Baker Street zuwege brachte. Und diese Räume hatten schon viel erlebt.

Sein Puls schlug schwach. Das Gesicht war bleich, und tiefe Ringe lagen unter den Augen. Ich sah zu Holmes hoch und sagte: „Er ist völlig erschöpft. Sonst kann ich nichts feststellen."

„Ganz meine Meinung", nickte Holmes und reichte mir ein Glas Brandy. „Sein Bart ist mindestens drei Tage alt und sein Kragen so schmutzig, daß er während dieser Zeit auch das Hemd nicht gewechselt haben dürfte. Gib ihm den Brandy. Der wird ihn wieder zu sich bringen."

So war es auch. Während ich Dr. Huxtable den Schnaps einflößte, schlug er die Augen auf. Er schaute kurz verwirrt um sich, dann fiel ihm wieder ein, wo er war. Sein trüber Blick wurde etwas klarer. Wir halfen ihm auf die Beine, und er klopfte verlegen seinen Anzug aus.

„Entschuldigen Sie bitte, Mr. Holmes“, waren dann seine ersten Worte. „Ich bin wohl doch schwächer, als ich angenommen habe. Aber das ist nach drei Tagen ohne Nahrung wohl auch kein Wunder.“

Holmes läutete nach Mrs. Hudson und bestellte ein kräftiges Frühstück. Er ließ Doktor Huxtable nicht eher seinen Bericht beginnen, ehe der nicht die Portion Eier mit Schinken restlos verputzt hatte.

Danach bekamen Huxtables Wangen sichtlich wieder Farbe. Als er sich den Mund abwischte, eröffnete Holmes das Gespräch: „Sie kommen aus Mackleton, Nordengland? Ich habe eine Rückfahrkarte in ihrer Jakkentasche gefunden, während Sie ohnmächtig waren.“

„Ja, sehr richtig, Mr. Holmes“, nickte er heftig. „Ich leite dort die Priory-Schule, die beste Eliteschule in ganz England, wie mir schon oft bestätigt wurde.“

Ich hatte auch davon gehört, und es war keine Aufschneiderei von Dr. Huxtable. Die ersten Familien des Landes schickten ihre Kinder mittlerweile dorthin.

„Auch der Herzog von Holderness“, fuhr Dr. Huxtable fort, als hätte er meine Gedanken gelesen, „schickte zum ersten Mai seinen Sohn, Lord Saltire, zu mir. Sie können sich vorstellen, welche Ehre das für meine Schule war.“ Seine Augen leuchteten vor Stolz.

Holmes kramte in seinem phänomenalen Gedächtnis und fand dazu spontan folgende Angaben: „Herzog von Holderness, Baron Beverly, Earl of Carston, Lord Hallamshire, ehemaliger Staatsminister, um nur das zu nennen, was mir gerade einfällt. Sicher eine der würdigsten Persönlichkeiten nach der Königin. Ich kann Ihre Aufregung sehr gut verstehen. Aber weswegen haben Sie nun diese Strapazen der Reise auf sich genommen? Hätte ein Brief oder ein Telegramm nicht auch genügt?“

„Nein, nein, auf keinen Fall“, rief der Schulleiter erregt. „Ich muß ganz sicher sein, daß Sie mich sofort nach Mackleton begleiten. Es ist vor drei Tagen etwas Furchtbares passiert.“ Er knüllte die Serviette erregt in den Händen.

„Das muß es auch“, erwiderte Holmes ruhig. „Denn meine Zeit ist im Moment so begrenzt, daß mich nur ein Fall von äußerster Dringlichkeit nach Nordengland bewegen könnte.“

„Der Sohn des Herzogs ist aus meiner Schule entführt worden!“ Dr. Huxtable stöhnte bei diesen Worten gequält. „Das muß Sie doch davon überzeugen, daß meine Situation geradezu verzweifelt ist.“ Seine Augen flehten Holmes an.

Holmes stand auf. „In diesem Fall gibt es über die Wichtigkeit keinen Zweifel, Dr. Huxtable. Watson, pack deine Sachen. Wir fahren nach Mackleton. Dr. Huxtable kann uns während der Reise die bisher bekannten Fakten aufzählen.“

Unterwegs erfuhren wir folgendes: Am ersten Mai hatte in Mackleton die Schule begonnen, auch für den Sohn des Herzogs. Vor einiger Zeit schon hatten sich seine Eltern getrennt, und die Mutter war nach Südfrankreich gezogen. Den Jungen belastete das Zerwürfnis seiner Eltern so sehr, daß er zeitweise in Depressionen versank, denn er hatte besonders an seiner Mutter gehangen. Dagegen war der Herzog ein vielbeschäftigter Mann und strahlte nicht besonders viel Wärme aus. Eine normale Vater-Sohn-Beziehung war nie zustande gekommen. Kein Wunder also, daß der Herzog auch mit der Traurigkeit seines Jungen nichts anzufangen wußte. Deshalb hatte er ihn kurzerhand zu Dr. Huxtable gegeben. Weniger vornehm ausgedrückt, hätte man auch sagen können, er hatte die lästige Verantwortung der Schule und deren Lehrern zugeschoben.

Tatsächlich, so erzählte uns der Direktor nun, wurde Arthur Lord Saltire im Laufe der ersten zwei Wochen immer unbeschwerter und lebte sich unter den anderen Jungen recht gut ein.

Er bekam ein Zimmer für sich allein, im zweiten Stock, mußte dazu jedoch immer durch einen anderen Raum, in dem zwei Kameraden schliefen.

Am 14. Mai, einem Dienstag, morgens um sieben, wurde bemerkt, daß der Junge verschwunden war. Sein Bett war unbenützt, und aus seinem Schrank fehlte der Schulanzug. Im Zimmer waren keinerlei Spuren eines Kampfes feststellbar. Auch die beiden Jungen im Nebenraum hatten keinen Lärm gehört.

Unter dem Fenster von Arthur rankten sich kräftige Efeupflanzen bis zum Boden, die einen Jungen leicht getragen hätten. Wahrscheinlich war er daran hinuntergeklettert. Doch man fand auch an dieser Stelle keinerlei Spuren. Das Verschwinden des Jungen blieb ein völliges Rätsel.

Noch merkwürdiger aber war, daß auch der Deutschlehrer Heidegger, ein bei Schülern und Kollegen nicht sonderlich beliebter Pädagoge, ebenfalls fehlte. Sein Zimmer lag gleichfalls im zweiten Stock, wenn auch am hinteren Ende des Flurs. Und er war ganz offensichtlich am Efeu hinuntergeklettert, denn seine Fußspuren waren unten deutlich zu erkennen. Außerdem fehlte sein Fahrrad, das mit anderen Rädern in einem Schuppen abgestellt gewesen war.

Natürlich überlegte man, ob Lehrer und Schüler gemeinsam verschwunden waren. Aber das mußte dann auf dem einen Fahrrad geschehen sein, denn von den anderen Rädern fehlte keines.

Man alarmierte die Polizei, und auch der Herzog wurde verständigt. Ansonsten wurde die Sache aber streng geheimgehalten. Die eingeleitete Untersuchung brachte keine brauchbaren Ergebnisse, im Gegenteil, sie führte außerdem noch völlig in die falsche Richtung. Nachdem Zeugen aussagten, daß ein Junge und ein Mann am Bahnhof eines Nachbarortes den Zug nach Liverpool genommen hätten, konzentrierte die Polizei alles darauf, diese beiden zu finden. Das gelang auch. Leider stellte sich heraus, daß sie überhaupt nichts mit der Sache in Mackleton zu tun hatten.

Holmes ärgerte sich natürlich enorm darüber, daß drei Tage auf diese Weise sinnlos vertan worden waren. Eventuell doch vorhandene Spuren hatte der Trupp Polizisten mittlerweile sicher zertrampelt. Doch Dr. Huxtable war mit seinem Bericht noch nicht fertig. Es lag natürlich der Schluß nahe, daß Lord Saltire zu seiner Mutter nach Frankreich ausgerissen war. Aber auch dafür gab es keinen Anhaltspunkt. Er hatte seit seinem Eintritt in die Schule keinen einzigen Brief von ihr erhalten. Alle Post, die an der Schule für ihn eintraf, stammte ausnahmslos von seinem Vater, die letzte kam einen Tag vor seinem Verschwinden. Dr. Huxtable konnte das bestätigen, weil jede Post zuerst durch seine Hände ging und das Wappen des Herzogs auf den Umschlägen natürlich auffiel. Als man den letzten Brief noch einmal lesen wollte, war er jedoch nicht auffindbar. Lord Saltire mußte ihn also mitgenommen haben.

Das war alles, was Dr. Huxtable zu dem Fall an Fakten zusammengetragen hatte. Nachdem Holmes über diese spärlichen Informationen kurz nachgedacht hatte, meinte er: „Aus der Entfernung betrachtet, sieht es für mich bisher so aus, als hätte der Sohn des Herzogs die Schule freiwillig verlassen. Doch was war der Grund, und wie hat er das bewerkstelligt? Es ist höchst wahrscheinlich, daß ihn jemand dazu angestiftet hat. Ich kann mir nicht vorstellen, daß so ein zehnjähriger Knirps eine solche Unternehmung aus einer Laune heraus plant. Es muß einen sehr triftigen Grund dafür gegeben haben." Er lehnte sich in seinem Sitz zurück und schwieg für den Rest der Fahrt.

In der Dunkelheit erreichten wir schließlich das Haus des Schulleiters, wo uns dessen Butler schon unruhig und mit feierlichem Gesicht erwartete. Er flüsterte Dr. Huxtable einige Worte zu, worauf dessen Miene plötzlich eine Mischung aus Ehrfurcht und Erschütterung zeigte. Automatisch senkte auch er seine Stimme, als er uns erklärte: „Der Herzog und Mr. Wilder, sein Sekretär, erwarten mich im Arbeitszimmer."

„Na, das trifft sich ja nicht schlecht", freute sich Holmes ganz unwürdig. „Wenigstens dieses Eisen können wir schmieden, ohne viel Zeit zu verlieren." Der Butler nahm uns unsere Mäntel ab, und wir traten ein.

Der Anblick des Herzogs, der in einem Lehnsessel saß wie ein alter Monarch, eine beringte Hand lässig auf einer Lehne, ungeduldig mit den Fingern trommelnd, konnte einen trotz dieser respekteinflößenden Haltung zum Lachen reizen. Die Natur hatte ihn nicht gerade mit körperlichen Vorzügen bedacht. In einem blutleeren Gesicht stak eine enorm lange dünne Nase unter viel zu eng stehenden Augen. Ein recht spärlicher feuerroter Bart unterstrich noch die Blässe und trug nicht gerade zu einem positiven Gesamteindruck bei. Wilder, sein Sekretär, ein junger, sehr nervös wirkender Mann, stand wie ein Ölgötze daneben und runzelte bei unserem Eintreten unwillig die Stirn. Anscheinend hatte er es sogar gelernt, die Stimmungen seines Herrn ebenfalls zu übernehmen und auszudrücken. Er machte keinen angenehmen Eindruck auf uns.

Der Herzog von Holderness nickte seinem Angestellten nun knapp zu, und Wilder schlüpfte sofort in die momentan verlangte Rolle. Näselnd und sehr von oben herab wandte er sich an den Schulleiter:

„Seine Hoheit empfinden es als äußerst merkwürdig, daß Sie ohne seine Erlaubnis einen Detektiv zu Rate gezogen haben, Sir. Leider kam ich zu spät, um dies zu verhindern. Seine Hoheit wünschen keinen öffentlichen Skandal.“

Dr. Huxtable schluckte eingeschüchtert. Es war ein merkwürdiges Gefühl für mich, diesen Mann, der in meinen Augen soviel Autorität ausstrahlte, fast unterwürfig antworten zu sehen.

„Es war nicht meine Absicht, Seine Hoheit zu übergehen. Aber ich dachte, im Interesse des jungen Herzogs, und da die Polizei versagt hat ...“

Weiter kam er nicht. Jetzt meldete sich der Herzog unwirsch selbst zu Wort und knarrte: „Was im Interesse meines Sohnes ist, pflege ich selbst zu entscheiden, und ich bin keineswegs der Meinung, daß die Polizei versagt hat.“

„Dann ist Ihr Sohn also gefunden“, mischte sich nun Holmes mit betontem Erstaunen ein. „In diesem Fall sind mein Freund Dr. Watson und ich natürlich überflüssig und werden morgen früh sofort die Heimreise antreten. Wenn man uns einen ordentlichen Gasthof für die Nacht empfehlen könnte ...“ Er sah den Direktor an.

Der schaute ihn tief unglücklich an und wußte vor Verlegenheit nicht, was er sagen sollte. Ein paar Sekunden lang hing ein beklemmendes Schweigen im Raum. Der Herzog focht mit Holmes ein stummes Duell aus. Während er meinen Freund mit der ganzen ihm angeborenen Arroganz musterte, lag auf Holmes' Lippen ein selbstbewußtes, ironisches Lächeln. Da er dazu noch auf den Herzog herabsah – denn wir standen ja immer noch –, mußte diese Haltung auf ihn doppelt provozierend wirken. Aber Holmes hatte tatsächlich keinen Grund, sich einschüchtern zu lassen. Schließlich hatten bereits etliche europäische Herrscherhäuser ihn um Rat gefragt, und manche seiner Klienten standen im Rang um einiges höher als der Herzog von Holderness.

„Nun denn", brach dieser jetzt das unerträgliche Schweigen, „wenn dieser Mann schon mal hier ist, kann er ja sein Glück versuchen. Selbstverständlich wohnt er auf meinem Schloß."

„Entschuldigen Sie", stellte Holmes sofort ruhig, aber bestimmt klar. „Aber ich bin es nicht gewohnt, daß man mir meine Entscheidungen abnimmt. Ich selbst ziehe es vor, unter dem Dach von Dr. Huxtable zu wohnen. Schließlich ist hier der Ort des Geschehens."

„Wie Sie wollen", erwiderte der Herzog ärgerlich, während der Schulleiter im Gesicht rot anlief und sich einen Hustenkrampf verbiß. Über Wilders Lippen glaubte ich einen Augenblick ein amüsiertes Lächeln huschen zu sehen. Aber ich konnte mich auch geirrt haben.

„Nachdem Sie nun schon einmal hier sind", gebrauchte Holmes dieselben Worte wie vorher der Herzog, „würde ich Ihnen gerne einige Fragen stellen, wenn Ihre Zeit es erlaubt."

Der Herzog wedelte gnädig mit einer Hand. „Ich denke, das gehört zu Ihren Aufgaben. Also fragen Sie."

„Könnte die Herzogin damit zu tun haben?" kam Holmes so unverblümt zur Sache, daß diesmal nicht nur Dr. Huxtable, sondern auch mir die Luft wegblieb. Ich dachte einen Moment an frühere Zeiten, wo man für eine solch indiskrete Frage einem gekrönten Haupt gegenüber seinen Kopf verloren hätte. Gott sei Dank hatte sich diesbezüglich einiges geändert.

Der Herzog zuckte denn auch mit keiner Wimper, sondern schien tatsächlich über diese Möglichkeit nachzudenken. Der Gedanke war ihm allerdings sicher auch schon gekommen. Nach einer Weile erwiderte er vorsichtig: „Ich kann es mir nicht vorstellen. Das ist nicht ihr Stil." Ganz kurz trat dabei in seine Augen ein warmes Strahlen.

„Dann gäbe es noch die Möglichkeit einer Entführung, natürlich gegen Lösegeld", fuhr Holmes fort. „Allerdings hätten Sie in dem Fall wohl schon längst eine derartige Forderung erhalten."

„Auch das kann ich verneinen", sagte der Herzog entschieden.

Holmes wechselte nun das Thema und fragte fast beiläufig: „Können Sie mir etwas über den Brief sagen, den Ihr Sohn am Tag vor seinem Verschwinden von Ihnen erhalten hat?"

Der Herzog runzelte die Stirn. „Soweit ich mich erinnere, habe ich ihn am Vortag geschrieben. Also kann ihn mein Sohn doch erst am Tag seiner Entführung erhalten haben."

„Oh", sagte Holmes mit einem Seitenblick auf den Schulleiter. „Dann habe ich Dr. Huxtable vorhin falsch verstanden."

Huxtable nickte verlegen. „Ich habe mich sicher unklar ausgedrückt. Verzeihen Sie." Die ganze Unterhaltung war ihm sichtlich unbehaglich.

„Es stand jedenfalls nichts Besonderes drin", kam der Herzog etwas ungeduldig auf Holmes' ursprüngliche Frage zurück.

Dessen nächste Bemerkung brachte den Sekretär aus dem Gleichgewicht: „Haben Sie diesen Brief persönlich aufgegeben?"

„Das gehört nun wahrhaftig nicht zu den Gewohnheiten Seiner Hoheit", fuhr Wilder erbost dazwischen. „Natürlich habe ich ihn aufgegeben, zusammen mit einem ganzen Stoß anderer. Es waren mindestens dreißig. Seine Hoheit haben eine umfangreiche Korrespondenz." Darauf schien er richtig stolz zu sein.

„Aber Sie sind sicher, daß dieser Brief darunter war",

bohrte Holmes nach. Das verärgerte den Herzog nun wirklich ernsthaft. Er schnaufte.

„Sonst wäre er ja wohl nicht angekommen, nicht wahr“, bellte er. „Ich verstehe nicht, warum Sie auf dieser unbedeutenden Sache so herumreiten. Im übrigen habe ich die Polizei in Südfrankreich gebeten, bei der Herzogin nachzufragen, obwohl ich, wie ich schon betonte, nicht glaube, daß sie etwas damit zu tun hat. Und jetzt empfehle ich mich.“ Er erhob sich.

Da war selbst für Holmes im Augenblick nichts weiter zu machen. Als der Herzog mit seinem Sekretär gegangen war, untersuchte er genauestens die Zimmer der beiden Verschwundenen. Unter dem Fenster des Deutschlehrers war eine Efeuranke abgerissen, ein ziemlich sicheres Zeichen, daß er diesen Weg benutzt hatte. Unten, unter dem Lichtkegel einer Laterne, war außerdem ein deutlicher Schuhabdruck im Gras zu erkennen.

Inzwischen war es spät geworden, doch Holmes dachte nicht daran, jetzt schlafen zu gehen. Er war ein verbissener Arbeiter und verabschiedete sich für eine Stunde von uns, ohne einen Grund anzugeben. Er schaffte es tatsächlich, sich noch mitten in der Nacht eine Landkarte der Umgebung zu besorgen. Gegen halb zwölf erschien er in unserem Zimmer und begann, die Karte auf seinem Bett zu entfalten. Während er sie interessiert studierte, zündete er sich eine Pfeife an. Mir fielen dabei fast die Augen vor Müdigkeit zu.

Holmes' Stimme riß mich wieder hoch. „Ich möchte dich bitten, Watson, dein Schläfchen auf ein andermal zu verlegen und dir diese Karte ebenfalls einzuprägen.“ Mein gemütliches Bett war damit in unerreichbare Fernen gerückt. Doch das war Holmes völlig egal.

Also stellte ich mich neben ihn und glotzte angestrengt auf die Geographie unter mir, während Holmes munter seine Erklärungen abgab: „So, hier, das Viereck ist die Schule“, sagte er und kennzeichnete die Stelle mit einer Nadel. „Siehst du die Hauptstraße, Watson, die an der Schule vorbeiführt? Erst nach mindestens einer Meile kommt eine Abzweigung. Mindestens diese Strecke müssen die beiden auf der Hauptstraße gelaufen sein.“

„Da wirst du recht haben“, gähnte ich verstohlen. „Aber müssen wir das jetzt erörtern?“

Holmes ignorierte die Frage völlig und deutete mit seiner Pfeife auf eine Abzweigung östlich von der Schule: „Hier ging ein Gendarm von Mitternacht bis sechs Uhr früh Streife. Er schwört beim Leben seiner Mutter, daß in dieser Zeit niemand vorbeigekommen ist. Ich habe vorhin selbst mit ihm gesprochen und halte ihn für zuverlässig.“

„Wie schön“, freute ich mich schläfrig.

„Hier im Westen ist eine weitere Abzweigung“, zeigte mein Freund auf eine andere Stelle und überging mein Desinteresse. „Dort ist das Wirtshaus ‚Zum Roten Ochsen‘. Zufällig wurde die Wirtin krank, und man schickte nach einem Arzt. Der wiederum war gerade bei einem anderen Patienten und kam erst am frühen Morgen. Aber die Gäste warteten die ganze Nacht im Gasthof auf ihn, weil sie die Wirtin nicht alleine lassen wollten. Dabei haben sie natürlich ständig die Straße beobachtet. Auch sie haben niemanden vorbeikommen sehen. Damit sind unsere Ausreißer weder nach Westen noch nach Osten gegangen. Was folgt daraus, Watson?“

„Sie haben sich in Luft aufgelöst“, war meine gedankenlose Antwort. Ich hatte das Gefühl, daß meine Glieder aus Blei bestanden, und konnte mich kaum auf den Beinen halten.

„Sie sind nicht auf dieser Straße gegangen“, stellte Holmes ungerührt fest. „Im Süden befindet sich weites

Ackerland, von etlichen niedrigen Steinmauern unterteilt. Mit einem Fahrrad kann man da wenig anfangen. Man müßte es die meiste Zeit tragen. Also bleibt nur noch der Norden. Und was haben wir hier?"

„Ein schönes weiches Bett", hoffte ich inbrünstig.

„Ein riesiges Moor", beraubte mich Holmes dieser Hoffnung. „Auf der anderen Seite liegt Holderness Hall, danach eine Landstraße, ein paar Häuser, das ist alles. Das ist die Richtung, die wir abgrasen müssen, Watson." Er schlug mit der Hand auf die Karte.

In dem Moment wurde die Tür aufgerissen, und Dr. Huxtable kam hereingestürmt. Er schwenkte aufgeregt eine karierte Schirmmütze und rief: „Sie gehört dem jungen Lord! Die Polizei hat sie gefunden!"

„Wo?" wollte Holmes gespannt wissen.

„Draußen im Moor kampierten Zigeuner", gab der Rektor Auskunft. „Sie sind bereits vor einigen Tagen wieder weitergezogen. Heute hat sie die Polizei ausfindig gemacht und alle Wagen durchsucht. Die Kerle behaupten steif und fest, sie hätten die Mütze im Moor gefunden. Aber die Polizei hat sie alle eingesperrt und wird die Wahrheit schon noch aus ihnen herauskriegen." Huxtable hatte wieder Hoffnung geschöpft, das sah man ihm an. Mit leuchtenden Augen rannte er aus dem Zimmer, um die Nachricht zu verbreiten.

„Meine Theorie war richtig, Watson", konstatierte Holmes zufrieden, nachdem Huxtable wieder gegangen war. „Und für mein Empfinden werden sie aus den Zigeunern morgen nichts Neues herausbringen, weil es nämlich die Wahrheit ist. Jetzt kannst du dich schlafen legen. Aber im Morgengrauen brechen wir auf." Den letzten Satz hörte ich schon gar nicht mehr.

Ich glaubte, keine Minute geschlafen zu haben, als mich Holmes nach ein paar Stunden aus dem Bett scheuchte. Es war mir so, als hätte ich im Traum seine

Schritte neben mir gehört, und er sah auch nicht besonders ausgeruht aus, aber er sprühte vor Unternehmungsgeist. Er gab mir kaum Zeit, meinen heißen Kaffee hinunterzuschütten. Dann hetzte er mich hinaus ins Moor.

Wenn die beiden Vermißten hier durchgekommen waren, dann mußten in dem morastigen Boden Spuren zu finden sein. Es war noch kühl, und Nebelfetzen zogen über das Land. Holmes marschierte zielstrebig vor mir her, wie ein Jagdhund auf der Fährte. Mit der Zeit wurde seine Miene jedoch immer enttäuschter. Bis er auf einen Weg stieß und so abrupt stehenblieb, daß ich fast auf ihn aufgelaufen wäre.

„Ha“, rief er und zeigte nach unten. „Watson, die Fahrradspuren!“

Ich sah sie auch und wollte ihn gerade beglückwünschen, als sich sein Gesicht nachdenklich verzog und der Triumph daraus wich wie Luft aus einem Ballon. Dann bekannte er verwirrt: „Es war ein anderes Fahrrad. Das verstehe ich nicht.“ Er schüttelte den Kopf.

„Aber wie kommst du darauf“, rätselte ich. „Wie kannst du das behaupten?“

Holmes war in die Knie gegangen und untersuchte

durch seine Lupe den Abdruck. „Dies waren Dunlopreifen“, murmelte er. „Ich sehe es am Muster. Aber Heideggers Rad hatte Palmereifen aufgezogen. Verfolgen wir diese Spur einmal zurück. Im Augenblick ist sie alles, woran wir uns halten können.“ Er kehrte um.

Die Spur war zum größten Teil deutlich zu sehen, und wir konnten ihr leicht folgen. Sie führte direkt zu einem Wäldchen hinter der Schule. Dort hockte sich Holmes auf einen Felsen und verfiel ins Grübeln. Etwa eine Viertelstunde lang saß er dort so völlig unbeweglich wie eine Granitstatue.

Offenbar kam er zu keinem befriedigenden Ergebnis. Er stieg wieder herunter und meinte achselzuckend: „Ich verstehe das nicht, Watson. Gehen wir zum Moor zurück, und suchen wir weiter.“

Er tat es mit sturer Verbissenheit. Endlich stieß er auf einen schmalen Weg. Und da war sie, eine andere Fahrradspur.

„Das ist der Palmereifen, einwandfrei!“ Jetzt war Holmes nicht mehr zu halten. Die scharfen Augen auf den Boden geheftet, stürzte er vorwärts, so daß ich ihm kaum folgen konnte.

Das Moor war gut zehn Meilen breit. Doch schon nach einigen Meilen stutzte mein Freund und untersuchte die Spuren unter der Lupe.

„Hier ist er gestürzt, Watson.“ Er sah sich aufmerksam um. Seine Adleraugen entdeckten zuerst, was ich dann auch sah: dunkle Flecken. Den letzten Zweifel beseitigte ein abgebrochener Ginsterzweig, den Holmes nun aufhob. Die gelben Blüten waren voll von getrocknetem Blut.

„Das sieht böse aus“, bemerkte Holmes düster. „Ich fürchte, wir finden nichts Gutes, wenn wir die Spur jetzt weiterverfolgen.“

Seine Ahnungen sollten sich auf schreckliche Weise

bestätigen. Das Aufblitzen von Metall lenkte uns zu einem dichten Gebüsch. Dort lag das Fahrrad, vorne über dem Lenker blutverschmiert. Ganz in der Nähe lag dann der Deutschlehrer Heidegger. Er hatte nur einen Mantel über dem Nachthemd an und die Schuhe über den bloßen Füßen.

Ich sah sofort, daß ihm ein furchtbarer Schlag den Schädel zertrümmert hatte. Es war ein Wunder, daß er sich noch bis hierher hatte schleppen können.

Holmes brummte unwillig vor sich hin: „Eine dumme Situation, Watson. Dem Mann ist nicht mehr zu helfen. Trotzdem sollte man natürlich sofort Dr. Huxtable und die Polizei verständigen. Andererseits will ich keine Zeit mehr verlieren, die Untersuchung voranzutreiben, und brauche dabei deine Unterstützung. Also, was machen wir da?“

Ich sah mich um und entdeckte in einiger Entfernung einen Bauern beim Torfstechen. „Da ist die Lösung des Problems“, erklärte ich und deutete hinüber. „Schicken wir den doch zur Schule.“

Nachdem wir den Mann mit der Nachricht beauftragt hatten, kehrten wir zu der Leiche zurück.

„Immerhin sehen wir jetzt etwas klarer“, meinte Holmes und rieb sich das Kinn. „Der Junge ist sicher aus freien Stücken davongelaufen. Heidegger hat es beobachtet, sich schnell einen Mantel und Schuhe übergezogen und ist ihm hinterher. Und dabei wurde er umgebracht.“

„Bis jetzt kann ich dir folgen“, nickte ich. „Wahrscheinlich hatte der Junge das andere Fahrrad.“

„Und einen uns unbekannten Begleiter, Watson“, fuhr Holmes angespannt fort und starrte mit düsterer Miene auf die reglose Gestalt zu seinen Füßen: „Dieser Schlag, der den armen Heidegger niederstreckte, der kam bestimmt nicht von einem Kind. Wir sind hier fünf Meilen von der Schule entfernt. Der Lehrer brauchte nicht lange, um die Flüchtenden einzuholen. Ist dir aufgefallen, daß Heidegger einen außerordentlich durchtrainierten Eindruck machte und sehr kräftige Waden hatte? Er war bestimmt ein ausgezeichneter Radfahrer."

„Jetzt, wo du es sagst, fällt es mir auch auf", nickte ich. „Die beiden vor ihm müssen sehr schnell gewesen sein."

„Da genau liegt das Problem", grübelte Holmes. „In der Nähe des Unglücksortes hier sind nämlich weit und breit keine anderen Fahrradspuren als die von Heideggers eigenem Rad. Wir wollen zurückgehen und die Spur des Dunlopreifens in Vorwärtsrichtung verfolgen." Er stapfte entschlossen los.

Diese Fahrradspur brachte uns schließlich bis zu einem Hügel am Ende des Moores. Unter uns lagen Holderness Hall und das kleine schmutzige Dorf. Dort endete sie, und Holmes konnte selbst nach langem Suchen nichts anderes Wichtiges entdecken.

Also gingen wir ins Wirtshaus hinunter und genehmigten uns ein wohlverdientes Frühstück. Als wir uns nach einer Stunde wieder aufmachten, passierte etwas sehr Merkwürdiges. Vor der Tür stand ein Mann und rauchte eine Pfeife, und beim Hinausgehen knickte Holmes offenbar mit einem Knöchel um und schrie leise vor Schmerz auf. Gleichzeitig stützte er sich schwer auf meine Schulter. Trotzdem spürte ich, wie er mich humpelnd, aber energisch zu dem Mann hinzog.

„Guten Morgen, Mr. Hayes", sprach er ihn an.

Der Bauer stutzte. „He, woher kennen Sie meinen Namen?"

„Er steht auf dem Brett über Ihrem Kopf", lächelte Holmes gequält. Er konnte es nun einmal nicht lassen, Leute zu verblüffen. „Hätten Sie vielleicht einen Wagen für uns? Ich habe mir böse den Fuß verstaucht, wie Sie sehen." Er deutete auf sein linkes Bein.

„Ihr Problem", knurrte Hayes unfreundlich. „Ich habe keinen Wagen. Müssen Sie eben humpeln." Er drehte sich halb um.

Holmes ließ sich nicht aus der Fassung bringen und zückte ein glänzendes Geldstück. „Nun kommen Sie schon. Es wird Ihr Schaden nicht sein. Wir müssen unbedingt nach Holderness Hall."

Der Bauer starrte gierig auf die Münze, aber er brummte: „Hab' nichts übrig für die Freunde vom Herzog."

Holmes schaltete sofort auf einen mitfühlenden Ton um und erkundigte sich: „Ist wohl ein rechter Leuteschinder, der Herzog, wie?"

Hayes beäugte ihn mißtrauisch, fand aber im Gesicht von Holmes nur reine Freundlichkeit. Er spuckte zur Seite aus und schimpfte: „Können Sie laut sagen. Ich war sein erster Kutscher, und er hat mich wie Dreck behandelt und dann einfach rausgeworfen."

„Eine Schande, so was", nickte Holmes empört. „Aber der junge Herzog kann doch nichts dafür, oder?" Überrascht sah ich ihn von der Seite an. Was sollte das nun?

Auch Hayes versteifte sich sofort. Jetzt war er wirklich voller Mißtrauen. „Was hat denn der Bengel damit zu tun? Was wollen Sie beide überhaupt von mir?" Er kam einen Schritt näher.

„Sagte ich doch schon", meinte Holmes ungerührt. „Einen Wagen. Für meinen Freund hier täte es auch ein Fahrrad. Wir wollen dem Herzog nämlich Nachricht von seinem Sohn bringen."

Täuschte ich mich, oder wurde der Bauer einen Moment lang vor Schreck bleich? Wenn ja, bekam er sich schnell wieder in seine Gewalt. „Haben Sie ihn etwa gefunden?“ wollte er wissen. Es klang eine Spur zu angespannt, zu lauernd, fand ich, konnte mir aber keinen Reim darauf machen.

„Er wurde in Liverpool gesehen, und die Polizei wird ihn wohl bald haben“, bestätigte Holmes.

Man konnte es diesmal deutlich am Gesicht ablesen, daß Hayes erleichtert war, und er rang sich sogar zu einem gewissen Maß an Freundlichkeit durch: „Na, in diesem Fall will ich natürlich nicht so sein. Ich kann Ihnen zwei meiner Pferde leihen.“

„Ein Pferd und das Fahrrad“, schlug Holmes hartnäkkig vor, wobei ich keine Ahnung hatte, worauf er damit hinauswollte.

Bei Hayes löste die hartnäckige Erwähnung eines Fahrrads jedenfalls wieder Unmut aus. Er murrte: „Ich habe kein Fahrrad. Da müssen Sie sich schon auf die Gäule schwingen.“

„Na gut.“ Holmes klopfte ihm jovial auf die Schultern. „Wir werden in Ihrem Gasthaus noch ein Bier trinken. Es gehört Ihnen doch auch, nicht wahr? Das Frühstück dort ist übrigens ausgezeichnet.“

Wieder in der Wirtsstube, stellten wir uns ans Fenster und blickten in den Hof hinaus. Neben den Ställen war eine kleine Schmiede, in der ein schmutziger Kerl auf einem Amboß herumhämmerte.

Holmes war tief in Gedanken versunken und stand eine ganze Weile schweigend da. Urplötzlich hieb er mit der rechten Faust in seine linke Hand und raunte mir erregt zu: „Ich denke, ich hab’ es, Watson.“ Er sah sich kurz um. „Laß uns zu dem Tisch da hinübergehen. Der ist noch nicht abgeräumt.“

Was er daran so bemerkenswert fand, erfuhr ich, als er anfing, Brotkrümel auf der Tischplatte zu sortieren. „Jetzt paß auf, Watson. Kannst du dich erinnern, heute Spuren von Kühen gesehen zu haben?“

Was für eine Frage! „Natürlich", bestätigte ich ihm sofort. „Sie waren überall, im Moor, auch dort, wo Heidegger vom Fahrrad geholt wurde."

Holmes' Augen leuchteten. „Sehr richtig, Watson. Kuhstapfen. Aber hast du auch nur eine einzige echte Kuh gesehen, während wir durchs Moor streiften?"

Daran konnte ich mich nicht erinnern, wußte aber auch nicht, was daran so bedeutsam sein sollte. Holmes' Gedankengänge bewegten sich manchmal in einer merkwürdigen Richtung.

„Schau auf diese Krümel, Watson", forderte mein Freund mich auf. „So waren die Kuhspuren angeordnet, die wir gesehen haben."

„Kann sein", gab ich zu. „Ich habe kein fotografisches Gedächtnis wie du."

Holmes starrte auf die Krümel vor ihm und murmelte. „Aber, Watson, jetzt muß es dir doch auch auffallen. Ich hatte bei diesem Anblick im Moor zwar ein seltsames Gefühl, kam aber nicht dahinter, was mich störte. Aber jetzt ist es mir klar. Nach dieser Spurenanordnung, mein Lieber, ist diese Kuh mal im Schritt gegangen, mal getrabt und sogar in Galopp gefallen. Eine sehr merkwürdige Kuh, Watson. Wir wollen doch mal einen Blick in die Ställe werfen."

Dort standen zwei kräftige braune Pferde in ihren Boxen und rupften Heu aus einer Raufe. Holmes fing an, ihre Hufe zu untersuchen. „Sehr interessant, Watson. Schau mal", winkte er mich heran. „Die wurden gerade erst frisch beschlagen, aber mit alten Eisen. Nur die Nägel sind neu. Komm mit zur Schmiede."

Er wurde immer aufgeregter, er schien jetzt auf eine ganz heiße Spur gestoßen zu sein. Der Bursche in der Schmiede beachtete uns nicht, während Holmes' Augen über die Holz- und Eisenabfälle wanderten. In der nächsten Sekunde spürte ich in unserem Rücken, wie sich etwas zusammenbraute. Es war der Wirt, der drohend hereingestapft war, mit wutverzerrtem Gesicht.

„Machen Sie, daß Sie hier rauskommen", schrie er uns an. „Sie haben hier nichts zu suchen. Ihre Pferde stehen draußen, also verschwinden Sie, aber plötzlich!"

Holmes schüttelte verständnislos den Kopf. „Aber, guter Mann, wieso regen Sie sich denn so auf? Das hier ist doch nur eine Dorfschmiede und keine Schatzkammer."

„Kann es nicht ausstehen, wenn Fremde bei mir überall ihre Nase reinstecken", riß sich der Wirt mühsam zusammen. „Da werde ich eben fuchtig." Langsam wich die Röte aus seinem Gesicht.

„Schon gut, Mr. Hayes", lachte Holmes freundlich. „Aber mein Knöchel ist besser geworden, und wir gehen nun doch zu Fuß. Es sind ja nur knapp zwei Meilen."

Ich dachte, der Wirt würde vor Wut jeden Moment platzen, so rot lief sein Gesicht noch einmal an. Er starrte uns mit bösen Blicken hinterher, bis wir von seinem Grundstück herunter waren.

„Was für ein finsterer Typ", bemerkte ich zu Holmes, der munter ausschritt. „Der Eindruck, daß er mit der Sache zu tun hat, springt einem ja direkt in die Augen."

Holmes kicherte: „Da magst du recht haben, Watson. Aber seinem einfältigen Gehirn ist dieser fast geniale Plan nicht entsprungen. Deshalb werden wir uns dort oben auf dem kleinen Hügel auf die Lauer legen und das Wirtshaus im Auge behalten."

Wir kletterten hintereinander hinauf und setzten uns auf der Kuppe auf einen flachen Felsbrocken. Es wurde eine lange Geduldsprobe, während der Holmes sehr einsilbig war und meist seinen eigenen Gedanken nachhing.

Es fing langsam an zu dämmern, als ein Lichtkegel schnell aus Richtung Holderness Hall auf uns zukam.

Holmes zog mich sofort zu Boden, und wir duckten uns tief ins hohe Gras. Kurz darauf strampelte ein Radler an uns vorüber, so schnell, wie seine Beine hergaben. Sein Gesicht huschte an uns vorüber, aber es genügte, um den Fahrer zu erkennen.

„Wilder", keuchte ich überrascht. „Hast du ihn auch erkannt, Holmes? Er sah aus, als wäre der Teufel hinter ihm her." Ich streifte ein paar Grashalme von meiner Jacke.

„Ja, ja", murmelte Holmes nachdenklich und stand auch auf. „Da fühlt sich wohl jemand langsam in die Enge gedrängt." Ich konnte mir auf diese Äußerung keinen Reim machen und wartete ab, was Holmes nun vorhatte. Er schaute auf das Wirtshaus hinunter, wo das Fahrrad des Sekretärs an der Wand lehnte. Nach kurzer Zeit raste dann ein Einspänner aus dem Hof hinaus und schlug die Richtung nach Chesterfield ein.

„Nur eine Person", stellte Holmes fest. „Und es war nicht Wilder."

Der tauchte nämlich plötzlich in der Tür des Wirtshauses auf und spähte angestrengt in die zunehmende Dunkelheit hinaus. Dann tauchte plötzlich eine zweite Gestalt auf, und die beiden verschwanden wieder im Haus. Hinter einem Fenster im ersten Stock flammte Licht auf, und Holmes flüsterte mir zu: „Das scheint ein Raum für sehr private Gäste zu sein, die die Öffentlichkeit der Gaststube scheuen, Watson. Wir müssen herausfinden, was sich dort unten abspielt."

Wir schlichen uns unbemerkt zum Wirtshaus hinunter, zu dieser Zeit war Gott sei Dank keine Menschenseele unterwegs. Schnell zündete Holmes ein Streichholz an und hielt die Flamme über den Hinterreifen des Fahrrads. Ich hörte ihn befriedigt mit der Zunge schnalzen.

„Dunlopreifen, Watson. Und geflickt. Tja, das ist wie ein Fingerabdruck, den dieser Reifen da im Moor hinterlassen hat.“ Er blies das Streichholz aus und richtete sich auf.

„Von dem Flicken hast du mir gar nichts gesagt“, wunderte ich mich.

Holmes schüttelte vorwurfsvoll den Kopf und meinte leise: „Aber, Watson, ich ging davon aus, daß du deine Augen auch gebraucht hast. Diese Flickenstelle bei der Fahrradspur im Moor war doch wirklich nicht zu übersehen.“

„Ich achte eben zuwenig auf solche Dinge“, gab ich zerknirscht zu. Bei jedem Fall, den wir miteinander bearbeiteten, kam irgendwann der Zeitpunkt, wo ich mir furchtbar dumm vorkam.

Holmes zog mich am Ärmel. „Es reicht völlig, wenn ich solche Dinge sehe, Watson“, tröstete er mich mehr schlecht als recht. „Du kannst dich dafür jetzt auf andere Weise nützlich machen. Stell dich unter das Fenster und bau mir mit den Händen eine Brücke. Ich will mal einen Blick hineinwerfen und sehen, wer da so geheimnisvoll tut.“

Ich half ihm dabei, sich auf meine Schultern zu stellen, und mußte mich fest in die Erde stemmen, denn trotz seiner Hagerkeit war Holmes ziemlich schwer. Ganz kurz darauf stieg er aber schon wieder herunter und grinste mich triumphierend an:

„So, Watson. Für diesen Tag haben wir genug erreicht. Wir dürfen äußerst zufrieden mit uns sein. Jetzt haben wir unser Quartier verdient. Es ist immerhin noch ein ziemliches Stück Weg bis zur Schule. Dort werde ich noch ein Gespräch mit Dr. Huxtable führen, und dann nichts wie ins Bett. So werden wir morgen ausgeruht und frisch die Schlußrunde einläuten.“ Ich traute mich den ganzen Weg nicht, ihn zu fragen, wen er im Wirtshaus gesehen hatte, aus Angst, mich zu blamieren. Bevor wir die Schule erreichten, gab Holmes in Mackleton noch ein Telegramm auf, über dessen Empfänger und Inhalt er sich ebenfalls ausschwieg. Ich mußte eben einfach bis morgen abwarten.

Als wir endlich ankamen, suchte mein Freund sofort den Rektor auf, der über den Tod seines Deutschlehrers schwer erschüttert war und erbärmlich mitgenommen aussah. Der Mann tat mir ehrlich leid. Gegen zehn Uhr abends kam Holmes dann in unser Zimmer und ging hochzufrieden zu Bett.

Am nächsten Vormittag schritten wir durch die prunkvolle Halle von Holderness Hall, als uns Wilder entgegentrat. Holmes verlangte, den Herzog zu sprechen, worauf der Sekretär uns energisch abwies.

„Seine Hoheit sind von den schrecklichen Vorfällen so mitgenommen, daß Sie keine Besucher empfangen können", verkündete er. „Wir erhielten gestern nachmittag ein Telegramm von Dr. Huxtable, in dem er Uns vom Tod seines Mitarbeiters benachrichtigte."

„Ich muß und werde den Herzog sprechen", wurde Holmes sehr energisch. Ich wußte, daß er in so einer Stimmung nicht aufzuhalten war.

Auch der Sekretär mußte das nach einer Weile einsehen. Er machte nur noch einen lahmen Versuch. „Aber Seine Hoheit liegen im Bett."

„Das stört mich nicht", erwiderte Holmes fest. „Auch dort kann ich mit ihm reden."

Wilder machte eine hilflose Geste, öffnete die Tür ins Arbeitszimmer und bat uns, dort zu warten. Wenig später kam der Herzog herunter und nahm wieder in dem Sessel Platz, der mehr einem Thron ähnelte als einem bürgerlichen Möbelstück. Er sah wirklich schlecht aus.

„Nun, Mr. Holmes", kam es heiser aus seinem Mund. „Fassen Sie sich bitte kurz. Wie Sie sehen, bin ich indisponiert."

„Es wird nicht lange dauern", erwiderte Holmes. „Als

erstes möchte ich mich nur versichern, daß es stimmt, was Dr. Huxtable mir gestern abend erzählte. Sie haben fünftausend Pfund Belohnung für denjenigen ausgesetzt, der Ihnen sagt, wo Ihr Sohn ist. Richtig?"

„In der Tat", nickte der Herzog. „Aber was soll das?"

„Und tausend Pfund für denjenigen", fuhr Holmes unbeirrt fort, „der Ihnen sagt, wer ihn festhält."

„Was wollen Sie", krächzte der Herzog. „Natürlich stimmt das. Kommen Sie doch zur Sache." Er klopfte nervös mit dem Fuß auf den Boden.

Mich verwunderte der Verlauf dieses Gesprächs immer mehr. Es war überhaupt nicht Holmes' Art, sich derart für Geld zu interessieren. Ja, ich glaubte sogar eine gewisse Gier bei ihm zu bemerken, als er jetzt sagte:

„Dann stellen Sie bitte für mich einen Scheck über sechstausend Pfund aus."

„Sie sind verrückt", rief der Herzog, „oder Sie erlauben sich einen schlechten Scherz mit mir!"

Holmes schüttelte den Kopf. Ernst sagte er: „Keineswegs. Sobald Sie den Scheck ausstellen, gebe ich Ihnen die versprochenen Informationen."

Der Herzog zog nach kurzem Zögern ein Scheckbuch aus seiner Schublade und setzte die Summe ein. Dann forderte er: „Sagen Sie mir jetzt, wen Sie beschuldigen."

„Sie!" rief Holmes. Sein Zeigefinger stach wie eine Lanze in Richtung des Herzogs. Der zuckte ebenso zusammen wie ich. Dann sprang er hoch, brachte aber kein Wort heraus. Schließlich ruderte er hilflos mit den Armen wie ein Ertrinkender und sank wieder in seinen Sessel.

Holmes beobachtete die Szene völlig ungerührt und meinte: „Ihr Sohn befindet sich im Wirtshaus ‚Zum Kampfhahn'. Jedenfalls war er dort noch gestern abend."

„Woher wissen Sie das?" stöhnte der Herzog. Sein blasses Gesicht war noch bleicher als gewöhnlich.

„Ich sah Sie gestern abend dort mit ihm zusammen", erwiderte Holmes. „Wenn ich jetzt erst um den Scheck bitten darf."

Er streckte die Hand aus.

Der Herzog reichte ihm das Papier kraftlos herüber. „Wer weiß sonst noch Bescheid?" fragte er dann, und ein Hoffnungsschimmer trat in seine Augen.

„Bis jetzt noch niemand", äußerte sich Holmes, worauf der Herzog mit zitternden Fingern noch einmal einen Scheck ausstellte und ihn Holmes mit den Worten gab: „Hier sind noch einmal sechstausend Pfund dafür, daß es so bleibt."

Holmes sah ihn mit blitzenden Augen an und gab ihm kalt zu verstehen: „Meine Diskretion ist nicht zu kaufen, wenn es um ein Verbrechen geht, Herzog. Und mit einem solchen haben wir es hier zu tun. Immerhin ist ein Mann ermordet worden."

Der Herzog rief nun in höchster Verzweiflung aus: „Aber damit haben weder Wilder noch ich etwas zu tun! Das ist das Werk dieses grobschlächtigen Menschen, den mein Sekretär beauftragt hat. Und der ist inzwischen geflohen."

Mein Freund lächelte kalt. „Sie unterschätzen meine Fähigkeiten, Herzog. Ich habe die Flucht von Mr. Hayes beobachtet und ein Telegramm an die Polizei von Chesterfield hinterhergeschickt. Die hat ihn gestern nacht noch verhaftet, wie mir heute telegrafiert wurde." Es bereitete Holmes sichtliches Vergnügen, den Herzog mit seinem Wissen zu überraschen.

„Sie sind ein wahrer Teufel", rief der denn auch aus. „Was verlangen Sie?"

„Die Wahrheit, Herzog", forderte Holmes unerbittlich. „Vielleicht kann ich Ihnen dann noch in einer gewissen Weise entgegenkommen, wenn auch nur im Interesse Ihres Sohnes."

„Dann werden Sie James also schützen", seufzte der Herzog dankbar. „Mehr verlange ich gar nicht von Ihnen."

Holmes und ich schauten jetzt gleichermaßen verwirrt drein.

„James?" fragte Holmes. „Ihr Sekretär heißt doch James. Was hat denn der in diesem Zusammenhang damit zu tun?" Ich hatte ihn lange nicht mehr so perplex gesehen.

„Er ist mein Sohn", erklärte der Herzog. „Ich werde Ihnen nun die ganze Wahrheit sagen und beuge mich dann Ihrer Entscheidung darüber, wie Sie weiter handeln wollen."

Die nächste halbe Stunde lauschten wir der unglaublichen Geschichte dieses bedauernswerten Mannes, der doch eine der höchstgestellten Persönlichkeiten der Krone war. Es war die ewig gleiche, banale Geschichte um Liebe und Eifersucht, vor der auch die Herrscherhäuser nicht verschont blieben.

Im jugendlichen Alter hatte sich der Herzog leidenschaftlich in eine Frau verliebt, die weit unter seinem Stand war. Er bot ihr sogar die Ehe an, sie aber lehnte ab, weil sie sein Leben nicht zerstören wollte. Als einfache Wäscherin wäre sie ihm sowieso nie gleichgestellt gewesen. Aus dieser Verbindung ging ein Sohn hervor, doch die Mutter starb bei der Geburt.

Für seine Geliebte hatte der Herzog alles aufgeben wollen, doch für seinen Sohn war er dazu nicht bereit. Er ließ ihn zwar in den besten Schulen erziehen, klärte ihn aber niemals darüber auf, daß er sein leiblicher Vater war.

„Als James dann erwachsen wurde“, fuhr der Herzog jetzt fort, „holte ich ihn schließlich in mein Haus, offiziell als meinen Sekretär. Aber ich behandelte ihn wie einen Sohn. Dabei hatte ich mich inzwischen standesgemäß verheiratet und auch einen legitimen Sohn gezeugt. Die ganze Tragödie begann, als James hinter das Geheimnis seiner Abstammung kam. Er drohte ständig damit, den Skandal aufzudecken, und haßte Lord Saltire, meinen offiziellen Erben, tödlich. Diese furchtbaren Spannungen, denen ich hilflos gegenüberstand, ließen schließlich auch meine Ehe scheitern. Meine Frau ging aus dem Haus.“

„Warum haben Sie James im Haus behalten und nicht versucht, ihn mit Geld abzufinden, wie es in Ihren Kreisen ja nicht unüblich ist“, warf Holmes ein.

Der Herzog nickte nur geistesabwesend. „In James lebte die Frau weiter, die ich unsterblich geliebt und nie vergessen habe. Aber weil ich fürchtete, er könnte in seinem Haß Lord Saltire etwas antun, gab ich den Jungen zu Dr. Huxtable. Und ich warf Hayes hinaus, weil er ein schlechter Kerl war und dauernd mit James zusammensteckte. Ich hatte nicht verhindern können, daß sich die beiden anfreundeten.“

„Und schließlich heckten die beiden den Plan aus,

Lord Saltire zu entführen." Holmes ging ein Licht auf. Der Herzog nickte düster. „Ja, James öffnete einfach den Brief, den ich meinem Sohn geschrieben hatte und ergänzte ihn um eine Nachricht. Darin bestellte er Arthur in das Wäldchen hinter der Schule. Infamerweise unterschrieb er mit dem Namen von Lord Saltires Mutter. Natürlich ging der Junge hin. James fuhr mit dem Rad hinüber. Er erzählte dem Jungen am Treffpunkt, daß seine Mutter im Moor auf ihn warte, und bestellte ihn um Mitternacht noch einmal dorthin. Dort würde er einen Mann mit einem Pferd treffen, der ihn dann zu seiner Mutter bringen würde. Der Junge brannte vor Sehnsucht und schlich sich nachts davon. Im Wäldchen erwartete ihn dieser Hayes mit einem Pferd. Als er mit dem Jungen davonritt, merkte er jedoch, daß er verfolgt wurde. Es war der arme Deutschlehrer auf seinem Fahrrad. Hayes lauerte ihm auf und erschlug ihn mit einem Stock."

„Wie lange wissen Sie und James schon davon?" unterbrach Holmes den Bericht.

Der Herzog hob beschwörend die Hände: „Erst seit gestern, glauben Sie mir, Mr. Holmes. Hayes brachte den jungen Lord in sein Wirtshaus und ließ ihn dort von seiner Frau bewachen, die völlig unter seiner Herrschaft steht, aber sonst sehr freundlich ist. Als ich Sie traf, Mr. Holmes, wußte ich von der Wahrheit nicht mehr als Sie selbst."

Sein Gesicht war jetzt grau, und seine Hände umkrampften die Sessellehne.

„Das glaube ich Ihnen sogar", bestätigte ihm mein Freund. „James muß sich als der rechtmäßige Erbe gesehen haben und wollte unbedingt auch sein Erbe antreten, vermute ich. Aber wie wollte er das genau anstellen?"

„Er erpreßte mich, ihm alle meine Besitztümer testamentarisch zu vermachen", erklärte der Herzog den teuflischen Plan. „Erst dann wollte er mir Lord Saltire wiederbringen. Er rechnete damit, daß ich natürlich nie die Polizei gegen ihn hetzen würde. Und ich hätte das auch nie getan. Aber dann entdeckten Sie die Leiche Heideggers, und die Dinge glitten ihm und Hayes aus der Hand. James war völlig verstört, als das Telegramm von Dr. Huxtable hier eintraf. Da fiel es mir wie Schuppen von den Augen, und ich sagte ihm die Tat auf den Kopf zu. Er leugnete nicht und flehte mich auf den Knien an, drei Tage Ruhe zu bewahren, um Hayes die Flucht zu ermöglichen. Denn der würde ihn sonst bei seiner Verhaftung unweigerlich belasten. Ich gab also nach."

„Worauf James zum ‚Kampfhahn' radelte und Hayes warnte, der sowieso unseretwegen schon recht nervös war", ergänzte Holmes. „Hayes bekam es daraufhin mit der Angst und gab Fersengeld."

„Den Rest wissen Sie ja schon", nickte der Herzog. „Bei Dunkelheit eilte ich sofort ins Wirtshaus, um meinen Sohn, ich meine Lord Saltire, gesund wiederzusehen. Ich willigte ein, ihn noch drei Tage bei Mrs. Hayes zu lassen, um James die Verhaftung zu ersparen. Selbst um den Preis, daß der Mörder entkam."

„Das Geld, das ihm die Flucht ermöglichte, stammt natürlich aus Ihrem Vermögen", vermutete Holmes richtig. Er hatte sich inzwischen von seiner ersten Verwirrung erholt und rollte diese völlig neue Geschichte jetzt ebenso zielsicher auf, als hätte er sie von Anfang an durchschaut. „Eine äußerst schwierige Lage", überlegte er laut. „Aber ich bin bereit, Ihnen zu helfen, wenn ich volle Handlungsfreiheit habe."

„Natürlich, natürlich", rief der Herzog aufgeregt. „Tun Sie, was Sie für richtig halten." Er schöpfte wohl wieder Mut.

Holmes läutete daraufhin nach einem Diener und gab ihm Anweisung, Lord Saltire sofort im „Kampfhahn“ abzuholen und nach Hause zu bringen.

Danach machte er dem Herzog klar, daß er auf keinen Fall Hayes den Henker ersparen werde, schlug ihm aber statt dessen vor:

„Wenn Sie ihm versprechen, daß seine Frau gut versorgt sein wird, wer weiß, vielleicht läßt er dann bei seinem Geständnis James außen vor. Eine Garantie ist das sicher nicht, aber die Polizei dürfte sich auch mit Erpressung als Tatmotiv zufriedengeben. Das ist in diesem Fall der beste Rat, den ich Ihnen geben kann. Und noch eins: Entfernen Sie James aus Ihrem Haus. Australien wäre für ihn eine gute Gegend, um einen neuen Start zu versuchen.“

„Das ist bereits arrangiert“, sagte der Herzog. „Auch habe ich der Herzogin geschrieben und sie dringend gebeten, wieder hierher zurückzukehren. Ich werde an ihr gutzumachen versuchen, was ich ihr angetan habe.“ Ich mußte inzwischen zugeben, daß der Herzog von Holderness Charakter und Haltung besaß.

„Das wäre mein nächster Vorschlag gewesen“, lächelte denn auch Holmes. „Ich sehe, wir verstehen uns. Eine Frage noch, die Sie mir vielleicht beantworten können. Hayes hatte die Hufe seines Pferdes mit Eisen beschlagen, die die Spuren einer Kuh hinterließen. Stammt diese glänzende Idee von James? Wissen Sie etwas darüber?“

Der Herzog starrte ihn einen Augenblick fassunglos an. Dann dämmerte ihm etwas. Er führte uns zu einem Glaskasten an der Schmalseite des Arbeitszimmers. Darin lagen mehrere Hufeisen, die an der Unterseite spaltförmig gebildet waren.

„Sie wurden auf unserem Gebiet vor einiger Zeit ausgegraben“, klärte der Herzog uns auf. „Wahrscheinlich haben Raubritter diesen Trick im Mittelalter benützt, um Verfolger zu täuschen."

Holmes hob den Deckel der Vitrine hoch und fuhr mit der Hand über die Eisen. Als er sie zurückzog, war die Handfläche dünn mit Schmutz bedeckt. „Dann wäre dieser Punkt auch geklärt", war Holmes nun sehr zufrieden. „Ich hasse ungelöste Rätsel."

Shoscombe Old Place

Als Holmes mich eines Tages bat, Auskünfte über Shoscombe Old Place und dessen Bewohner zusammenzutragen, konnte ich ihm zu seiner Überraschung einiges darüber prompt aus dem Ärmel schütteln.

Aber schließlich verlor ich ziemlich regelmäßig einen beträchtlichen Teil meiner sonst mageren Kriegsversehrtenrente bei Pferdewetten. Und Shoscombe Old Place war unter anderem eines der bekanntesten Gestüte Englands und hatte auch dieses Jahr einen Einjährigen zum Großen Preis gemeldet. Der Rappe hieß Prinz und galt als vielversprechend. Wie gut das Pferd tatsächlich war, erfuhr ich einige Zeit später von John Mason, dem Trainer von Shoscombe, der neugierige Beobachter dadurch narrte, daß er bei den Probeläufen einen Halbbruder von Prinz einsetzte, der ihm wie ein Ei dem anderen glich, aber um Längen langsamer war. Deshalb standen die Wetten für Prinz zu der Zeit zehn zu achtzig. Was jetzt bei einem Sieg des Pferdes den achtfachen Einsatz gebracht hätte. Aber ich greife vor.

Das Herrenhaus in Shoscombe bewohnten Sir Robert Norberton und seine Schwester, die alte Lady Falder. Die verwitwete Dame besaß auf Lebenszeit das Recht, das Gut zu bewohnen und die Einkünfte daraus zu beziehen. Nach ihrem Tod sollte der ganze Besitz aber an den Bruder ihres verstorbenen Gatten fallen.

Mit einem Wort, Sir Robert gehörte nichts vom Besitz, auf dem er lebte.

Wie ich gehört hatte, war dieser Sir Robert ein wilder Kerl, Frauenheld, Spieler, außerdem ein verwegener Reiter, furchtlos, trinkfest und gewalttätig – und hochverschuldet. Sam Brewer, einen Geldverleiher, bei dem er hoch in der Kreide stand, hatte er zum Beispiel einmal bei einer Auseinandersetzung auf einem öffentlichen Marktplatz mit der Reitpeitsche verprügelt. Sein ganzer Lebenswandel ließ also nicht darauf hoffen, daß er jemals aus seinen Schwierigkeiten herauskommen würde.

Aber seine Schwester hing sehr an ihm, wie man sich erzählte, und er auch an ihr. Abgesehen von ihm zählte für Lady Falder nur noch der Spaniel „Mylord" aus eigener Zucht, der ihr nie von der Seite wich. Und außerdem ließ es sich die alte Dame nicht nehmen, trotz Wassersucht und anderer Gebrechen täglich zu den Pferdeställen hinauszufahren und jedes Tier kurz zu tätscheln. Soviel zu Shoscombe Old Place.

„Sehr gut, Watson, alle Achtung", zeigte sich Holmes nach meinem kurzen Bericht zufrieden. „Bei mir hat sich nämlich für heute in einem kurzen Brief der Trainer John Mason angekündigt."

„Sehr interessant", bemerkte ich. „Da wird wohl sein Brötchengeber Sir Robert wieder in ernsthafte Schwierigkeiten geraten sein, nehme ich an. Er ist der einzige, der Shoscombe in den Schlagzeilen der Skandalpresse hält. Aber warum kommt er nicht selbst?"

„Weil er offensichtlich nichts von Masons Aktivitäten weiß", schmunzelte Holmes vergnügt. „Der Brief ist zwar sehr knapp, aber auch recht wenig schmeichelhaft für Sir Robert, so daß er ihn sicher anders formuliert hätte. Hör zu, was hier steht: ‚Brauche Ihre Hilfe. Mein Arbeitgeber, Sir Robert Norberton, ist völlig verrückt geworden. Komme morgen um zehn. John Mason, Cheftrainer.'"

„Kann nicht sagen, daß mich das überrascht", meinte ich trocken. „Doch in dem Fall sollte sich Mason an einen Psychiater wenden und nicht an einen Detektiv."

In diesem Moment meldete Mrs. Hudson auch schon den angekündigten Klienten. Herein kam ein drahtiger

Vierziger, dessen wettergegerbte Haut mich spontan an Sattelleder erinnerte. Dazu trug wohl auch der starke Geruch nach Pferden bei, den er sicher nie los wurde.

„Ich brauche Ihre Hilfe, Mr. Holmes“, benützte er fast genau dieselben Worte wie in seinem Brief. „Sir Robert ist durchgedreht.“

„Setzen Sie sich erst einmal, und dann erzählen Sie mir Näheres über Sir Roberts Zustand“, lächelte Holmes. „Ich werde dann entscheiden, ob der Fall einen Detektiv erfordert oder eher einen Seelendoktor.“ Dabei warf er mir einen amüsierten Blick zu.

„Ganz bestimmt einen Detektiv“, stöhnte Mason. „Wahrscheinlich sind Sie gleich ganz meiner Meinung, wenn ich Ihnen das hier gezeigt habe.“ Er kramte ein Tuch aus seiner Jackentasche und wickelte es auf. „Das hier hat Steven, der Butler, im Heizungskeller aus dem Zentralofen geholt.“ Er hielt uns den Gegenstand unter die Nase.

„Deine Analyse, Watson“, forderte mich mein Freund nach einem kurzen Blick auf.

„Offenbar der stark angekohlte Rest eines menschlichen Oberschenkelknochens“, tat ich ihm angewidert den Gefallen.

„Wer bedient den Ofen normalerweise?“ wollte Holmes nun von Mason wissen.

„Steven. Er heizt ihn abends an. Sir Robert hatte sich über die Kälte im Haus beklagt.“

„Recht ungewöhnlich im Sommer“, bemerkte Holmes. „Oder kränkelt Sir Robert etwa?“

Diese Frage hatte bei Mason ein brüllendes Lachen zur Folge. „Entschuldigen Sie. Aber mein Chef hat eine Pferdenatur! Den wirft nichts um. Also, um es genau zu sagen, er hat sich für seine Schwester beklagt. Der Heizungskeller liegt genau unter ihrem Zimmer, und sie wollte es angeblich wärmer haben. Nur werden wir alle auf dem Gut aus dem Verhalten der alten Dame nicht mehr schlau. Auch sie hat sich total verändert.“ Er schüttelte den Kopf.

„Inwiefern“, forderte ihn Holmes zum Weiterreden auf. „Das kann alles wichtig sein.“

„Na, erstens hat sie angefangen, richtig zu saufen“, drückte sich Mason sehr anschaulich aus. „Evans, das Hausmädchen, bringt ihr jeden Abend eine Flasche Whisky aufs Zimmer, wo sie doch vorher nur regelmäßig ein Glas Brandy am Abend getrunken hat. Außerdem dürfe außer der Evans niemand mehr zu ihr, hat sie laut Sir Robert angeordnet. Und die Pferdeställe besucht sie auch nicht mehr. Zwar fährt sie noch jeden Morgen wie üblich dorthin, steigt aber nicht mehr aus, sondern fährt nur daran vorbei. Seit einer Woche geht das so, und seitdem spielt auch Sir Robert total verrückt. Erst hat er den Spaniel seiner Schwester verschenkt, an den Wirt vom ‚Grünen Drachen‘. Unser Jockey mußte ihn hinbringen.“

Holmes beugte sich vor. „Wie war das genau, Mr. Mason?“

Der Trainer zuckte die Achseln. „Tja, ich weiß nicht. Mylord hat wie wild am Brunnenhaus herumgebellt. Da hat mein Chef einen Wutanfall bekommen, was bei ihm allerdings nichts Außergewöhnliches ist. Aber wir haben geglaubt, jetzt bringt er den Hund auf der Stelle um. Aber dann hat er ihn nur dem Jockey in die Arme geworfen und gebrüllt, er solle das Vieh sofort weggeben. Und der hat ihn dann zum Wirtshaus gebracht.“

„Merkwürdig“, grübelte Holmes. „Ich dachte, gerade mit seiner Schwester verstehe sich Sir Robert so gut. Warum tut er ihr das dann an? Oder hatten die beiden vor einer Woche Streit, daß sie sich seitdem aus dem Weg gingen?“

„Uns auf dem Gut ist davon nichts bekannt“, schüttelte Mason den Kopf. „Und das würde auch nicht erklären, warum Sir Robert nun plötzlich nachts Leichen aus der alten Gruft im Park ausgräbt.“

„Wie bitte?“ Holmes sog scharf die Luft ein. „Was ist das nun wieder für eine Geschichte?“

„Entschuldigen Sie“, bat Mason, „meine Erzählungen geraten wohl etwas durcheinander. Also, das war so. Als diese Verrücktheiten anfingen, haben wir, das heißt, Steven und ich, unsere Augen und Ohren offengehalten. Steven ist aufgefallen, daß Sir Robert zweimal hintereinander gegen Mitternacht das Haus verließ, in den Park ging und nach etwa einer Stunde wieder zurückkam. Als Sir Robert dann irgendwann einen Tag in London verbrachte, hat Steven sich mal im Park umgesehen. Dort steht eine uralte verfallene Gruft. Steven ist da hinunter und hat in einer Ecke, mit Brettern notdürftig verdeckt, Teile eines Skeletts gefunden. Das

Ganze wurde ihm dann so unheimlich, daß er schnellstens wieder zurückgerannt ist. Die Knochen wurden offenbar aus einem der alten Särge hervorgeholt und dort versteckt. Aber warum das Ganze? Es will mir einfach nicht in den Kopf. Als Sir Robert neulich wieder einmal nachts aus dem Haus ging, folgten ihm Steven und ich in einigem Abstand. Er ging wieder zur Gruft. Zum Glück war es eine mondhelle Nacht, und so konnten wir alles ganz gut beobachten. Wohl war uns aber dabei nicht, das können Sie mir glauben. Seit langer Zeit gehen Gerüchte um, daß es bei der Gruft spukt."

„Beschränken Sie sich doch bitte auf die Tatsachen", bat Holmes ungeduldig. „Was haben Sie beide denn nun gesehen?"

„Ich komme ja schon zur Sache", murrte Mason leicht beleidigt. „Ich wollte ja nur sagen, daß ich wirklich kein ängstlicher Typ bin, aber dieser Ort einem schon Schauer über den Rücken jagen kann . . ." Er hielt inne, als er Holmes' gereizte Miene sah, und fuhr eilig fort: „Also, Sir Robert stieg nicht in die Gruft hinunter, aber er traf sich dort mit einem Mann. Sie redeten eine Weile miteinander, dann kehrte Sir Robert um und ging wieder zurück. Wir duckten uns tief ins Gebüsch, weil er uns sicher halb totgeprügelt hätte, wenn er uns gesehen hätte. Aber wir mußten noch herausbekommen, wer der andere Kerl war. Als Sir Robert nicht mehr zu sehen war, krochen wir aus unserem Versteck und schlenderten wie zufällig auf ihn zu. Er hatte uns den Rücken zugedreht und wollte gerade weggehen. Wir haben ihn von hinten angesprochen. ‚Hallo Kumpel', und was er hier suche. Meine Güte, ist der herumgeschossen! Mit einem Gesichtsausdruck, als wäre der Leibhaftige hinter ihm. Er hat einen schrillen Schrei ausgestoßen und dann Fersengeld gegeben. Aber wir haben wenigstens sein Gesicht gesehen, so ein schmales, irgendwie einer

Ratte ähnlich, und mit den schlechtesten Zähnen, die ich je gesehen habe."

„Das ist doch schon eine ganze Menge", nickte Holmes, und Mason erklärte, daß dies nun aber auch alles sei, was er wisse.

„Und Sie persönlich haben keine Erklärung für diese seltsamen Vorkommnisse?" fragte Holmes noch einmal nach.

„Keine befriedigende", verneinte Mason. „Sir Robert steht allerdings das Wasser diesmal weiter als nur bis zum Hals, wenn man das so sagen kann. Er hat alles Geld, das er überhaupt noch auftreiben konnte, für den ‚Großen Preis' auf Prinz gesetzt. Wenn das Pferd nicht gewinnt, ist er total erledigt. Da gibt es diesmal keine Rettung mehr für ihn."

„Aber wie können die Wetten so günstig stehen, wenn das Pferd allgemein als so gut bezeichnet wird", wunderte sich Holmes zu recht.

Mason grinste. „Das wird es ja eben nicht. Sir Robert ist nämlich ein Fuchs." Und dann berichtete er von dem Täuschungsmanöver mit dem Halbbruder von Prinz, den Mason anstelle des Favoriten für die Beobachter laufen ließ. „Aber das alles ist natürlich keine Garantie, daß Prinz auch tatsächlich gewinnen wird", schloß er seine Ausführungen.

„Ziemlicher Irrsinn, von so einem Hasardspiel seine Existenz abhängig zu machen", bemerkte Holmes. „Was meinst du dazu, Watson?"

Ich lachte. „Das kann nur jemand verstehen, der Spielerblut in seinen Adern hat. Dazu bist du zu nüchtern veranlagt, Holmes."

„Dafür danke ich Gott", brummte er und klopfte seine Pfeife aus. „Mr. Mason, fahren Sie jetzt erst einmal wieder zurück, und warten Sie in Shoscombe Old Place auf Nachricht von uns. Aber nehmen Sie bitte keinen Kontakt zu uns auf. Watson und ich gedenken nämlich, einige Tage in Shoscombe zu verbringen. Die Fischgründe dort sollen ganz exzellent sein, und Watson und ich sind zwei berühmte Angler." Dabei kicherte er in sich hinein und rieb sich die Hände. „Wenn wir unsere Köder auch meist nach etwas anderem als nach Fischen auslegen. Bist du bereit, Watson?" Er schaute mich an.

Selbstverständlich war ich das.

Joshua Barnes, der Wirt vom „Grünen Drachen" in Shoscombe, empfing uns überschwenglich, als er unser Angelgepäck sah. Er zeigte uns unsere Zimmer und schwärmte dabei in den höchsten Tönen von den umliegenden Fischgründen.

„Was ist mit Hechten im See vom Shoscombe-Gut?" erkundigte sich Holmes, während er seinen Koffer die Treppen hochwuchtete. „Ich würde gerne einen dicken Brocken herausholen."

Der Wirt schnitt eine Grimasse. „Das sollten Sie lieber lassen. Sir Robert versteht da keinen Spaß. Zur Zeit wittert er sowieso überall Spione. Sie müssen wissen, daß er ein gutes Pferd zum Derby angemeldet hat, und es ist hier ein offenes Geheimnis, daß darin all sein Geld steckt. Ich kann Ihnen nur raten, einen weiten Bogen um Shoscombe Old Place zu machen."

Unten begann ein Hund zu jaulen, was Joshua Barnes vom Thema abbrachte. Erklärend deutete er mit dem Finger nach unten und meinte: „Mylord, der Spaniel von Lady Falder! Er ist ihr bislang nie von der Seite gewichen. Der Himmel weiß, wieso Sir Robert ihn weggeben ließ. Sein Jockey hat ihn mir neulich gebracht, und seither jault er sich die meiste Zeit nach seiner Herrin die Seele aus dem Leib. Ich muß ihn sogar anbinden, damit er nicht zurückläuft." Der Wirt schnaufte unwillig und stieg die Treppen wieder nach unten.

„Ich habe einen Plan, Watson", verriet mir Holmes,

nachdem er die Zimmertür geschlossen hatte. „Gegen elf pflegt die Lady zu den Ställen hinauszufahren. Wollen wir doch mal sehen, was dahintersteckt, daß sie neuerdings nicht mehr aus der Kutsche steigt. Und dazu brauche ich den Hund und dich."

„Die Reihenfolge schmeichelt mir nicht gerade", bemerkte ich trocken und nahm meinen Überzieher vom Haken.

Joshua lieh uns den Spaniel gerne aus, zu einer ersten Angelexpedition, wie Holmes ihm erklärte. Wir wurden noch einmal dringend ermahnt, dem Gut fernzubleiben, auch wenn Sir Robert sich im Augenblick in London aufhalte.

„Das trifft sich ausgezeichnet", freute sich Holmes, als wir auf dem Weg waren, der zu Shoscombe Old Place führte. „Dann kommt uns der Wüterich bei unserem Versuch nicht in die Quere."

Dann erklärte er mir mit kurzen Worten, was er vorhatte, und bald erreichten wir das große zweiflügelige Eisentor zum Park von Shoscombe Old Place. Es war Viertel vor elf. Wir hielten einigen Abstand, um nicht aufzufallen. Kurz vor elf ertönte vom Park her das Gerassel einer Kutsche. Während ich nun den zufällig vorbeikommenden Wanderer spielte, versteckte sich Holmes mit Mylord hinter einem Gebüsch am Waldrand.

Ein Bediensteter öffnete die Torflügel. Die Kutsche, ein Zweisitzer, kam schnell auf mich zu. Ich wußte, was ich zu tun hatte, und stellte mich ihr, ohne zu zögern, auf dem Weg entgegen. Mit meinem erhobenen Stock gebot ich dem Kutscher, kurz anzuhalten. Währenddessen konnte ich einen Blick in das Innere werfen und sah, daß zwei Personen hinten im Wagen saßen. Eine recht aufgetakelte Blondine, in der ich Evans, das Hausmädchen, vermutete. Die zweite Person war eingewickelt in eine Unmenge Schals wie eine Aussätzige.

„Was ist denn los?“ fragte der Kutscher.

Ich fragte nach Sir Robert, und gab vor, ihn sprechen zu wollen. In diesem Moment schoß der Spaniel mit freudigem Gebell aus dem Gebüsch und sprang sofort auf das Trittbrett der Kutsche. Dort stutzte er kurz, und kläffte dann wütend hinein, außer sich vor Aufregung. Eine heisere Stimme rief dem Kutscher zu, er solle weiterfahren, und ich mußte zur Seite springen. In raschem Tempo entfernte sich der Zweisitzer.

Holmes kam aus seinem Versteck hervor und nahm den Hund wieder an die Leine. Er machte ein zufriedenes Gesicht und meinte:

„Wer immer da vermummt in der Kutsche saß, Watson, Lady Falder war es auf keinen Fall. Aber das hast du aus dem Verhalten des Spaniels sicher auch schon geschlossen.“

Ich nickte: „Ja, das war eindeutig. Aber was soll das Ganze bedeuten?“

„Das wird uns Sir Robert erklären müssen, Watson“, erwiderte Holmes entschlossen. „Ob ihm das nun gefällt oder nicht. Aber zuvor wollen wir den zweiten Teil unserer Untersuchung zu Ende bringen, und zwar noch heute abend, Watson, sobald es dunkel ist.“ Und damit schlug er den Weg zum Gasthof ein.

Vom „Grünen Drachen“ aus ließ Holmes eine Nachricht für John Mason befördern. Wir trafen uns mit ihm dann kurz nach acht heimlich im Park von Shoscombe Old Place. Holmes wollte nämlich zur Gruft, um das Geheimnis der Knochenfunde zu lüften.

John Mason verzog das Gesicht, weil ihm nicht ganz wohl bei unserem Vorhaben war. „Eine ungute Sache, Mr. Holmes, wenn ich ehrlich bin“, sagte er und trat von einem Fuß auf den anderen. „Sir Robert kann jede Stunde zurückkehren. Dann muß ich für ihn erreichbar sein. Er ist voller Mißtrauen jedem gegenüber, und ich weiß nicht, in welcher Stimmung er hier eintreffen wird. Er wäre fähig, mich auf den Schlag hinauszuwerfen, wenn ihm irgend etwas an mir plötzlich nicht passen sollte. Da genügt bei ihm schon der lächerlichste Anlaß."

„Eine lange Rede, Mr. Mason", ärgerte sich Holmes ungeduldig. „Aber völlig unnötig. Begleiten Sie uns nur zur Gruft, und zeigen Sie uns, wo die Knochenreste liegen. Dann können Sie sich sofort auf den Rückweg machen und alles andere Watson und mir überlassen. Verlieren wir keine Zeit."

„Schon gut", brummte Mason. „Schließlich habe ich Sie ja um Hilfe gebeten." Er führte uns durch den Park zu der halbverfallenen Gruft, deren Schatten sich gegen das Mondlicht abhob. Wirklich ein Ort, der zarte Gemüter das Gruseln lehren konnte. Mich fröstelte.

Ein niedriges Eisentor, das wir zurückschieben mußten, hing nur noch halb in den Angeln und kreischte laut. Wir stiegen über Haufen von Schutt und Steinen und gelangten dann zu verwitterten Steinstufen, die zu den Särgen hinunterführten. Holmes und Mason hatten jeder eine Laterne angezündet. Kühle feuchte Luft schlug uns aus der Tiefe entgegen.

Unten glitt der Schein der Laternen über mehrere Särge, auf denen noch das Familienwappen, ein Greif mit einem Schwert in den Klauen, zu erkennen war.

Mason, der in einer Ecke einen Bretterstapel wegräumte, rief überrascht aus: „Sie sind weg! Die Knochen sind weg!"

Holmes schien darüber nicht erstaunt. Er erwiderte, das hätte er nicht anders erwartet. Dann schickte er den Pferdetrainer wieder zurück zum Haus.

Holmes lächelte mir zu, was hier unten im schwachen Schein seiner Laterne, inmitten dieser Totenstätte nicht gerade beruhigend auf mich wirkte, eher gespenstisch.

Seine Stimme klang hohl, als er sagte: „Die Knochen, die Mason hier neulich sah, werden sicher nur noch als Asche im Zentralofen des Herrenhauses zu finden sein, wenn überhaupt, Watson. Ich habe den Oberschenkelrest, den er uns mitgebracht hatte, chemisch analysiert und festgestellt, daß er mindestens einige hundert Jahre alt ist. Nun gut, dann wollen wir mal einen Blick in die Särge hier werfen, was, wie ich vermute, endlich Licht in diese dunkle Angelegenheit bringen wird.“ Er packte den Deckel des ersten Sarges.

„Ich wüßte angenehmere Beschäftigungen“, kam meine Stimme genauso hohl und etwas gepreßt von den kalten Steinwänden zurück. „Bringen wir es wenigstens schnell hinter uns.“

Wir arbeiteten uns schweigend durch die Reihe der seit Jahrhunderten hier ruhenden Adeligen und warfen jedesmal einen kurzen Blick hinein, was mich immer würgen ließ. Holmes war dabei keinerlei Regung anzumerken, außer rein sachlichem Interesse beim Öffnen der Särge und merklicher Enttäuschung, weil er nicht fand, was er suchte. Beim letzten Sarg aber war es soweit. Wir schoben den schweren Deckel zur Seite und fanden die Leiche einer alten Frau darin. Wie im Schein des Laternenlichts deutlich zu erkennen war, lag sie noch nicht lange darin.

„Die ist noch nicht lange tot“, schluckte ich, um einfach nur irgend etwas zu sagen, weil die Stille in dieser Situation für mich kaum auszuhalten war.

„Lady Falder mit Sicherheit“, sagte Holmes hochzufrieden. „Schließen wir den Deckel wieder, Watson. Was wir gesehen haben, reicht, um den letzten Akt einzuläuten und Sir Robert ins Kreuzverhör zu nehmen.“

Das war nicht mehr nötig. Eine Stimme donnerte hinter uns durch die Gruft: „Würden Sie mir sagen, was Sie hier machen?“

Als nächstes sahen wir eine massige Gestalt im Eingang stehen, die nun drohend auf uns zukam.

„Ah, Sir Robert, nehme ich an“, rief Holmes ihm ungerührt entgegen. „Das trifft sich gut. Ich denke nämlich, daß Sie es sind, der hier Erklärungen abzugeben hat. Wie kommt Lady Falder hier in diesen Sarg?“

Das saß genau im Ziel. Sir Roberts furchteinflößende Gestalt hatte sich zwar nun genau vor uns aufgebaut, doch war jetzt in seinem Gesicht deutlich Bestürzung statt Angriffslust zu lesen.

Holmes benützte die Pause, um uns vorzustellen. Seine Name gab Sir Robert endgültig den Rest. Er ließ mutlos die Schultern hängen und meinte resigniert:

„Da habe ich das Spiel schließlich doch noch verloren. Ich kann Ihnen selbstverständlich für all das eine Erklärung abgeben. Würden Sie mich dazu bitte ins Haus begleiten? Oder wollen Sie gleich die Polizei rufen?“

Das klang wirklich sehr kleinlaut. Holmes erwiderte ruhig: „Die Polizei wird sich wahrscheinlich nicht vermeiden lassen, aber es eilt damit auch nicht besonders. Gehen wir also.“

Wir folgten ihm zum Gutshaus. Im Waffenzimmer bat uns Sir Robert um einen Augenblick Geduld und erschien kurz darauf wieder, diesmal in Begleitung der Blondine, die ich am Morgen schon einmal im Wagen gesehen hatte. Und er hatte noch einen schmächtigen Mann dabei, auf den genau die Beschreibung paßte, die Mason uns von dem Unbekannten gegeben hatte, mit dem sich Sir Robert vor der Gruft getroffen hatte.

Die beiden sahen uns mißtrauisch und böse an, als Sir Robert sie uns knapp vorstellte: „Mrs. Evans, mein Hausmädchen, und ihr Mann. Da beide an der ganzen Geschichte beteiligt sind, habe ich sie hinzugezogen."

Mister Evans kaute an seiner Unterlippe, wobei ich sah, daß er wirklich dringendst in die Hände eines exzellenten Zahnarztes gehörte. Die beiden blieben stehen, während wir und Sir Robert uns gegenübersaßen. Dann begann er mit seinem Bericht. Seine finanzielle Lage war so, wie sie Mason uns geschildert hatte: verzweifelt. Es gab keinen Ausweg mehr. Er hatte seine letzten Geldmittel in das Pferd investiert.

„Und vor einer guten Woche ist nun meine Schwester an Wassersucht gestorben", fuhr er fort, „das kann ihnen jeder Leichenbeschauer bestätigen oder ihr Hausarzt. Sie litt seit langem an dieser Krankheit."

„Das wird sich zweifellos nachprüfen lassen", warf Holmes ein, „aber wie ging die Geschichte weiter? Dann haben Sie den Tod von Lady Falder mit Hilfe dieser beiden Gehilfen da vertuscht, nehme ich an?"

„So war es", bestätigte Sir Robert. „Es war die einzige Möglichkeit, meinen Ruin zu verhindern. Wie Sie wissen, fällt beim Tod meiner Schwester der gesamte Besitz an ihren Bruder, natürlich auch meine Pferde. Meine Gläubiger wären sofort nach Bekanntwerden der Nachricht wie die Hyänen über mich hergefallen. Deshalb versuchte ich zu retten, was zu retten war." Er trocknete sich die Stirn und nahm einen tiefen Schluck aus dem Glas Brandy, das vor ihm stand.

„Über die Pietät dieses Unternehmens läßt sich streiten", erwiderte Holmes sarkastisch. „Aber bitte weiter."

„Die Gruft ist geweihter Boden", wehrte sich Sir Robert ärgerlich. „Und ich habe an meiner Schwester sicher kein Verbrechen dadurch begangen, daß ich sie vorübergehend dort zur Ruhe bettete, bis ich ihren Tod offiziell bekanntgeben konnte."

„Immerhin haben Sie die alten Gebeine eines anderen Verstorbenen aus dem Sarg herausgenommen und nach und nach verbrannt", ergänzte Holmes kühl. „Wodurch Sie dessen Ruhe entweiht haben."

„Ja, ja, da haben Sie recht", rief Sir Robert. „Aber ich brauchte drei Wochen Zeit. Mir steht das Wasser bis zum Hals. Sollte ich mich ruinieren lassen, wegen lumpiger drei Wochen?"

Holmes zuckte die Achseln. „Nun, Sir Robert, das ist Ihr Problem. Mich interessieren an dem Fall nur die Fakten. Wie kamen Sie übrigens darauf, den Ehemann Ihres Hausmädchens die Rolle Ihrer Schwester spielen zu lassen? Das hat er übrigens nicht gerade glänzend absolviert, das übrige Personal war längst mißtrauisch geworden. Ihre Schwester begann plötzlich, jeden Abend eine Flasche Whisky zu leeren."

Sir Robert warf dem Mann mit dem Rattengesicht einen verächtlichen Blick zu: „Er kann das Trinken nicht lassen, dieser Schwächling. Aber immerhin verdiente er sich bislang seinen Lebensunterhalt als Schauspieler. Das brachte mich auf die Idee, ihn zu engagieren, wenn Sie so wollen. Zuerst brachten wir die Leiche meiner Schwester zum alten Brunnenhaus. Aber da erwies sich der Spaniel plötzlich als Problem, weil er ständig vor dem Brunnenhaus bellte und jaulte. Ich mußte ihn weggeben, um keinen Verdacht zu erregen."

„Den Rest der Geschichte kennen wir, Sir Robert", nickte Holmes und stand auf. „Nun, das alles werden Sie morgen noch einmal der örtlichen Polizei erzählen müssen. Aber ich denke, bei einer hochgestellten Persönlichkeit, wie Sie es sind, werden die Beamten vielleicht nicht so streng vorgehen. Für uns aber ist der Fall erledigt, und wir empfehlen uns hiermit." Sir Robert begleitete uns zur Tür.

„Tja, Watson", überlegte Holmes laut, nachdem er auf dem Heimweg eine ganze Weile geschwiegen hatte, „ich denke, daß uns Sir Robert die Wahrheit gesagt hat, und ich bin ziemlich sicher, daß er bei der Sache besser wegkommen wird, als er es eigentlich verdient. Aber das soll uns egal sein. Unsere Aufgabe ist erfüllt."

Holmes behielt wie immer recht. Erst nach dem Derby wurde offiziell der Tod von Lady Falder bekanntgegeben. Prinz gewann das Rennen überlegen und brachte seinem Besitzer Sir Robert mehr als 80 000 Pfund ein. Damit war der vor dem Ruin gerettet. Ich muß der Wahrheit wegen zugeben, daß ich bei diesem Rennen auch runde hundert Pfund gewann. Inzwischen sind sie allerdings längst wieder in den Händen der Buchmacher gelandet. Man bekommt eben zu selten einen so hilfreichen Einblick in die Rennszene, wie ich ihn durch den Trainer von Shoscombe Old Place erhalten hatte.

Die drei Giebel

Der Morgen begann turbulent. Wir saßen gerade beim Frühstück, da stürmte ein Schwarzer zur Tür herein. Ehe wir uns versahen, hatte sich dieser gewaltige Mensch schon vor uns aufgebaut. Er stützte sich mit seinen Händen, was sage ich, seinen tellergroßen Pranken auf die Tischkante und warf Holmes und mir böse funkelnde Blicke zu.

„Kann ich Ihnen weiterhelfen?" fragte ihn Holmes gelassen und musterte ihn schmunzelnd. „Mein Name ist Sherlock Holmes."

„Aha", die Augen in dem breitflächigen Gesicht konzentrierten sich nun auf ihn, „Sie sind das also. Ich hab' Ihnen auszurichten, daß Sie die Finger von anderer Leute Angelegenheiten lassen sollen, oder es wird Ihnen draufgeklopft. Kapiert?" Die Stimme des Schwarzen war tief und gurgelnd und unheimlich.

„Sehr nett", sagte Holmes jedoch freundlich. Dann, ohne Übergang, wurde sein Ton messerscharf: „Hör mal, Freundchen. Ich kenne dich. Du bist Steve Dixie, der Boxer, und arbeitest für diesen Halunken Barney Stockdale. Sag ihm, er soll seine Finger nicht in meine Angelegenheiten stecken, sonst kann es sein, daß *ihm* jemand eine draufklopft. Kapiert?"

Der schwarze Riese knurrte wütend, und einen Augenblick sah es aus, als wollte er sich auf Holmes stürzen. Ich griff zum Schürhaken auf dem Kaminsims. Doch Dixie blieb regungslos stehen. Sein Gehirn arbeitete. Schließlich stieß er noch einmal eine Drohung aus und polterte zur Tür hinaus.

Aufatmend legte ich den Feuerhaken wieder an seinen Platz zurück und blickte Holmes verblüfft an: „Wer um alles in der Welt war das, und wovon hat er die ganze

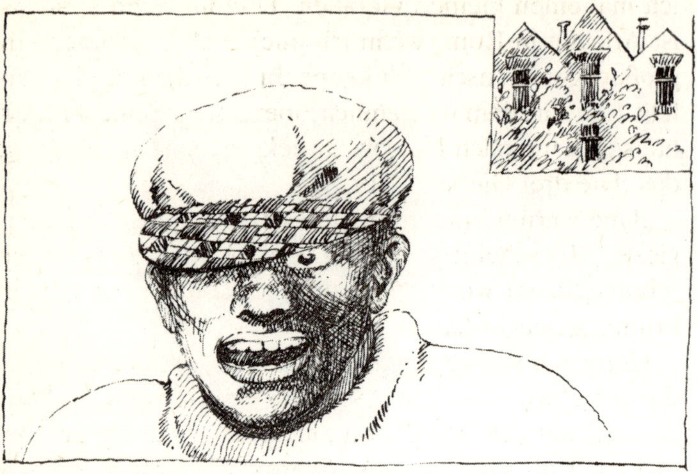

Zeit gefaselt? Der sah ja aus, als wollte er dich mit Haut und Haaren fressen."

„Dazu hatte er wohl keinen Befehl", grinste Holmes. „Und Dixie tut nur das, was ihm Barney Stockdale auch wirklich anordnet. Barney ist der Chef einer Bande von Schurken, die sich in erster Linie mit Überfällen und Erpressungen beschäftigen. Und Dixie ist Barneys Schläger."

„Und wobei bist du denen in die Quere gekommen?" wollte ich wissen. „Im Augenblick arbeitest du doch an gar keinem Fall."

„Ab jetzt doch", berichtigte mich mein Freund entschlossen. „Diese Drohungen können im Grunde nur mit dem Brief von Mrs. Mary Maberly zusammenhängen, der heute früh hier abgegeben wurde."

„Das hört sich an, als würdest du sie kennen", überlegte ich. „Aber ich kann mich an keine Mary Maberly erinnern."

„Sie müßte inzwischen fast siebzig sein", rechnete Holmes nach. „Ihrem verstorbenen Mann Mortimer tat ich mal einen kleinen Gefallen. Und ihr Sohn Douglas ist Attaché in Rom, wenn ich mich recht erinnere. Ein großartiger Mensch. Ich kenne ihn nur flüchtig. Er verließ London damals ziemlich überstürzt. Seine Mutter hat sich dann nach Harrow zurückgezogen, in ein Haus, das ‚Die drei Giebel' heißt."

„Und warum braucht sie deine Hilfe?" fragte ich neugierig. „Es scheint ja keine Lappalie zu sein, wenn dir schon gedroht wird, bevor du überhaupt einen Finger krumm gemacht hast."

Holmes überflog die Zeilen noch einmal und zuckte die Schultern. „Sie schreibt nur von merkwürdigen Dingen, die mit dem Haus zusammenhingen, und bittet um meinen Rat. Das ist alles. Fahren wir einfach mal zu ihr."

Nach einer kurzen Eisenbahnfahrt erreichten wir Harrow. Eine Droschke brachte uns zu einer alten Backsteinvilla mit drei schmalen Giebeln über den obersten Fenstern. Es stand auf einer wildbewachsenen Wiese mit alten morschen Kiefern und machte schon einen ziemlich baufälligen Eindruck.

Mrs. Maberly empfing uns. Sie war eine äußerst gepflegte ältere Dame mit viel Charme.

Holmes verbeugte sich leicht, als er uns vorstellte. Dann erkundigte er sich nach ihrem Sohn Douglas, dem Diplomaten in Rom.

In Mary Maberlys Augen trat ein feuchter Glanz. Leise sagte sie: „Er ist tot, Mr. Holmes, letzten Monat an Lungenentzündung gestorben."

„Das tut mir aufrichtig leid", beteuerte Holmes, „und überrascht und bestürzt mich. Ich kannte ihn zwar nur flüchtig, aber ich war stark von ihm beeindruckt. Ich bin nie einem Menschen begegnet, der so vor Leben sprühte wie er."

„Er hatte sich sehr verändert“, seufzte Mary Maberly, „innerhalb kürzester Zeit. Er war zynisch, selbstzerstörerisch geworden. Sein Herz war gebrochen. – Aber ich habe Sie ja nicht hergebeten, um sich das tragische Schicksal meines Jungen anzuhören.“

Holmes wechselte sofort taktvoll das Thema. „Sie schrieben von seltsamen Dingen, die mit dem Haus zu tun haben.“

Mary Maberly nickte heftig. „Ja, Mr. Holmes, allerdings. Sie müssen wissen, hier in der Gegend gibt es einige leerstehende Häuser, die diesem hier stark ähneln, zum Teil aber besser erhalten sind. Und trotzdem tauchte ausgerechnet hier vor einiger Zeit ein Mann auf, der sich als Makler vorstellte und mir anbot, dieses Haus zu kaufen, ganz gleich, was ich dafür verlangen wollte.“

„Und wie haben Sie auf dieses ungewöhnliche Angebot reagiert?“ fragte Holmes gespannt.

„Ich nannte einen Betrag, der um fünfhundert Pfund höher war als der, den ich für das Haus bezahlen mußte“, gab sie zu. „Zu meiner Verwunderung war er sofort damit einverstanden.“

„Das ist tatsächlich seltsam“, bestätigte Holmes nachdenklich. „Aber anscheinend haben Sie ja dann doch nicht verkauft. Darf ich Sie fragen, weshalb?“

„Weil die ganze Geschichte noch viel merkwürdiger wurde. Dieser Makler bestand darauf, auch das gesamte Inventar für seinen Klienten zu kaufen. Wie Sie sehen, sind etliche Möbel hier wertvoll. Ich nannte eine horrende Summe. Ich hätte mir gerne meinen alten Traum von einer Weltreise erfüllt.“

„Nichts dagegen zu sagen“, lächelte Holmes. „Was geschah dann?“

„Gestern kam er mit einem Vertrag“, berichtete Mary Maberly, nun etwas ärgerlich in der Erinnerung daran.

„Die Summe war schon sehr in Ordnung. Aber ich bestand natürlich trotzdem darauf, das Papier meinem Anwalt, Mr. Sutro, zu zeigen. Und der wies mich auf eine eigentümliche Formulierung hin, die besagte, daß ich nichts von meinen Sachen mitnehmen dürfe. Verstehen Sie, gar nichts."

„Und da haben Sie auf den Verkauf verzichtet", nickte ich verständnisvoll.

„Ja, Dr. Watson. Das war mir nun doch zuviel. Dieser Makler gestand mir zwar schließlich zu, persönliche Dinge mitzunehmen. Aber sein Klient wolle vorher alles eingehend kontrollieren, meinte er. Der habe eben so seine Marotten. ‚Nun, da kann ich mithalten', meinte ich und warf ihn hinaus. Danach habe ich Mr. Holmes benachrichtigt."

„Was richtig war", bekräftigte Holmes laut . . . war mit einem Satz an der Eingangshalle und riß sie auf. Eine große, dürre Frau stolperte herein. Holmes packte sie recht unsanft an den Armen, und sie zappelte und kreischte, er solle sie loslassen.

„Susan", empörte sich Mrs. Maberly. „Haben Sie etwa an der Tür gelauscht?"

„Natürlich", antwortete Holmes an ihrer Stelle und ließ sie dann los. „Unglücklicherweise ist sie recht schweratmig, und ich habe nun mal gute Ohren. Ich wette, sie war es auch, die Barney Stockdale verriet, daß Sie mir geschrieben haben, Mrs. Maberly."

„Das ist gelogen", schrie Susan.

„Den Brief hat sie jedenfalls besorgt", fiel Mrs. Maberly ein. „Und jetzt erinnere ich mich auch, daß Susan später über die Hecke hinweg mit einem Mann gesprochen hat."

„Barney Stockdale bestimmt", wiederholte Holmes seinen Verdacht. „Würde mich interessieren, wer dessen Hintermann ist. Es muß jemand sein, der Sie, Ihre frühere Familie oder das Haus hier kennt, Mrs. Maberly. Barneys Idee war das Ganze bestimmt nicht. Nun, Susan, ich gebe Ihnen zehn Pfund, wenn Sie es uns sagen. Wer ist der Kerl?"

Über Susans Gesicht zog ein breites hämisches Grinsen, und sie höhnte: „Jemand, der statt Ihrer Zehnpfundnoten jedesmal einen Tausender hinlegen könnte. Und deshalb verrate ich nichts."

„Sie packen sofort Ihre Koffer und verschwinden hier", befahl Mary Maberly streng. „Ich will Sie hier nicht mehr sehen."

„Gehen Sie doch alle zum Teufel", giftete das Hausmädchen. Mit hocherhobenem Kopf rauschte sie zur Tür hinaus.

Holmes überzeugte sich, daß sie nicht wieder lauschte. Dann wandte er sich an Mary Maberly. „Einiges scheint mir sicher, Mrs. Maberly. Es befindet sich etwas in diesem Haus, was Barneys Auftraggeber so brennend interessiert, daß er bestimmt auch jetzt noch nicht aufgeben wird. Seien Sie also bitte auf der Hut. Am besten wäre es, Sie würden Ihren Anwalt bitten, für einige Tage zu Ihnen zu kommen. Ist sonst noch jemand hier im Haus?"

„Ein junges Küchenmädchen habe ich noch", gab Mrs. Maberly Auskunft.

Holmes nickte nachdenklich. „Trotzdem wäre es gut, wenn ein Mann die nächsten Tage hier wäre. Ich nehme an, Sie beschäftigen Ihren Anwalt schon lange und er ist absolut zuverlässig."

„Vollkommen", bestätigte Mary Maberly.

„Gut", überlegte Holmes. „Jetzt denken Sie bitte nach. Ist in der letzten Zeit irgend etwas neu ins Haus gekommen? Was diese Ganoven plötzlich so interessiert, ist entweder erst seit kurzem hier, oder sie haben erst jetzt davon erfahren, daß es sich, vielleicht schon lange, hier befindet. Auf jeden Fall muß es eng mit Ihrer Familie zusammenhängen, schließlich war es diesem Klienten ja sehr wichtig, Ihre persönlichen Sachen zu kontrollieren."

Mary Maberly überlegte angestrengt, verneinte dann aber überzeugt. „Bestimmt nicht, Mr. Holmes. Ich wohne seit eineinhalb Jahren hier und habe mir seitdem nichts Neues angeschafft. Ich hätte es mir auch nicht leisten können."

„Hat dieser Makler Ihnen eine Adresse gegeben?" wollte Holmes daraufhin wissen.

„Nur eine Karte mit Namen und Beruf. Er nannte sich Hal Johnson."

„Was sicher nicht sein richtiger Name ist", meinte Holmes überzeugt. „Befolgen Sie meinen Rat, Mrs. Maberly. Und benachrichtigen Sie mich sofort, wenn Ihnen etwas Ungewöhnliches auffällt."

Sie begleitete uns durch die Halle zur Tür, als Holmes in einem Winkel des Vorraums gestapelte Kisten und Schachteln auffielen.

„Die Gepäckstücke dort kommen aus Rom", erkannte er an den Aufklebern. „Sind das die Sachen Ihres Sohnes?"

„Ja", bestätigte sie traurig. „Sie kamen vorige Woche. Ich habe sie noch nicht ausgepackt."

„Sie sollten das schleunigst tun", bat Holmes. „Auch das könnte darin sein, was diese Gauner so fieberhaft suchen."

Mrs. Maberly konnte sich dies kaum vorstellen, da ihr Sohn ja über keinerlei Reichtümer verfügt hatte. Doch sie versprach, die Kisten so schnell wie möglich zu sichten.

Wieder in London, machte sich Holmes sofort auf den Weg zu Langdale Pike, während ich in die Baker Street ging. Pike war das wandelnde Lexikon für Londons

Gesellschaftsleben. Eigentlich saß er immer nur an einem Fensterplatz in seinem Club und rührte sich dort nicht vom Fleck. Aber wer etwas über Londons feine und weniger feine Kreise hören wollte, über geheime Liebschaften und irgendwelche Triebe der oberen Zehntausend, die diese gerne verborgen gehalten hätten, der wandte sich an Langdale Pike. Er wiederum verlangte dafür Informationen aller Art. So funktionierte der Nachrichtenkreislauf bestens. Seinen Lebensunterhalt bestritt Pike aus den Honoraren von Skandalblättern, die er mit Geschichten versorgte. Auch Holmes ließ bei diesem eigenartigen Menschen ab und zu Nachrichten durchsickern, so daß er bei Bedarf auf Pikes Unterstützung zählen durfte.

Ich sah Holmes erst wieder am nächsten Morgen zum Frühstück. Er aß genußvoll Eier mit Schinken, das heißt, eigentlich schmauste er regelrecht. Dieser Appetit zeigte mir, daß sein Gespräch mit Pike sehr ergiebig gewesen sein mußte.

„Es ist großartig gelaufen, Watson." Er hielt mit seiner Zufriedenheit nicht hinter dem Berg. „Wir werden heute einer gewissen Dame einen Besuch abstatten und diese für Mrs. Maberly so unangenehme Angelegenheit zu einem guten Ende führen. Hinter allem steckt nach meinem Dafürhalten nämlich eine Frau. Das war wohl auch der Grund, warum diese Susan so hämisch lachte, als ich sie nach dem Mann fragte, der die Fäden in der Hand hält."

Bevor ich versuchen konnte, ihn weiter über diese geheimnisvolle Dame auszufragen, kam ein Telegrammbote.

Holmes überflog rasch die Nachricht. Seine Miene wurde düster. „Das verschiebt unseren Besuch, Watson. Hier lies."

Der Text war alarmierend. Er stammte von Mary

Maberlys Anwalt, Mr. Sutro: *Bitte kommen Sie sofort nach Harrow. Bei meiner Mandantin wurde eingebrochen.*

Holmes' Augen blitzten vor Ärger. „Ich könnte mich ohrfeigen, Watson. Warum haben wir dich nicht über Nacht als Schutz zurückgelassen, wo mir doch klar war, daß diese Gauner irgend etwas unternehmen würden? Warum habe ich die alte Dame nicht gedrängt, die Sachen ihres Sohnes sofort in unserem Beisein auszupakken? Der Schlüssel zu der Geschichte ist sicher in diesen Kisten zu finden. Mir scheint, daß ich diese Angelegenheit zu zögerlich angegangen bin. Watson, wir fahren jetzt gleich nach Harrow!"

In dem Haus mit den drei Giebeln waren bei unserer Ankunft schon etliche Polizisten am Werk, an ihrer Spitze ein selbstgefälliger Inspektor, der uns von oben herab begrüßte: „Ein ganz einfacher Einbruch, meine Herren. Ich bin sehr gut in der Lage, diesen Fall alleine zu lösen, ohne sogenannte Experten."

Da fuhr aber schon Mary Maberly dazwischen. „Was für einen Ton maßen Sie sich in meinem Haus an, Inspektor. Diese Herren sind auf meine Bitte hier, und sie sind meine Gäste, ganz im Gegensatz zu Ihnen. Also verhalten Sie sich entsprechend."

Das wirkte. Der Inspektor wurde dunkelrot und schluckte heftig. Dann wandte er sich wortlos ab und ließ uns stehen.

„Vielen Dank, Mrs. Maberly", lächelte Holmes. „Aber Sie sollten sich nicht aufregen. Dieser Mensch ist es nicht wert. Würden Sie mir bitte erzählen, was geschehen ist?"

Inzwischen war auch der Anwalt Sutro hinzugetreten, ein grauhaariger Herr, nur unwesentlich jünger als seine Klientin. „Ich bin erst heute morgen angekommen", berichtete er, „weil Mrs. Maberly Ihren Rat mißachtet hat, mich schon gestern hierherzuholen."

Die alte Dame machte ein unglückliches Gesicht. Sie wirkte müde und mitgenommen. Wie wir jetzt erfuhren, war sie von den Einbrechern überrascht und mit Chloroform betäubt worden. Danach zu urteilen, wie das Haus aussah, hatten die Gauner alles auf den Kopf gestellt und das Unterste nach oben gekehrt. Jeder Winkel, jede Schublade war durchsucht worden. Die Kisten und Schachteln aus Rom waren allesamt geöffnet, der Inhalt lag über den Fußboden verstreut.

Holmes hob ein beschriftetes Papier auf, das mitten in dem Durcheinander lag, und studierte es sorgfältig. Dabei stieß er einen leisen Pfiff aus. Aufgeregt las er uns den Text vor.

Er blutete von den Schlägen. Doch sein Herz blutete noch viel mehr. Er sah ihr Gesicht vor sich am Fenster. Das Gesicht, das er so geliebt hatte und das ihm jetzt wie eine Höllenfratze erschien. Dabei lächelte sie, aber es war das herzloseste Lächeln, das man sich vorstellen konnte. Eiskalt. Da begann er, sie zu hassen. Und ich schwor mir, sie zu vernichten, nachdem sie mich vernichtet hatte …

Wir anderen sahen uns verständnislos an. „Das klingt wie aus einem Roman“, sagte Mr. Sutro schließlich erstaunt. „Aber was soll das für eine Bedeutung haben?“

„Der Schlüssel zu allem, der Schlüssel“, rief Holmes aus. „Vor allem der letzte Satz: Da war der Schreiber so aufgewühlt, daß er sich plötzlich mit seinem Helden identifizierte. Das läßt doch alles klarwerden.“ Er wandte sich an Mrs. Maberly. „Ich denke, ich kann alles wieder ins Lot bringen und Ihnen einen alten Traum erfüllen. Wenn Sie Watson und mich jetzt entschuldigen, wir haben es eilig.“

Draußen vor dem Tor lief uns der überhebliche Inspektor noch einmal über den Weg. „Haben Sie also eingesehen, daß es hier für Sie nichts zu tun gibt. Übrigens stehe ich kurz vor der Verhaftung der Stockdale-Bande. Steve Dixie und auch das ehemalige Hausmädchen Susan gehören dazu."

„Damit sagen Sie mir nichts Neues, Inspektor", entgegnete Holmes kühl. „Tun Sie Ihre Pflicht, aber halten Sie uns nicht von wichtigeren Dingen ab. Komm, Watson."

Damit ließen wir ihn stehen.

„Ich nehme stark an, du überblickst die ganze Angelegenheit inzwischen", bemerkte Holmes auf unserem Rückweg nach London.

„Das kann ich nicht gerade behaupten", gestand ich brummig ein. „Wer ist die Dame, zu der wir jetzt fahren?"

„Sagt dir der Name Isidora Klein etwas?" kam als Gegenfrage.

Ich grübelte. Den Namen hatte ich tatsächlich schon einmal gehört. Dann fiel es mir ein. „Ach ja, die schöne spanische Tänzerin, die vor Jahren so gefeiert wurde. Heute ist sie doch die reiche Frau eines deutschen Fabrikanten. Und ihr Ruf, was Liebschaften angeht, ist nicht gerade der feinste."

„Genau die ist es", bestätigte Holmes anerkennend. „Sie wechselte ihre Liebhaber laufend. Eine herzlose Frau, Watson, die mit Männern so lange zu spielen pflegt, bis sie ihr langweilig werden, was ihr bis heute jeder wurde. Und von Pike habe ich erfahren, daß sie auch Douglas Maberly das Herz brach. Doch nach seinem Tod muß sie ihn mehr fürchten als zu seinen Lebzeiten. Und einen kleinen Teil dessen, was sie unbedingt in die Hände bekommen wollte und jetzt auch gefunden hat, konnten wir mit diesem beschriebenen Blatt Papier noch sicherstellen. Sind dir die Zusammenhänge jetzt klar?"

Sie waren es. „Du meinst, er hat die ganze Geschichte niedergeschrieben und wollte sie veröffentlichen?“

„Ganz genau“, nickte Holmes. „Ah, wir sind da, Watson.“

Wir hatten vor einer prachtvollen Villa in einem der vornehmsten Viertel Londons angehalten. Ein livrierter Diener brachte uns mit blasierter Mienen zu seiner Herrin ins Wohnzimmer. Isidora war immer noch eine Schönheit. Aufrecht und mit kühlem Stolz wartete sie auf die Begründung unseres Besuches.

„Sie hätten wissen müssen, daß mich Ihre Schläger nicht einschüchtern, sondern eher anstacheln“, begann Holmes ohne jede höfliche Einleitung. „Ansonsten habe ich allerdings jede Hochachtung vor Ihrem scharfen Verstand, Madam. Trotzdem sollten wir gleich zur Sache kommen.“

„Ich verstehe nicht, was Ihre Unverschämtheit zu bedeuten hat“, kam es rauh und kalt zurück. Ihre schwarzen Augen hafteten drohend an uns.

„Nun gut, in diesem Fall müssen Sie mit Fragen von Scotland Yard vorliebnehmen“, stellte Holmes trocken fest. „Das dürfte sich allerdings schnell herumsprechen, wie ich meinen Freund Pike kenne.“

Das zeigte erstaunliche Wirkung. „Nehmen Sie doch Platz, meine Herren.“ Mit einemmal klang sie freundlich und lächelte.

„Ich muß Ihnen sagen“, erklärte er, ohne das Angebot anzunehmen, „daß Ihre Handlanger Barney, Susan und Dixie bald Handschellen tragen werden, sofern sie es nicht schon tun.“ Gelassen winkte sie ab. Sie hielt es nicht mehr für angebracht zu leugnen. „Für dieses Risiko werden sie gut bezahlt. Mein Name wird nicht aus ihrem Mund kommen. Seien Sie da sicher, Mr. Holmes. Es liegt nur an Ihnen, ob Isidora Klein da mit hineingezogen wird.“

Holmes nickte. „Gut, daß Ihnen das bewußt ist, Madam. In diesem Fall darf ich um das Romanmanuskript bitten, das von Douglas Maberly verfaßt wurde und seine unselige Liebe zu Ihnen anprangert."

Die Spanierin lachte dunkel und zeigte auf ein Häufchen Asche im Kamin. „Das dürfte nicht mehr möglich sein, Mr. Holmes."

Mein Freund warf nur einen kurzen Blick darauf. Er schien nicht im geringsten erschüttert. „Das tut nicht viel zur Sache, Madam, ich weiß genug, um Sie in ganz London bloßzustellen. Sehen Sie her." Er zog das Stück Papier aus seiner Tasche und las ihr den Text vor. Danach sagte er: „Also auch damals schon haben Sie Barneys Schläger eingesetzt und dem armen Douglas so klargemacht, daß Sie nichts mehr von ihm wissen wollten. Und Sie hatten keine Skrupel, dabei zuzuschauen."

Isidora Klein war unter ihrem dunklen Teint bleich geworden. Sie rang sichtlich nach Fassung.

„Ja, so war es", gestand sie dann mit gepreßter Stimme ein. „Ich war wohl etwas hart zu ihm. Aber wie konnte ich damit rechnen, daß ein Gentleman wie er sich auf so infame Weise rächen würde. Er schrieb einen Roman und schickte mir einen Durchschlag des Manuskriptes zu. Sie werden verstehen, daß ich unbedingt an das Original kommen wollte. Und Sie müssen zugeben, daß ich es erst auf ganz legale Weise versuchte, indem ich der Mutter jeden Preis für Haus und Inventar bot. Es lag mir fern, Mrs. Maberly zu belästigen oder in Angst zu versetzen."

„Was Ihnen schließlich doch bestens gelungen ist", meinte Holmes ironisch. „Ganz gegen Ihren Willen. Und deshalb denke ich, Sie haben die Absicht, den Schaden an Mrs. Maberly wiedergutzumachen."

Sie funkelte ihn wütend an. Mühsam beherrscht fragte sie: „Was verlangen Sie also?"

„Ich denke, daß man mit fünftausend Pfund eine schöne Weltreise machen könnte“, lautete Holmes' Antwort. „Und ich verlasse mich darauf, daß Mary Maberly bis morgen einen Scheck über diese Summe zugeht. Damit wollen wir uns empfehlen. Auf ewig Ihr Bewunderer, Madam. Bemühen Sie Ihren Diener nicht, wir finden selbst den Weg hinaus.“

Draußen lächelte Holmes bitter. „Siehst du, Watson, auch böse Menschen sind zu guten Taten fähig. Sie brauchen nur einen Anstoß.“

In dieser Reihe sind außerdem erschienen:

Sherlock Holmes
Der Hund von Baskerville

Sherlock Holmes
Der blaue Karfunkel

Sherlock Holmes
Die gefährliche Erbschaft

Sherlock Holmes
Das gelbe Gesicht

Sherlock Holmes
Im Zeichen der Vier

Loewe

London